독서논술 선생님의 명품 큐레이션과 함께하는 필독 동화 60선

몰래 훔쳐본 논술쌤의 비밀책장

초등 1~2학년 학부모용

오애란·박선영·박현주·구민지 지음

대|경|북|스

몰래 훔쳐본 논술샘의 비밀책장

1판 1쇄 인쇄 2023년 11월 6일
1판 1쇄 발행 2023년 11월 10일

지은이 오애란, 박선영, 박현주, 구민지

발행인 김영대
펴낸 곳 대경북스
등록번호 제 1-1003호
주소 서울시 강동구 천중로42길 45(길동 379-15) 2F
전화 (02) 485-1988, 485-2586~87
팩스 (02) 485-1488
홈페이지 http://www.dkbooks.co.kr
e-mail dkbooks@chol.com

ISBN 979-11-7168-006-1 03800

들어가는 글

명랑하고 밝은 아이, 소극적이고 수줍음이 많은 아이, 마음이 여린 아이 등 아이들은 모두 각자의 방식대로 자기 이야기를 하고 자신의 이야기를 들어 주길 원해요. 책의 내용이 자신의 이야기라며 속이 시원하다는 아이, 어려운 환경 속에 처해있는 친구들을 보고 속상하다며 눈물을 흘리는 아이, 지금의 나도 좋다고 감사하다는 아이, 동물 학대에 화를 내고 환경오염에 대해 심각하게 고민하는 아이. 이 **아이들은 책을 통해 자신만의 생각과 감정을 표현**해요.

아이에게 줄 수 있는 유산, 아무리 써도 없어지지 않는 것, 아이에게 평생 힘이 되어줄 수 있는 것이 무엇일까요? 이 물음의 답, 그것은 바로 **독서와 글쓰기**입니다.

네 명의 독서논술 선생님이 **우리 아이들이 꼭 읽어봐야 할 60권의 동화를 선정하고 큐레이션**하였습니다. 매 동화마다 중점을 두어야 할 내용과 아이들과 함께 나눌 질문들도 수록하였습니다. 끝으로 글을 처음 쓰는 아이들이 막막해하지 않고 보다 쉽고 재미있게 글쓰기를 익힐 수 있도록 양식지를 활용한 글쓰기 방법을 제시하였습니다.

아이들과 부모님이 함께 읽고 아이와 이야기 나눈다면 아이들은 자연스럽게 책을 좋아하게 될 겁니다. 저희가 추천하는 명품 동화와 함께 우리 아이들의 소중한 이야기를 들어보는 시간 어떠세요?

2023년 10월

차 례

들어가는 글 ····· 3

오애란 선생님의 추천 도서

No.01 심술쟁이 내 동생 싸게 팔아요! ····· 13
No.02 책 속에 들어간 아이들 ····· 17
No.03 엄마는 나한테만 코브라 ····· 21
No.04 싸워도 돼요? ····· 25
No.05 늑대가 들려주는 아기돼지 삼형제 이야기 ····· 29
No.06 선생님, 바보 의사 선생님 ····· 33
No.07 박물관은 지겨워 ····· 37
No.08 스마트폰을 공짜로 드립니다 ····· 41
No.09 엄마가 늦게 오는 날 ····· 45
No.10 따라쟁이 내 동생 ····· 49
No.11 똥섬이 사라진대요 ····· 53

No.12 도서관 ······ 57
No.13 가슴 뭉클한 옛날이야기 ······ 61
No.14 화요일의 두꺼비 ······ 65
No.15 아니 방귀 뽕나무 ······ 69

박선영 선생님의 추천 도서

No.16 까마귀 소년 ······ 80
No.17 밤에도 놀면 안 돼? ······ 84
No.18 개구리와 두꺼비는 친구 ······ 88
No.19 아낌없이 주는 나무 ······ 92
No.20 내게는 소리를 듣지 못하는 여동생이 있습니다 ······ 96
No.21 우리 순이 어디 가니 ······ 100
No.22 해치와 괴물 사형제 ······ 105
No.23 치과 의사 드소토 선생님 ······ 109
No.24 꿈꾸는 징검돌 ······ 114
No.25 강아지똥 ······ 119
No.26 리디아의 정원 ······ 124
No.27 벌렁코 하영이 ······ 129
No.28 솔이의 추석 이야기 ······ 133

No.29 글자 죽이기 ········· 138
No.30 마법의 설탕 두 조각 ········· 143

박현주 선생님의 추천 도서

No.31 아드님, 진지 드세요 ········· 153
No.32 언제나 칭찬 ········· 157
No.33 걱정 세탁소 ········· 161
No.34 한밤중 달빛 식당 ········· 165
No.35 말로만 사과쟁이 ········· 169
No.36 나, 생일 바꿀래! ········· 173
No.37 100점 탈출 ········· 177
No.38 말하는 일기장 ········· 181
No.39 1004호에 이사 왔어요! ········· 185
No.40 콩이네 옆집이 수상하다 ········· 189
No.41 진짜 수상한 구일호 ········· 193
No.42 비밀 결사대, 마을을 지켜라 ········· 197
No.43 까만 아기 양 ········· 201
No.44 돼지책 ········· 205
No.45 목기린 씨, 타세요! ········· 209

구민지 선생님의 추천 도서

No.46 엄마 몰래 ········ 218
No.47 개구리네 한솥밥 ········ 222
No.48 집안 치우기 ········ 227
No.49 우리 가족입니다 ········ 231
No.50 틀려도 괜찮아 ········ 235
No.51 선생님 우리 선생님 ········ 239
No.52 우리나라의 보물을 지킨 문화재 수집가 전형필 ········ 243
No.53 오늘도 축구하기 힘든 날 ········ 247
No.54 새끼개 ········ 251
No.55 신고해도 되나요? ········ 255
No.56 화해하기 보고서 ········ 259
No.57 키가 작아도 괜찮아 ········ 263
No.58 책 먹는 여우 ········ 268
No.59 내 멋대로 친구 뽑기 ········ 273
No.60 아빠는 내가 지킨다! ········ 277

양식지를 활용한 실전 글쓰기 ········ 281

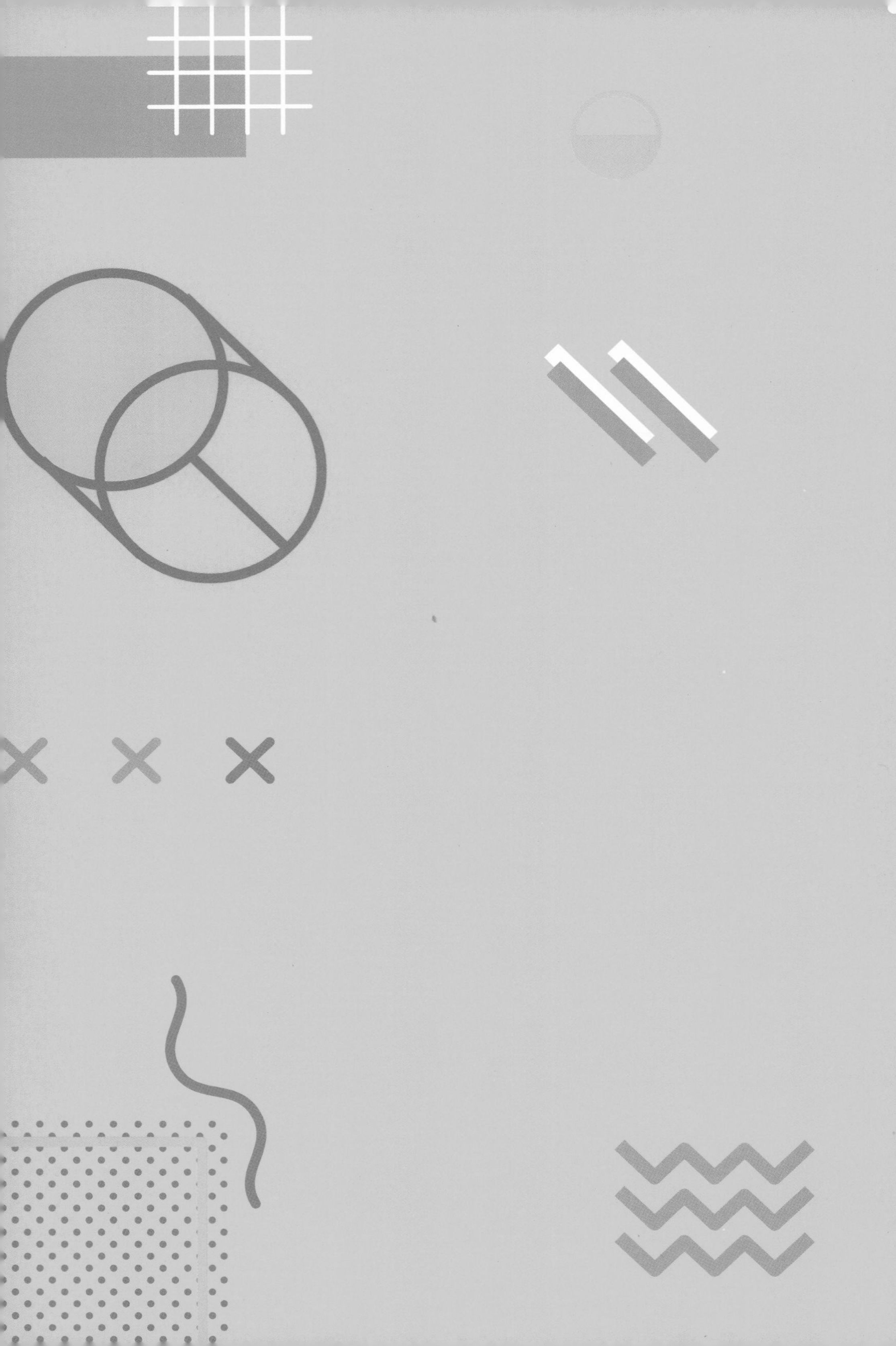

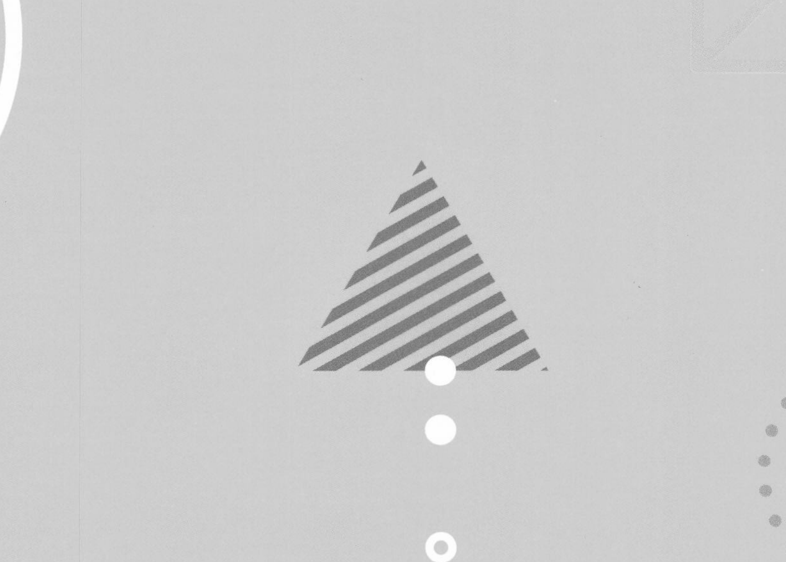

오애란 선생님의 추천 도서

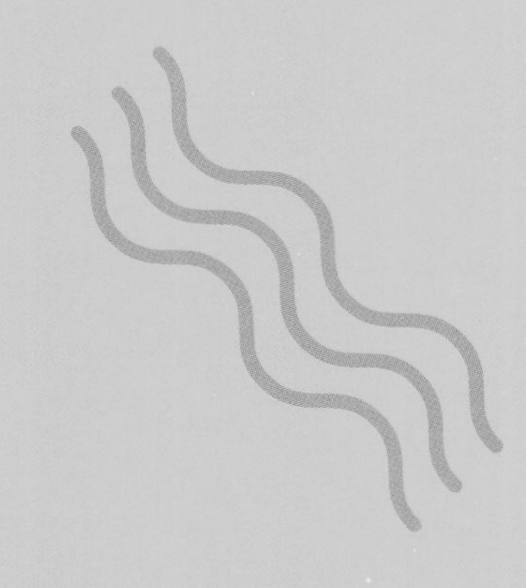

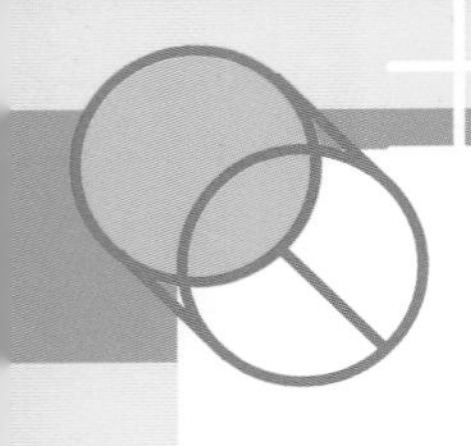

저는 26년 동안 현장에서 아이들에게 책 읽기와 글쓰기를 지도하고 있는 독서지도사 오애란이라고 해요. 어릴 때부터 책 읽는 것을 좋아했지만, 이렇게 오래도록 독서지도사로 책과 함께 일하게 될 줄 몰랐어요. 책 읽는 것도 즐겁고 아이들과 함께 지내는 것도 좋아하는 저에게 독서지도사라는 일은 딱 맞는 직업이에요.

26년 동안 아이들에게 책 읽기와 글쓰기를 가르쳐 오는 동안 세상이 점점 변화하는 것을 느꼈어요. 처음 일을 시작했던 때에는 전국적으로 독서의 중요성이 강조되던 시기였어요. 각 초등학교에서는 거의 매월 독후감 대회가 열렸고, 아이들에게도 독서록 쓰기를 숙제로 내주기도 했어요. 하지만 학부모님들은 대체로 "한글을 읽을 줄 아는데 독서와 글쓰기를 따로 왜 배워야 하지?"라는 반응을 보였어요. 그래서 사교육으로 독서논술을 시키는 분들이 많지 않았지요. 또 당시에는 정보 위주의 책을 선호해서 책을 읽으면 똑똑해진다는 생각에 집집마다 책장 가득 전집이 꽂혀 있었고, 아이들과 수업할 때 그런 책을 요구하는 경우가 많았어요. 또 다른 방향은 '토론 수업'이었어요. 독서논술뿐만 아니라 영어, 수학, 과학 등 모든 과목에 토론식 수업을 적용해서 수업한다는 홍보 문구가 붙고는 했었죠.

그러다가 교육부 지침에 의해 생활기록부에 독서 관련 활동이나 시상 내역이 기록되지 않게 되고부터는 독서는 후순위로 밀리고 말았어요. 영어가 그 자리를 꿰차고 들어갔지요. 학교에서 실시하던 토론 대회나 독후감 대회도 당연히 사라졌고요. 해마다 발표되는 '국가별 독서량' 순위에서 우리나라는 꼴찌를 면치 못하는 상황이 계속되었어요.

그러던 중 코로나19 팬데믹 상황이 되면서 대면 수업이 온라인 수업으로 대체되는 시기가 길어지면서 아이들의 문해력 저하에 대한 관심이 커졌어요. 초·중·고등학생뿐만 아니라 대학생, 어른들의 문해력도 심각한 수준으로 낮아졌다는 뉴스가 미디어를 도배하기 시작했고, 지금까지도 문해력 저하에 대한 지적과 우려가 계속되고 있어요.

너무도 급격하게 변해버린 사회와 온라인에 정보가 넘쳐나는 시대에 독서를 통해 지식을 쌓기는 이제 중요하지 않은 일이 되었는지도 몰라요. 하지만 독서는 단순히 책을 읽고 지식을 쌓기 위해서가 아니라 새로운 측면에서 현 상황의 대안으로 떠오르고 있어요.

제4차 산업혁명 시대에 필요한 인재에게 반드시 필요한 능력으로 창의적 사고력을 꼽고 있어요. 이처럼 **통합하고 융합하는 창의적 사고력**의 기반을 다지는 데 독서보다 좋은 것이 없다고 해요. 또한 단순히 책을 읽은 후 덮는 것이 아니라 책을 읽고 느낀 점이나 책에서 얻은 인사이트를 자신의 언어로 정리하는 글쓰기 능력이 점점 중요하다는 것을 인식하게 되었어요.

현장에서 아이들과 함께하면서 이런 변화를 체득한 저는 처음부터 지금까지 변하지 않는 한 가지 원칙을 가지고 아이들을 지도하고 있어요. 그 원칙은 바로 '기본에 충실해야 한다'는 거예요. 독서논술의 기본은 책을 꼼꼼하게 읽고 읽은 내용을

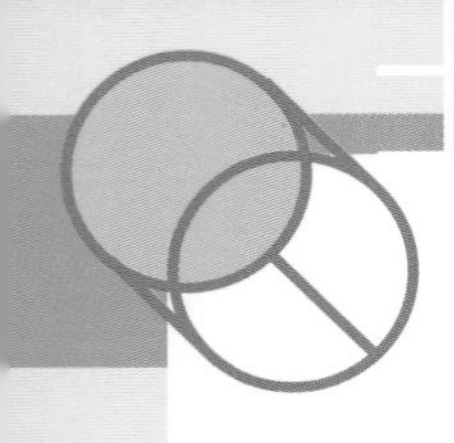

바탕으로 자신의 생각을 자신의 언어로 쓸 수 있어야 한다는 것이죠. 그래서 **'꼼꼼한 책 읽기, 진짜 글쓰기'**라는 모토로 아이들이 책을 꼼꼼히 읽고 스스로 글 쓸 수 있도록 지도하고 있어요.

아이가 어릴 때 아빠가 아이를 업고 달리면 목적지까지 빨리 갈 수 있어요. 하지만 아이 스스로 달리게 하려면 걸음마부터 차근차근 연습을 시켜야 해요. 마찬가지로 글쓰기도 선생님이 불러주는 걸 받아 적으면 근사한 글을 빠르게 쓸 수 있어요. 하지만 아이 혼자 써야 하는 상황이라면 첫 문장을 적는 것도 어려워하죠. 비록 어설프고 짧더라도 아이들이 자신의 언어로 한 문장 한 문장씩 써 나가도록 지도하고 연습시키면서 기다려줘야 해요. 그렇게 인내심을 갖고 기다리면 무한한 가능성을 갖고 있는 우리 아이들은 조금씩 성장하는 모습으로 기쁨을 안겨줘요. 그런 아이들을 날마다 만나는 독서지도사로 활동하는 저는 참 행복한 사람이에요.

26년 동안 읽은 책 중에서 재미있고 좋은 책은 너무 많은데 다 소개할 수 없어서 아쉽지만 그중에서 중요한 의미가 있다고 생각되고 아이들도 좋아할 만한 책 몇 권을 소개하려고 해요. 우리 아이와 함께 읽어보시고 함께 생각해 보세요.

No.01

심술쟁이 내 동생 싸게 팔아요!

다니엘르 시마르 글, 그림
어린이 작가정신 출판사
2017년 3월 6일 발행
60 쪽수
11,000원 정가

책 소개

저는 1남 4녀 중 첫째에요. 두 살 아래 여동생과 저는 성격이 정반대에요. 소심하고 겁 많은 저와 반대로 여동생은 활발하고 적극적이며 승부욕이 강해요. 성격이 서로 다른 우리 자매는 어릴 때부터 거의 매일 싸웠어요. 대부분 제가 동생에게 지고 그게 분해서 울기도 했죠. 엄마는 자주 싸우는 우리에게 무릎 꿇고 손 들기 또는 꼼짝 않고 서로 쳐다보고 있으라는 벌을 주셨죠. 매를 맞을 때도 있었고요. 그래도 저와 동생의 싸움은 초등학교를 졸업할 때까지 이어졌어요. 싸우는 우리를 향

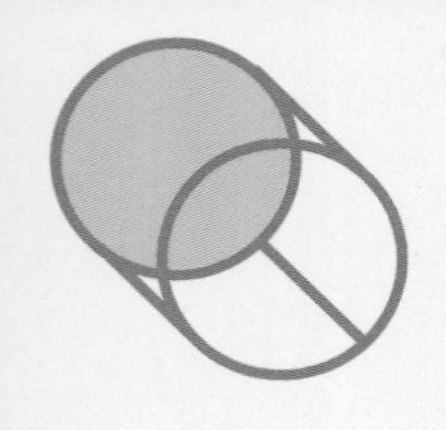

해 엄마가 자주 하시던 말씀은 “어른이 되면 형제자매가 가장 큰 힘이 된다. 그러니까 사이좋게 지내라.”였어요. 그 말뜻을 알아들었다면 과연 저와 동생은 싸우지 않았을까요?

《심술쟁이 내 동생 싸게 팔아요》의 저자 다니엘르 시마르는 어렸을 때 책에 나오는 동생 조아처럼 사납고 고집 센 아이였대요. 어렸을 때 저자의 오빠는 저자 자신 때문에 힘들었을 것이라고 저자 스스로 고백했어요. 이 책 내용은 실제로 오빠가 겪은 일을 바탕으로 썼대요. 오빠가 사나운 자기를 돌본 경험이 좋은 영향을 줘서 지금은 잘나가는 사업가가 될 수 있었다고 해석하는 작가의 높은 자아존중감이 돋보이네요.

줄거리

노아에게는 조아라는 여동생이 있어요. 조아는 노아의 물건을 맘대로 만지고 학교 숙제도 망쳐 놓는 등 말썽쟁이에요. 평소 조아를 심술쟁이라고 생각하고 귀찮아하던 노아에게 좋은 기회가 생겼어요. 바로 길에서 만난 아저씨에게 돈을 받고 조아를 팔아버린 거예요.
노아는 조아를 판 돈으로 평소 갖고 싶었던 캐릭터 카드도 사고, 잠깐 동안은 기분이 좋았는데 집에 들어갈 일이 걱정이에요. 노아가 집에 들어가자 조아를 찾는 엄마. 노아는 조아를 착한 아저씨가 데리고 갔다고 말했어요. 깜짝 놀란 엄마는 경찰

에 신고하고 조아를 찾아 나섰어요. 경찰견까지 동원해 조아를 찾았는데 조아는 오히려 지명수배범을 잡았어요. 과연 어떻게 된 일일까요?

《심술쟁이 내 동생 싸게 팔아요》는 형제자매가 있는 아이들이라면 충분히 공감할 내용의 책이에요. 동생은 때로는 귀엽지만 귀찮을 때도 있으니까요. 형제자매가 없는 외동이라면 '나에게 형제자매가 있다면…'하고 상상하면서 이 책의 상황을 짐작해 보면 좋아요. 다른 사람의 이야기에 귀 기울이고 입장을 바꿔 생각해 보는 것도 매우 중요한 일이니까요.

◑ 생각나눔

《심술쟁이 내 동생 싸게 팔아요》를 읽은 우리 아이에게 다음 질문을 해 보세요.

- 어떤 경우에 동생(또는 형, 언니, 누나, 오빠)이 좋아?
- 둘이 싸움을 하게 되는 원인은 무엇일까?
- 둘이 싸우면 어떤 벌을 받는 게 가장 힘들어?
- 외동과 형제의 장점과 단점은 뭐가 있을까?
- 낯선 사람이 와서 네가 원하는 걸 준다고 하면서 같이 가자고 하면 어떻게 해야

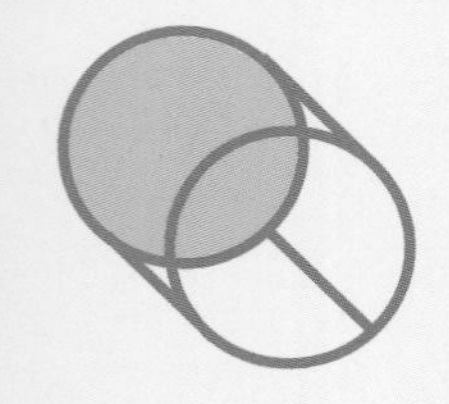

할까?

- 네 성격 중에 좋은 점과 나쁜 점은 뭐야? 왜 그렇게 생각해?
- 노아는 동생 조아를 '심술쟁이 내 동생'이라고 불렀어. 너는 동생(또는 형, 언니, 누나, 오빠)을 뭐라고 부르고 싶어?

추천도서

임정자 작가가 쓴 《내 동생 싸게 팔아요》도 함께 읽어 보세요. 짱짱이는 동생을 어디로 팔러 갔을까요?

No.02

책 속에 들어간 아이들

크리스틴 몰리나 글
올리비에 토상 그림
중앙출판사 출판사
2001년 3월 31일 발행
64 쪽수
7,000원 정가

책 소개

제가 고등학생 때 서점에 가면 《일반상식》이라는 아주 두꺼운 벽돌처럼 생긴 책이 있었어요. 책 내용을 살펴보면 제목과는 다르게 일반 사람들이 상식처럼 알고 있는 내용이 아니라 열심히 공부해야만 알수 있는 내용을 담은 책이었죠. 이런 것들을 많이 알고 있는 사람을 똑똑하다고 했고, 아는 것이 많은 똑똑한 사람이 훌륭한 인재로 인정받았어요. 그래서 열심히 공부해 다른 사람보다 많이 알면 기회도 많이 생기고 탄탄대로를 달리며 빨리 출세할 수 있었죠. 많은 사람들이 인생의 탄탄대로

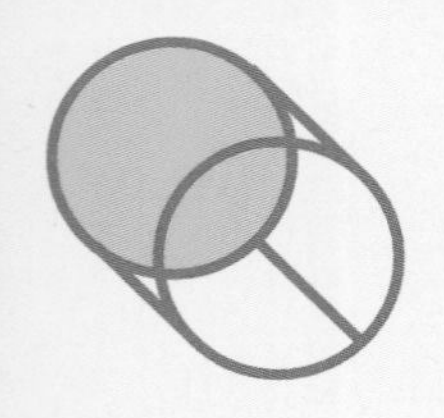

를 달리고 싶어서 일반상식이 아닌 전문지식을 습득하기 위해 열심히 공부했어요. 하지만 지금은 정보를 많이 알고 있는 사람보다 창의력과 상상력이 뛰어난 사람이 인재로 인정받고 있다고 해요. 저는 똑똑하지도 않고 상상력이 풍부하지도 않으니 어쩌죠?

《책 속에 들어간 아이들》의 저자 크리스틴 몰리나는 책 속에 들어갈 생각을 하다니 상상력이 너무도 풍부한 것 같아요. 진짜로 책 속에 들어갈 수 있다면 가장 먼저 어떤 책 속으로 들어가고 싶으세요? 저는 《캔디》라는 소설 속으로 들어가서 제 첫사랑이었던 '안소니'를 만나고 싶어요. 그런데 안소니를 만나면 무슨 말을 먼저 해야 할까요? 상상력이 풍부한 클리스틴 몰리나 작가님께 조언을 구해야겠어요.

줄거리

피에로에게는 조금 특이한 삼촌이 있어요. 삼촌은 책을 읽기만 하는 것이 아니라 책 속에 들어가서 주인공을 직접 만나고 와요. 매주 수요일에 맛있는 초코 케이크를 먹기 위해 나와 피에로는 피에로 삼촌 집에 가요. 어느 날 나와 피에로는 삼촌처럼 책 속에 들어가 보기로 하고 삼촌이 하던 대로 했어요. 신발을 벗고, 양말을 벗고 책 겉표지를 부드럽게 쓰다듬은 후 검지에 침을 묻혀 책장을 넘겼어요. 책을 읽다 보니 어느새 둘은 책 속에 들어와 있었어요. 책 속 여행은 아주 흥미진진했어요. 책 제목을 제대로 확인하지 않고 책 속에 들어가기 전까지는 말이에요.

정말로 책 속에 들어갈 수 있다면 얼마나 신날까요? 책 읽기가 너무 재미있어서 책 읽으라는 잔소리를 할 필요가 없을 거예요. 책이 그저 문자가 나열된 종이 묶음이 아니라 생생하게 살아있는 멋진 경험을 할 수 있는 도구가 될 테니까요. 아이들이 들어가고 싶은 책 제목이 무엇인지에 대해 질문하고 이야기 나누면서 아이가 흥미를 느끼는 지점에 관심을 보여주세요.

생각나눔

《책 속에 들어간 아이들》를 읽은 우리 아이에게 다음 질문을 해 보세요.

- 어떤 책 속에 들어가고 싶어?
- 주인공을 만나면 무슨 말을 할 거야?
- 피에로 삼촌처럼 신발 벗고 양말 벗고 책 속에 들어가는 것 말고 책 속에 들어가는 다른 방법은 없을까?
- 누구랑 같이 책 속에 들어가고 싶어?
- 절대로 들어가면 안 되는 책은 어떤 책일까?
- 나이가 들면 책 속에 들어가는 게 재미없어질까?

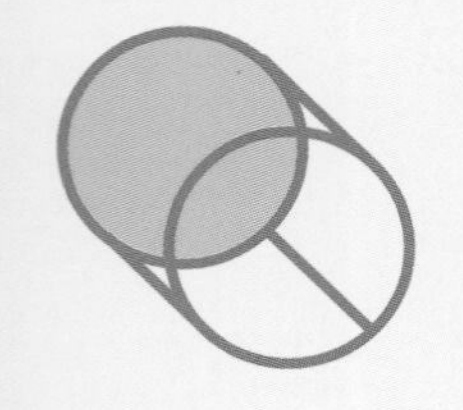

추천도서

데이비드 멜링 작가의 《유령 도서관》도 함께 읽어 보세요. 유령들에게 끌려가 유령 도서관에 간 보라는 어떤 이야기를 들려줄까요? 쉿! 《유령 도서관》 책을 가지고 잠들면 책 겉표지에서 유령이 나오는 건 비밀이에요.

No.03

엄마는 나한테만 코브라

서석영 글
한주형 그림
바우솔 출판사
2014년 1월 7일 발행
72 쪽수
8,500원 정가

책 소개

"엄마는 이중인격자야!"

"내가? 왜?"

"나한테 큰 소리로 화내다가 전화 받을 때는 친절하게 하잖아."

"그건 이중인격이 아니고 예의를 지키는 거야."

아들이 초등 저학년 때 저에게 한 말이에요. 물론 지금도 가끔 비슷한 말을 해요. 집에서는 자기에게 큰 소리 지르기도 하고 호되게 몰아치기도 하면서 다른 사람들

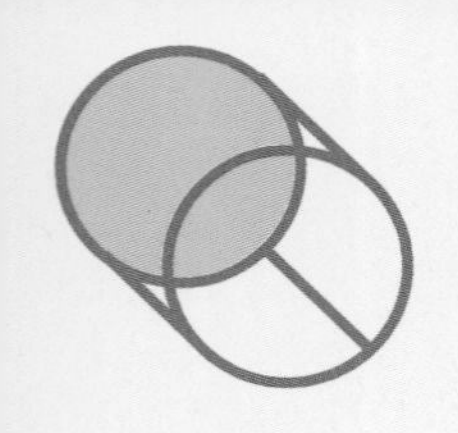

앞에서는 친절하게, 상냥하게 인사하고 이야기하는 제 모습을 보고 아이가 느끼는 감정이에요. 혹시 저만 이런가요?
제 친구는 성격이 차분하고 목소리도 작고 조용한 성격이에요. 어느 날 친구 집에서 함께 외출하려고 엘리베이터를 탔어요. 그런데 다른 층에서 이웃이 엘리베이터에 탔는데 친구는 인사를 나누지 않더라고요. '어? 이상하다. 이런 사람이 아닌데….' 나중에 친구에게 물어봤어요. 그랬더니 처음에는 자기도 이웃을 만나면 웃으면서 인사했는데, 집에서 아들에게 날마다 소리 지르고 화내면서 밖에서 상냥한 척 인사하는 자신이 너무 가식적으로 느껴졌대요. 공동주택이니 분명히 자기가 아들에게 화내는 걸 이웃이 들었을 거라면서요.

《우리 엄마는 나한테만 코브라》의 서석영 작가는 엄마와 아이의 양쪽 목소리를 모두 대변해줘요, 엄마들 행동 패턴과 아이들의 감정을 잘 알고 있어요. 그런데 작가는 어른이지만 주인공 서진이 편을 좀 더 들어주는 것 같아요. 엄마가 서진이를 이해하는 것보다 서진이가 엄마를 더 많이 이해해주니 말이에요.

줄거리

서진이 엄마는 장난꾸러기에요. 서진이와 엄마는 마음이 잘 맞아서 함께 놀 때는 꼭 친구 같아요. 그런 엄마가 무서운 코브라로 변하는 순간이 있어요. 바로 서진이에게 공부 가르쳐 줄 때에요. 엄마가 무서운 독을 품은 코브라로 변하면 서진이는

머릿속이 깜깜해져서 아무 생각도 나질 않아요. 한바탕 소동을 치르고 나면 엄마는 슬그머니 서진이에게 다가와 사과해요. 하지만 며칠 지나 서진이에게 다시 공부를 가르쳐주다 보면 엄마는 다시 코브라로 변하죠. 그렇다면 과연 서진이 엄마만 코브라가 되는 것일까요? 서진이는 피아노 학원에 갔다가 은경이가 피아노 선생님인 엄마에게 혼나는 모습을 봤어요. 거기에도 코브라가 있지 뭐예요.

중점사항

《엄마는 나한테만 코브라》는 엄마, 아빠와 함께 공부해 본 친구들이라면 크게 고개를 끄덕일 거예요. 물론 내 아이를 직접 가르쳐 보겠다는 마음으로 자녀 공부를 지도해 본 부모님도 대부분 공감할 거고요. 책을 읽으면서 부모님 입장, 자녀 입장에 공감하는 것뿐 아니라 서진이가 어떻게 문제를 해결했는지 주의 깊게 살펴보고 아이들과 함께 아이디어를 나눠보세요.

◑ 생각나눔

《엄마는 나한테만 코브라》를 읽은 우리 아이에게 다음 질문을 해 보세요.

- 엄마(아빠)랑 함께 공부하는 거 어때?
- 서진이는 공부 가르쳐 줄 때 화내는 엄마를 코브라 같다고 표현했는데, 네 생각은

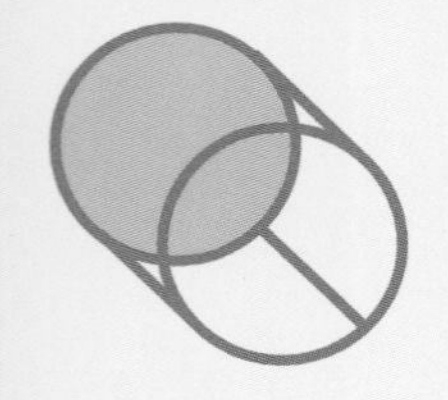

어때?

- 서진이는 피아노 선생님이 은경이에게 화내는 모습을 봤을 때 기분이 어땠을까?
- 집에서 공부하는 것과 학원에 다니는 것 중 어떤 것이 더 좋아? 그 이유는?
- 서진이 엄마, 은경이 엄마처럼 엄마 선생님은 모두 코브라일까?
- 서진이는 '호루라기 불기'라는 해결 방법을 찾았어. 우리는 어떤 방법을 써 볼까?
- 서진이가 생각한 '호루라기 불기'는 효과가 있었을까?

추천도서

서석영 작가가 쓴 많은 책 중에서 《두근두근 거실텐트》도 읽어 보세요. 항상 마음이 통해 헤어지기 싫은 단짝 서진이와 지현이가 서진이네 집에서 하룻밤을 보내는 내용이에요. 하룻밤 동안 어떤 일이 생길까요?

No.04

싸워도 돼요?

고대영 글
김영진 그림
길벗어린이 출판사
2013년 12월 15일 발행
38 쪽수
13,000원 정가

책 소개

MBTI 성격 유형 검사 해 본 적 있나요? MBTI 성격 유형에 대한 인기가 많아서 지금은 사람을 만났을 때 “네 MBTI는 뭐야?”라고 묻는 경우도 많아요. 반대로 상대방의 행동 패턴을 보고 “저 사람은 MBTI 유형 중 INFJ인 것 같아”라고 말하기도 해요. 사람의 성격을 16가지 유형으로 나눈 MBTI가 한 사람의 성격을 온전히 표현할 수는 없겠지만, 어느 정도 들어맞는 걸 보면 전혀 근거 없다고 할 수는 없겠죠? 배려심 넘치고 항상 다른 사람을 도울 준비가 되어 있는 성격으로, 인기

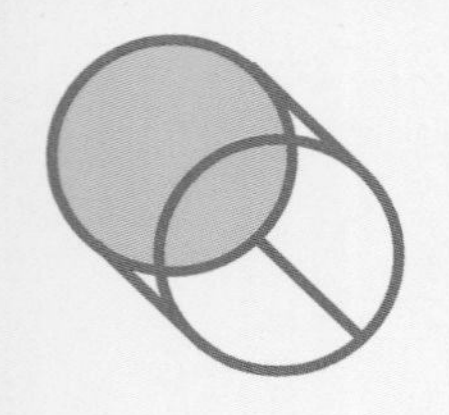

많고 사교성 높은 성향은 ESFJ의 특징이래요. 책 주인공 병관이가 ESFJ일 것 같아요.

《싸워도 돼요?》의 저자 고대영은 자신의 두 아이들과 생활하며 겪은 일화를 바탕으로 어린이들이 공감할 수 있는 이야기를 만드는 작가에요. 다양한 주제를 다룬 〈지원이와 병관이 시리즈〉는 많은 사랑을 받는 책이죠. 《싸워도 돼요?》는 〈지원이와 병관이 시리즈〉 중 아홉 번째 책이랍니다.

줄거리

병관이는 2학년이 되었어요. 여자 짝꿍을 바랐던 병관이는 한솔이와 짝꿍이 되었어요. 체육시간에 축구를 잘 못하는 한솔이때문에 자기편이 졌다고 덩치 큰 우진이는 한솔이를 구박했어요. 병관이는 우진이가 수시로 아이들에게 시비 거는 게 못마땅했어요. 그래서 우진이를 혼내주려고 열심히 운동했어요.
며칠 뒤 체육 시간이 끝난 후 한솔이를 위협하는 우진이를 병관이가 그동안 연습한 기술로 제압했어요. 우진이는 울음을 터뜨리고 병관이와 우진이는 수업이 끝난 후 선생님께 야단맞고 반성문을 써야 했어요. '다시는 폭력을 쓰지 않겠습니다.'라고 반성문을 쓰고 나오는 병관이를 기다리고 있는 사람은 누구일까요?

《싸워도 돼요?》를 읽을 때 어떤 경우에도 폭력을 사용하면 안 된다는 것에 대해 강조해야겠죠? 그리고 사람은 누구나 신체적 특징, 성격, 성향이 다르다는 것을 인정하고 있는 그대로를 받아들여야 한다는 부분에 대해서도 깊이 이야기를 나누어 보세요. 나와 친구의 MBTI 종류를 예측해보는 것도 재미있을 거예요.

생각나눔

《싸워도 돼요?》를 읽은 우리 아이에게 다음 질문을 해 보세요.

- 책에서 병관이 성격을 나타내는 부분은 어디 어디야?
- 한솔이는 축구를 잘 못해서 우진이에게 구박을 받았어. 우진이는 어떤 성격인 것 같아?
- 한솔이는 몸집이 작고 달리기도 잘 못해. 우리 반에 한솔이와 비슷한 친구 있어?
- 덩치 큰 친구가 덩치 작은 친구를 괴롭히는 모습을 본다면 너는 어떻게 할 거야?
- 네가 병관이라면 한솔이를 지켜주기 위해서 우진이와 싸울 거야?
- 병관이가 아빠께 "싸워도 돼요?"라고 묻자 아빠는 "주먹은 정의로운 일에만 쓰는 거야!"라고 말씀하셨어. 어떤 것이 정의로운 것일까?

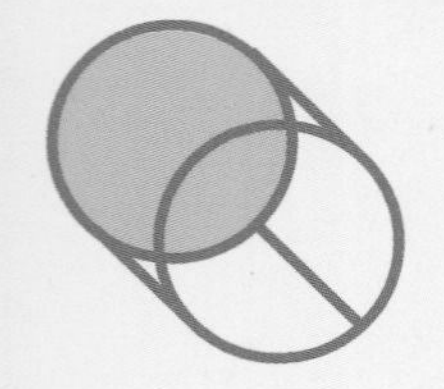

추천도서

황선미 작가의 《아무도 지지 않았어》도 함께 읽어 보세요. 으뜸이는 친구 진혁이를 괴롭히는 태웅이와 전쟁을 하기로 해요. 과연 으뜸이와 태웅이는 어떻게 됐을까요?

No.05

늑대가 들려주는 아기돼지 삼형제 이야기

존 셰스카 글
레인 스미스 그림
보림 출판사
1996년 11월 1일 발행
32 쪽수
13,000원 정가

책 소개

친하게 지내던 친구들이 있어요. 세 명이 함께 만나 밥 먹고 차 마시며 즐거운 시간을 보내는 사이였죠. 그런데 언젠가부터 친구 둘 사이가 약간 어색해지기 시작했어요. 특별한 일이 있었던 것은 아닌데 뭔가 모르게 미묘한 분위기가 계속되는 거예요. 그런 관계가 몇 달째 이어지자 중간에 있는 저는 답답하기도 하고 이러다가 관계가 틀어질까 봐 걱정되기도 해서 각자 입장을 들어보기로 했어요. 두 친구를 따로따로 만나 이야기를 들어보니 정말 생각지도 못했던 부분에서 서로에게 오

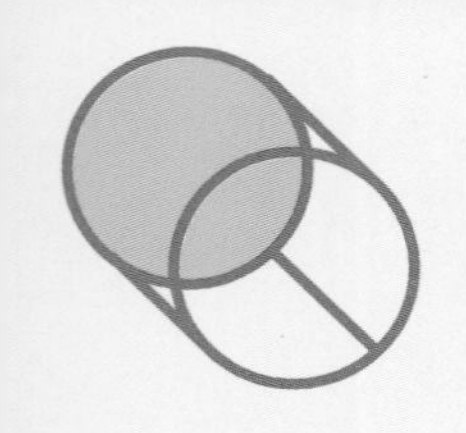

해가 생겼더라고요. 이런 일이 저에게만 있는 것은 아니죠? 서로의 입장에서 생각하는 것이 상대방을 배려하고 좋은 관계를 유지하는 비결이라고 하는데 결코 쉽지 않아요. 아기 돼지 삼형제를 잡아먹은 늑대도 자기 입장에서는 그럴만한 이유가 있다고 하는데 과연 어떤 이유일까요?

《늑대가 들려주는 아기돼지 삼형제 이야기》의 저자 존 셰스카는 과학을 좋아하는 작가이자 교사에요. 그는 장난스러우면서도 독창적인데 이미 잘 알려진 옛이야기를 기발하고 새로운 관점으로 쓰는 것으로 유명해요. 이 책도 우리가 잘 알고 있는 이야기인데 작가는 우리가 알고 있는 돼지 관점이 아니라 돼지를 잡아먹은 늑대 관점에서 썼어요. 존 셰스카가 만난 늑대는 아기돼지를 잡아먹은 자기를 나쁘다고 말하는 사람들에게 억울하다고 하소연하고 있어요.

줄거리

늑대 알렉산더 울프는 너무 억울해요. 왜냐하면 사람들은 대부분 늑대가 작은 동물을 잡아먹어서 아주 고약한 짐승이라고 생각하지만 그건 어쩔 수 없는 일이기 때문이에요. '알'이 아기돼지 삼형제를 잡아먹은 것도 늑대가 먹는 음식이 원래 그렇기 때문이에요. '알'은 할머니 생일 케이크를 직접 만들기 시작했어요. 그런데 설탕이 부족한 거예요. 그래서 이웃에 사는 돼지네 가서 설탕을 얻어오려고 했죠. 그때 '알'은 심한 감기에 걸려있었어요. 가장 가까운 첫 번째 돼지 집에 가서 설탕을 얻

으려고 했지만, 아기 돼지는 대답이 없었고 때마침 나온 재채기에 지푸라기 집이 무너졌고 그 가운데 아기 돼지가 죽은 채 깔려 있었어요. 그걸 보고 그냥 나올 수 없잖아요. 늑대는 돼지를 먹도록 되어있는 그런 존재니까요. 그렇게 차례대로 둘째, 셋째 돼지네로 갔죠. 셋째 돼지는 벽돌로 지어진 자기 집을 믿고 '알'의 할머니를 저주하는 말을 했어요. 그 말을 듣고 참을 수 없었던 '알'….

중점사항

《늑대가 들려주는 아기돼지 삼형제 이야기》는 색다른 시선으로 이야기를 재구성했기 때문에 재미있어요. 동시에 평범하고 익숙한 것을 새롭게 보는 시각을 기를 수 있어요. 우리가 당연하다고 생각하는 것들을 뒤집어 보는 상상력과 창의력을 키우는 데 도움이 돼요. 예전처럼 많은 지식을 쌓는 것도 중요하지만 창의력이 높게 평가되는 이 시기에 우리 아이들이 꼭 읽어보면 좋은 책이에요.

◑ 생각나눔

《늑대가 들려주는 아기돼지 삼형제 이야기》를 읽은 우리 아이에게 다음 질문을 해 보세요.

- '늑대'라면 어떤 이미지가 떠오르니?

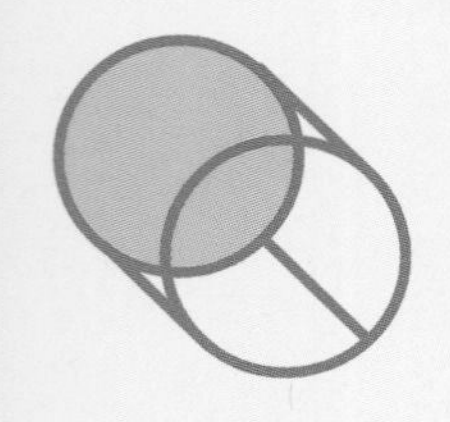

- 늑대는 할머니 생일 케이크 만드는 데 필요한 설탕을 아직 못 구했어. 늑대가 너에게 설탕을 달라고 하면 어떻게 할 거야?
- 늑대는 자기가 아기돼지를 먹은 건 자기 잘못이 아니라고 주장하고 있어. 늑대의 주장에 대해 어떻게 생각해?
- 돼지 입장과 늑대 입장에서 이야기를 들어보고 어떤 생각이 들어?
- 친구가 네 입장을 무시해서 속상했던 경험이 있니?
- '공감'이란 상대방의 입장이 되어 보는 것이라고 해. 네가 공감했던 경험을 이야기해 줘.
- 네가 알고 있는 이야기 중에서 존 셰스카 작가처럼 새로운 관점으로 써 보고 싶은 이야기가 있어?

추천도서

존 셰스카의 또 다른 패러디 작품 《개구리 왕자 그 뒷이야기》도 함께 읽어 보세요. 공주의 키스로 개구리에서 왕자로 변한 개구리 왕자는 작가의 상상력 안에서 어떻게 됐을까요?

선생님, 바보 의사 선생님

이상희 글
김명길 그림
웅진주니어 출판사
2006년 3월 10일 발행
30 쪽수
11,000원 정가

책 소개

막내 여동생이 일곱 살 때 일이에요. 유치원에 다녀온 여동생의 온몸에 좁쌀 같은 발진이 돋았어요. 식중독이라 생각한 엄마는 약국에서 약을 사 먹였어요. 하지만 여동생 상태는 급격히 나빠졌고, 급기야 대학병원에 가야 할 지경이 되었어요. 대학병원에서 각종 검사와 임상실험을 했지만, 원인을 찾을 수 없었고 결국 엄마는 아이를 보낼 마음의 준비를 하라는 모진 말을 들었지요. 끝까지 포기하지 않은 엄마는 마리아 수녀회에서 운영하는 서울 응암동에 있는 '도티 병원'을 알아냈고, 여

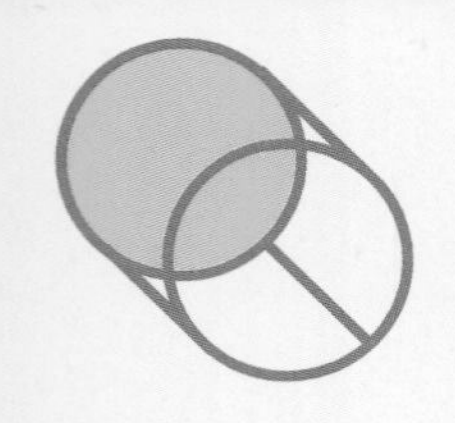

동생은 그곳에서 1년 정도 입원생활을 한 후에 건강이 많이 좋아졌어요. '도티 병원'은 가난한 사람들을 위한 무료 자선 병원이고 35년 동안 수많은 가난한 사람들을 위해 운영되다가 2017년 문을 닫았어요.

《선생님, 바보 의사 선생님》의 저자 이상희는 그림책 글도 쓰고 시도 쓰는 작가에요. 현재 원주에서 작은 도서관 〈패랭이꽃 그림책 버스〉를 운영하고 있어요. 그림책 활동가들이 마음을 모아 세운 그림책 전문 도서관이에요. 이곳에 가면 이상희 작가의 또 다른 그림책은 물론이고 수많은 그림책을 만날 수 있겠죠?

줄거리

전쟁 때 아빠를 잃은 기오는 다리가 많이 아파요. 빨리 치료받지 않으면 평생 걸을 수 없을지도 몰라요. 그런데 기오네 집은 가난해서 비싼 병원비를 마련할 수 없어요. 그러던 어느 날 가난한 사람들을 무료로 치료해주는 병원을 알게 됐어요. 장기려 선생님이 세운 복음병원에서는 가난한 사람들을 정성껏 치료하고 있었어요. 기오는 수술 받고 병원에 입원해 있는 동안 장기려 선생님을 따라다니며 옆에서 선생님을 지켜봤어요. 그리고 자기도 장기려 선생님처럼 가난한 사람들을 도와주는 훌륭한 의사가 되겠다고 결심하죠. 의사가 된 기오는 수시로 장기려 선생님을 생각하며 "의사가 되면 가난한 사람을 위해 평생을 바치겠다."고 한 약속을 되새기고 있어요.

우리 주변에는 자신의 모든 것을 이웃을 위해 내어놓은 훌륭한 분들이 많아요. 장기려 선생님은 평생을 가난한 사람들을 치료하고 그들이 병원을 이용하는 데 도움이 될 수 있도록 우리나라 최초로 〈의료보험조합〉을 만들었어요. 의사라는 직업으로 돈을 많이 벌 수 있었음에도 불구하고 자신의 재능을 아낌없이 나누고 청빈한 삶을 살았던 장기려 선생님이 우리 사회에 영향을 준 부분에 대해 깊이 생각해 보면 어떨까요?

생각나눔

《선생님, 바보 의사 선생님》를 읽은 우리 아이에게 다음 질문을 해 보세요.

- 장기려 선생님을 왜 '바보 의사 선생님'이라고 부를까?
- 장기려 선생님은 왜 가난한 사람들이 병원을 무료로 이용할 수 있게 해주었을까?
- 장기려 선생님은 늘 가난하고 어려운 사람 편이었어. 구체적인 예를 2가지 들어 줄래.
- 기오는 왜 가난한 사람을 위해 평생을 바치는 의사가 되려고 했을까?
- 장기려 선생님이 큰일을 할 수 있었던 건 주변에서 도와주는 사람들이 있었기 때문이야. 만약 네가 장기려 선생님과 같은 시대에 살고 있다면 어떤 도움을 주고

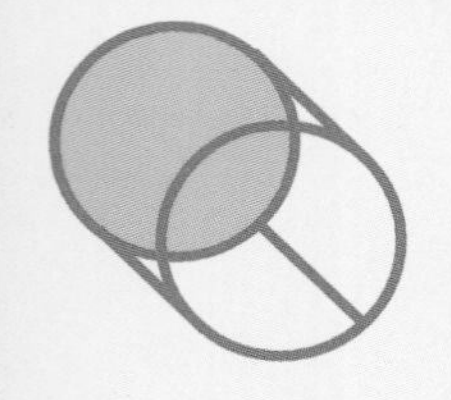

싶어?

- 장기려 선생님처럼 훌륭한 일을 한 또 다른 분을 알고 있니?

추천도서

남수단의 슈바이처로 불리는 이태석 신부님의 이야기를 다룬 박연아 작가의 《마음을 움직이는 아름다운 향기》와 채빈 작가의 《우리 신부님, 쫄리 신부님》도 함께 읽어 보세요.

No.07

박물관은 지겨워

수지 모거스턴 글
장 클라베리 그림
비룡소 출판사
2000년 10월 10일 발행
50 쪽수
8,000원 정가

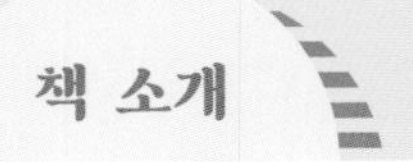

책 소개

'아이에게 다양한 경험을 통해 세상을 넓게 바라보는 안목을 갖게 하자.'

세상이 얼마나 넓은지 모르고 우물 안 개구리처럼 살았던 제 어린 시절이 너무 안타깝고 속상해서 결혼 후 아이가 생겼을 때 제가 세운 양육 원칙이에요. 그래서 일하느라 바빴지만 주말이면 어린 아이를 데리고 각종 체험전, 뮤지컬, 연극, 음악회, 캠핑, 등산 등 다양한 경험을 하러 다녔어요. 그런데 박물관에는 별로 안 갔어요. 특히 너무 조용하고 어둡고 무거운 분위기가 물씬 풍기는 역사박물관에는 딱

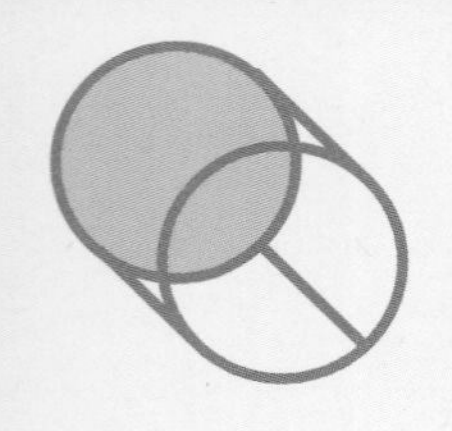

한 번 갔어요. 제가 박물관을 별로 좋아하지 않으니 자연스럽게 아이도 박물관을 멀리 하더라고요.

《박물관은 지겨워》의 저자 수지 모건스턴은 대부분의 사람들이 생각하는 방식이 아닌 자신만의 독특한 방식으로 세상을 바라봐요. 무작정 끌려다니는 박물관 관람이 아니라 나만의 박물관을 만드는 주인공처럼 주어진 환경에 순응하기보다는 자기 방식으로 해석해서 즐기기를 추구하죠. 저자의 또 다른 작품 《엉뚱이 소피의 못말리는 패션》에서도 소피는 평범함을 거부하고 자신만의 색깔을 당당히 드러내거든요.

줄거리

문화중독증 부모님 때문에 나는 태어난 순간부터 예술 작품과 함께했어요. 엄마 아빠는 박물관에 전시된 그림들이 내 정신을 발달시키고 내가 교양인으로 성장하는데 도움이 된다고 믿었죠. 그래서 내 의지와 상관없이 나는 박물관에 가야만 했어요. 박물관에서 부모님이 작품을 감상하는 동안 지루한 나는 여러 가지 어린이다운 행동을 하다가 야단을 맞기도 했어요.

루브르 박물관에 가서 화가들을 조사하던 나는 살아있는 화가를 만나고 싶다는 생각이 들었고, 화가를 만나러 화랑에 갔어요. 이제 예술에 대해 조금씩 눈이 트기 시작했죠. 새로운 눈으로 우리 집을 살펴 보니 우리 집에는 박물관에 있는 것과 같

은 가치 있는 예술품이 하나도 없네요. 그렇다면 내가 멋진 작품이 가득한 박물관을 만들어야겠어요. 내 생일에 〈내 방 박물관〉을 만들어 내 인생을 기념하는 전시회를 열었어요.

레오나르도 다 빈치, 렘브란트, 마티스 등 세계사를 빛낸 유명한 예술가들이 많아요. 그래서 박물관에는 미술, 음악, 건축 등 수많은 작품을 보려는 사람들의 발길이 끊이지 않아요. 《박물관은 지겨워》에는 책 내용 속에 자연스럽게 위대한 작가, 작품, 장소가 나와요. 그리고 책 맨 뒷부분에 본문에서 언급한 작품들을 간단히 소개하고 있어요. 하나씩 찾아서 읽어 보면 좋아요.

생각나눔

《박물관은 지겨워》를 읽은 우리 아이에게 다음 질문을 해 보세요.

- 우리가 어디어디 박물관 갔었는지 기억나니?
- 그 중에서 어떤 박물관이 가장 좋았어?
- 사람들은 왜 박물관을 만들어 전시하고 있을까?
- 세상에는 다양한 박물관이 있어. 어떤 박물관이 있을까?

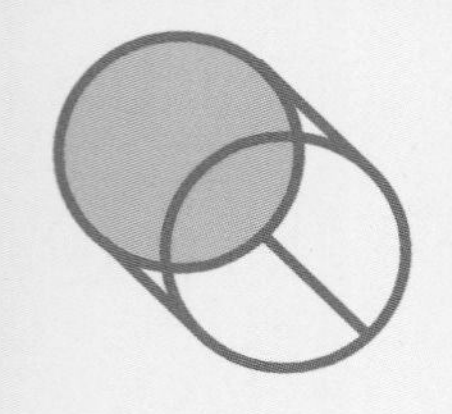

- 네가 박물관을 만든다면 어떤 박물관을 만들고 싶어?
- 책 주인공처럼 〈내 방 박물관〉을 만든다면 어떤 물건을 전시하고 싶어?
- '예술이 사람을 즐겁게 만든다.'라는 것에 대해 네 생각은 어때?

추천도서

수지 모건스턴의 《엉뚱이 소피의 못 말리는 패션》도 함께 읽어 보세요. 소피가 어떤 패션을 보여줄지 기대해도 좋아요.

No.08

스마트폰을 공짜로 드립니다

미우 글, 그림
노란돼지 출판사
2018년 3월 23일 발행
48 쪽수
15,000원 정가

책 소개

어린이들이 언제부터 스마트폰을 사용하는 것이 좋다고 생각하시나요? 한국언론진흥재단에서는 한국, 미국, 프랑스, 핀란드, 호주 등 국내외 어린이 미디어 리터러시 교육 현황과 특징을 분석한 연구 결과를 공개했어요. 스마트폰의 이용은 고학년에서 확연히 높게 나타났으며, '하루에 4시간 이상 스마트 폰 이용' 비율이 30.9%로 나왔고, 2시간 이상으로 확장하면 고학년은 61.4%, 저학년은 28.6%로 나타났어요. 자녀의 스마트폰 보유 여부에 대해서는 학부모의 88.2%가 아이들이 스마트

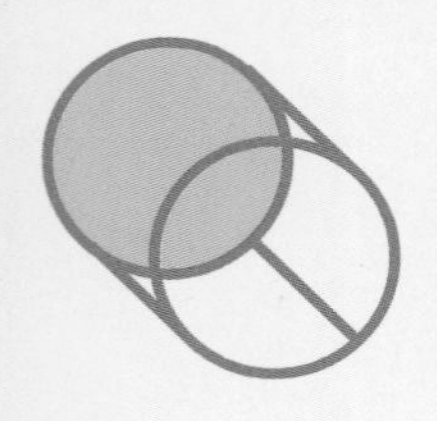

폰을 보유하고 있다고 답변했고, 스마트폰을 허용하지 않은 학부모들에게 언제쯤 허용할 것인가에 대해 물은 결과, '초등학교 졸업 전에(54.8%)'의 빈도가 가장 높았어요(2023.01.06 조선에듀 백승구 기자의 기사 참조). 스마트폰 사용이 당연한 일상으로 자리잡고 있는 이때 스마트폰에 대한 이야기 어떠세요?

《스마트폰을 공짜로 드립니다》의 미우 작가는 물결처럼 흐르는 이야기가 요령을 흔드는 소리처럼 울려 퍼지기를 바라는 마음으로 그림 작업을 하고 있대요. 토끼 마을에 걸린 현수막을 아무 의심 없이 믿는 토끼가 등장하는 걸 보니 작가의 바람처럼 순수하고 맑은 이야기가 시작될 것 같아요. 책 맨 뒤에 있는 작가님이 직접 그린 〈숨은 그림 찾기〉도 꼭 해 보세요.

숲속 토끼 마을에 신나는 일이 생겼어요. 친구들과 날마다 신나게 놀던 토끼들에게 스마트폰을 공짜로 준다는 소식이 들렸어요. 토끼들은 공짜 스마트폰을 받으러 용궁에 갔어요. 용궁에서는 진짜로 토끼들에게 스마트폰을 한 대씩 줬어요. 스마트폰을 받은 토끼들은 스마트폰 세상에 푹 빠졌어요. 스마트폰을 받아 버스를 타고 토끼 마을로 돌아가는 토끼들은 스마트폰에 온 정신을 빼앗겼죠. 토끼들은 오로지 스마트폰 화면에 시선을 고정한 채 다른 것들은 쳐다보지 않았요.
그런 모습을 본 구름은 화가 났어요. "제발 정신 차려!" 구름은 천둥, 번개, 강한

비로 변해 토끼들에게 말했어요. 그제야 정신을 차린 토끼들은 자기들이 스마트폰에 푹 빠져서 정작 중요한 것들을 놓치고 있다는 것을 깨달았어요. 토끼들이 동굴에 도착하자 용궁에서 스마트폰을 나눠주고 따라 온 자라는 토끼의 간을 달라고 요구했죠. 과연 토끼들은 어떻게 했을까요?

《스마트폰을 공짜로 드립니다》를 읽은 후 스마트폰 때문에 생기는 여러 가지 현상을 주제로 이야기를 나눌 수 있어요. 아이들은 스마트폰을 갖고 싶어서 빨리 사달라고 조르고, 부모님은 최대한 늦게 접하게 하고 싶어하기 때문에 갈등이 생기죠. 아이들에게 스마트폰을 사준 후에는 사용 시간 때문에 또 다른 갈등을 겪게 되는 게 대부분 겪는 현상이니까요.
스마트폰에 몰입하면 어떤 부작용들이 생기는지 생각해 보고 아이들과 이야기를 나누며, 적당한 스마트폰 활용 시간에 대해 토론해 볼 수 있어요.

생각나눔

《스마트폰을 공짜로 드립니다》를 읽은 우리 아이에게 다음 질문을 해 보세요.

- 스마트폰으로 뭐할 때 가장 재미있어?

- 스마트폰은 몇 살 때부터 사용하는 게 좋다고 생각해?
- 하루에 스마트폰을 어느 정도 사용하는 것이 적당할까?
- 네 생각에 엄마, 아빠는 스마트폰으로 무엇을 가장 많이 하는 것 같아?
- 스마트폰이 없던 시절에 친구들은 어떤 놀이를 했을까?
- 스마트 폰을 공짜로 준다고 해서 토끼들은 좋아했어. 하지만 진짜 공짜는 아니었잖아. 이처럼 공짜처럼 보이지만 그렇지 않은 것은 무엇이 있을까?
- 스마트폰을 자라에게 돌려준 토끼들은 후회하지 않을까?

추천도서

노부미 작가의 《엄마의 스마트폰이 되고 싶어》도 함께 읽어보세요. 하루 종일 스마트폰만 쳐다보는 세상의 모든 엄마 아빠에게 건이가 전하는 속마음에 귀를 기울여보세요. 이 이야기는 실제 초등학생의 사연을 모티브로 쓴 책이래요.

No.09

엄마가 늦게 오는 날

아네스 라코르 글
최정인 그림
어린이 작가정신 출판사
2012년 2월 10일 발행
40 쪽수
8,500원 정가

책 소개

저는 26년째 아이들에게 책 읽기와 글쓰기를 가르치는 생각연필 독서지도사로 일하고 있어요. 아이들이 학교에서 끝나고 돌아와야 그때부터 제 일은 시작돼요. 그러니 늘 늦은 시간까지 일하죠. 아들이 한 명 있는데 아이가 5세 될 때까지는 친정 부모님께서 아이를 돌봐주셨기에 아무 걱정 없이 일할 수 있었지만, 그 이후부터는 아이를 보살피는 것이 가장 큰 고민이었어요. 아들이 초등학교 3학년 때 일이에요. 아이 혼자 있는데 씽크대 위에 설치한 식기건조대가 앞으로 쏟아지면서 거기에 있

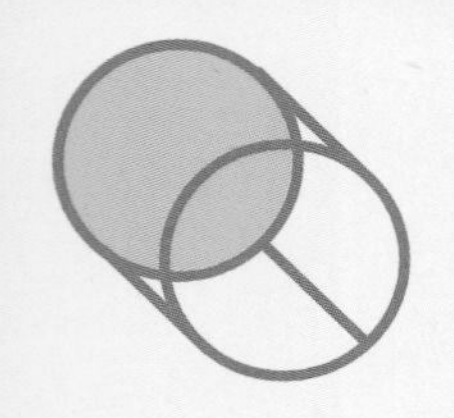

던 유리그릇이 모두 깨졌어요. 늦은 시간 집에 돌아와서 보니 집안은 엉망이고, 아이는 너무 놀라서 밥도 먹지 못한 채 있었어요. 왜 엄마에게 연락하지 않았냐고 물었더니 "엄마 수업하는데 신경쓸까 봐."라고 말하는 아이를 한참 동안 끌어안고 있었어요.

《엄마가 늦게 오는 날》의 저자 아네스 라코르는 동화를 쓰면서 아름다운 그림도 그리는 작가에요. 글쓰기와 그림 그리기가 가능해서일까요? 만화영화제작사도 운영하고 있대요. 아네스 라코르가 운영하는 만화영화제작사에서 만든 만화영화에는 어떤 것이 있을까요? 작가의 또 다른 책 《강아지 똥 밟은 날》은 유쾌하면서도 교훈적인 내용인데 만화영화로 나와도 재미있을 것 같아요.

줄거리

엄마와 둘이 사는 줄리앙은 학교에서 돌아오면 늘 빈 집에 들어가야 해요. 매월 초 엄마와 함께 슈퍼마켓에 장 보러 가는 것이 줄리앙이 가장 좋아하는 일이에요. 엄마는 날마다 출근해서 저녁 7시 30분이 되어야 집에 오시죠. 학교에서 돌아온 줄리앙은 혼자 자기 할 일을 하면서 엄마를 기다려요. 매일 6시에 옆집에 사는 멕시코인 대학생 세바스티앙이 줄리앙 엄마의 부탁으로 줄리앙이 잘 있는지 보러 오고 가끔은 함께 시간을 보내기도 해요. 세바스티앙이 가고 줄리앙은 오늘도 엄마를 기다리고 있어요. 그런데 8시 30분이 되어도 엄마가 오지 않아요. 점점 걱정이 커진

줄리앙은 엄마를 기다리러 지하철역까지 갔어요. 불안해하던 줄리앙은 계단에서 올라오는 엄마를 발견하고는 쏜살같이 집으로 돌아왔어요. 줄리앙은 왜 혼자 집으로 뛰어갔을까요?

사랑하는 자녀에게 안정적인 환경을 만들어 주고 싶은 것이 부모 마음이에요. 아이에게 결핍이 없는 상황을 만들기 위해 최선을 다하죠. 엄마는 회사에 가고 학교에서 돌아온 후 긴 시간을 혼자 보내야 하는 아이가 엄마를 기다리는 마음을 생각하면서 《엄마가 늦게 오는 날》을 읽어 보세요. 엄마가 생각하는 것보다 더 엄마를 생각하는 어른스러운 아이의 마음 씀씀이가 진한 감동으로 다가올 거예요.

생각나눔

《엄마가 늦게 오는 날》를 읽은 우리 아이에게 다음 질문을 해 보세요.

- 줄리앙은 학교 끝난 후 현관문 열고 캄캄한 집에 들어올 때 기분이 어떨까?
- 줄리앙을 혼자 있게 하는 줄리앙 엄마 마음은 어떨까?
- 네가 만약 줄리앙이라면 엄마를 기다리는 동안 무슨 일을 할 거야?
- 혼자서 엄마를 기다려야 했을 때 어떤 기분이었어?

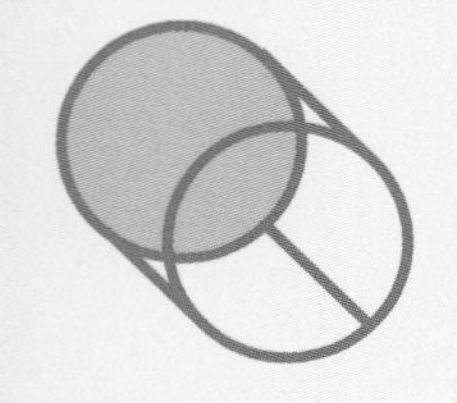

- 줄리앙에게 형제가 있었다면 어땠을까?
- 엄마가 걱정할까 봐 거짓말한 줄리앙을 보면서 어떤 생각이 들었어?

추천도서

이원수 선생님의 《엄마 없는 날》은 어때요? 영이가 엄마 없이 하루를 보내는 이야기에요. 이원수 선생님의 고운 언어가 영이 마음을 잘 보여주네요.

No.10

따라쟁이 내 동생

아만 기미코 글
나가이 야스코 그림
담푸스 출판사
2010년 5월 12일 발행
52 쪽수
8,500원 정가

책 소개

저희 가족은 세 명이에요. 아들 한 명을 키우고 있죠. 아들은 자신이 외동이라서 자기 혼자 부모 사랑을 독차지할 수 있다고 좋아했어요. 아들이 다섯 살 때 놀이터에서 놀고 있었어요. 또래 친구들과 미끄럼도 타고 정글짐에 올라가기도 하면서 놀던 아이는 갑자기 옆에 있는 친구와 싸움이 붙었어요. 두 아이는 서로 주먹질을 하다가 상대 친구가 울음을 터뜨렸어요. 그때 어디에 있었는지 우는 아이 형이 쏜살같이 달려와 아들을 한 대 때렸어요. 저도 놀라고 친구 엄마도 놀라서 달려갔죠.

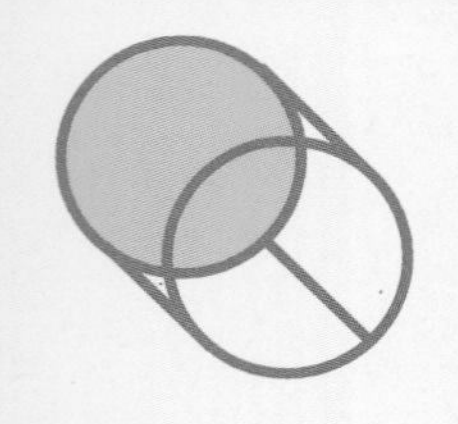

다행히 상황은 빨리 정리됐고, 저는 친구 엄마에게 물었어요.
"형제자매 없는 외동은 불쌍하네. 평소 형제끼리 사이가 좋아?"
"아니, 맨날 싸워. 나도 오늘 깜짝 놀랐어."
"역시 피는 물보다 진하다는 말이 맞네."

《따라쟁이 내 동생》의 저자 아만 기미코는 실제로 남매를 키운 경험을 바탕으로 이 동화를 썼대요. 작가는 외동이라서 형제자매의 '정'을 잘 몰랐대요. 그런데 작가가 결혼해서 남매를 키우면서 작가가 경험해보지 못했던 것을 알게 됐고, 그 마음을 이 동화에 반영했대요. 작가처럼 외동인 친구들이라면 형제자매가 있는 친구들과 이야기를 나누어 보세요.
"형제자매가 있어서 좋은 점과 나쁜 점이 뭐야?"하고요.

미코에게는 타아라는 남동생이 있어요. 미코는 타아가 좋기도 하지만 귀찮을 때도 많아요. 타아는 미코 '껌딱지'라서 미코가 가는 곳이면 어디든 따라오고, 미코가 하는 것은 무엇이나 함께하려고 하거든요. 엄마는 타아가 잘못했는데도 동생을 잘 데리고 놀지 않아서 그런 거라며 미코를 야단치기도 해요. 그럴 때면 미코는 정말 화가 나고 타아가 미워요. 타아가 문에 그림을 그려서 엄마에게 혼난 미코는 화가 나 쿵쾅대며 계단을 내려가다가 그만 미끄러져 아래로 굴렀어요. 그 모습을 본 타아는

온 집안이 떠내려갈 듯 울었고 놀란 엄마가 달려왔지요. 넘어지지도 않은 타아는 왜 울었을까요?

인구감소가 심각한 우리나라에서는 다양한 출산장려정책을 펼치고 있어요. 2023년 우리나라의 출산율은 0.78로 전 세계에서 가장 낮아요. 신생아 수가 적어서 2023년에 신입생이 한 명뿐인 '나 홀로 입학식'을 한 학교가 140곳이었어요. 지금과 같은 추세로 인구감소가 이어진다면 10년 후에는 현재 초등학교의 30% 정도가 문을 닫게 될 거라고 전문가들이 예측하고 있어요. 아이를 키우는 것이 쉽지 않지만 아이들이 주는 행복 역시 결코 작지 않아요. 시간의 흐름에 따라 달라지는 미코와 타아의 기분을 잘 살펴보며 읽어 보세요.

생각나눔

《따라쟁이 내 동생》을 읽은 우리 아이에게 다음 질문을 해 보세요.

- 동생(또는 형, 언니, 누나, 오빠)이랑 함께 지내면 좋은 점은 뭘까?
- 동생(또는 형, 언니, 누나, 오빠)이 어떤 경우에 미워?
- 동생(또는 형, 언니, 누나, 오빠)에게 고마웠던 경험 있어?

- 동생들은 왜 형(또는 언니, 누나, 오빠)를 따라할까?
- 가족이란 무엇일까?
- 너에게 동생 한 명이 더 생긴다면 어떨까?
- 외동이 점점 많아지고 있는데 인구가 줄어서 친구가 한 명도 없는 학교에 나 혼자 다닌다면 어떨까?

추천도서

'가족'에 대해 다양한 관점에서 쓴 고정욱 작가의 《가족은 나의 힘》도 함께 읽어 보세요. 가족의 의미와 역할에 대해 함께 생각해 보고, 책 뒷부분에 실린 독후 활동지를 함께 풀어보면 좋아요.

똥섬이 사라진대요

안영은 글
김은경 그림
파란정원 출판사
2015년 7월 25일 발행
56 쪽수
10,000원 정가

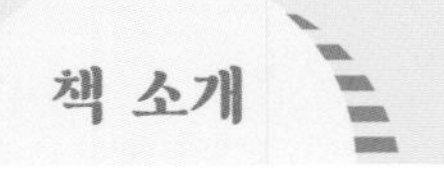

큰 조카가 초등학교에 입학했을 때 일이에요. 오전 10시 조금 넘은 시간에 갑자기 현관문이 열리더니 조카가 뛰어 들어왔어요. 곧바로 화장실로 달려가 똥을 누고는 다시 급하게 집을 나섰어요. 이게 무슨 일인가 싶어 제가 어리둥절해하고 있는데 동생이 설명했어요. 예민한 조카가 학교에 입학한 후 화장실에 못가서 하루에 한 번씩 집에 와서 똥을 누고 간다는 거예요. 그나마 학교와 집이 가까우니 다행이라고요. 그리고 예민한 아이 상황을 이해하고 집에 다녀오라고 보내주시는 선생님도

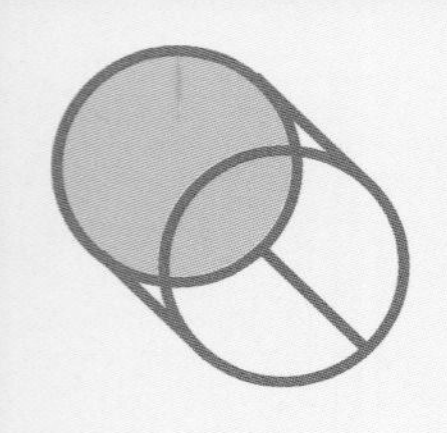

훌륭한 분이라고요. 성인이 된 조카는 지금도 예민한 장 때문에 밖에서는 큰 볼일을 잘 못봐요. 그런데 사람뿐 아니라 새 중에서도 한 곳에서만 똥을 누는 새가 있다고 해요. 신기하죠?

《똥섬이 사라진대요》의 안영은 작가는 방송사 어린이 프로그램 작가로 활동했어요. 어린이 눈높이에 맞는 책을 여러 권 썼어요. 안영은 저자는 '똥 전문가'에요. 《세상에서 가장 큰 케이크》로 2015년 볼로냐 라가치상을 탄 이후로 재미있는 똥 이야기를 쓰기 위해 똥 생각을 더 많이 하게 되었대요. 그래서 《슈퍼 히어로의 똥 닦는 법》이라는 책도 썼어요. 작가는 똥이 더러운 게 아니라 소중한 '보물'이라는 걸 알려주기 위해서 이 책을 썼대요. 진짜로 똥이 보물일까요?

줄거리

새 중에서 날개가 가장 크고 가장 멀리 나는 새 앨버트로스는 두 달 동안 지구 한 바퀴를 돌 정도로 여행을 좋아해요. 앨버트로스는 덩치가 큰 만큼 똥도 아주 요란하게 그리고 많이 눠요. 그런데 앨버트로스는 아무데서나 똥을 누지 않고 꼭 정해진 자리에서만 똥을 눠요. 이것도 자기 영역을 표시하는 본능일까요? 앨버트로스가 똥 눌 자리로 선택한 곳은 남태평양의 섬나라 나우루 공화국이에요. 앨버트로스는 산호 사이에 똥을 눴어요. 아주 오랫동안 말이죠. 새들이 눈 똥은 단순한 똥이 아니었어요. 새똥이 큰 돈이 된다는 것을 알게 된 사람들은 욕심을 부리기 시작했어요. 마

구 파서 쓰고, 쓰고, 또 썼어요. 결국 새똥 섬에 더 이상 새똥이 남지 않았죠. 새똥이 사라지면서 사람들의 웃음도 사라졌어요. 앨버트로스는 더 이상 그곳에 똥을 누지 않아요.

우리는 미래를 생각하기보다는 지금 여기에서 만족과 행복을 찾을 때가 많아요. 다가올 미래는 막연하지만 지금 당장 느끼는 만족감은 즉각적인 보상이 되기 때문에 포기하기 쉽지 않죠. 편리함을 추구하는 인간의 욕심은 끝없이 이어졌고 최근에는 그 결과로 여러 가지 자연재해가 세계 곳곳에서 발생하고 있어요. 우리가 사는 세상을 지키기 위해 우리 삶의 태도를 어떻게 변화시켜야 하는지 생각하면서 이 책을 읽어 보세요.

생각나눔

《똥섬이 사라진대요》를 읽은 우리 아이에게 다음 질문을 해 보세요.

- 앨버트로스가 싼 똥은 어떤 귀한 물건이 되었나요?
- 똥이 보물이 된 또 다른 경우가 있나요?
- 예전에 우리 조상들은 남의 집에 가서 똥 누지 말고 집에 와서 똥 누라고 했어요.

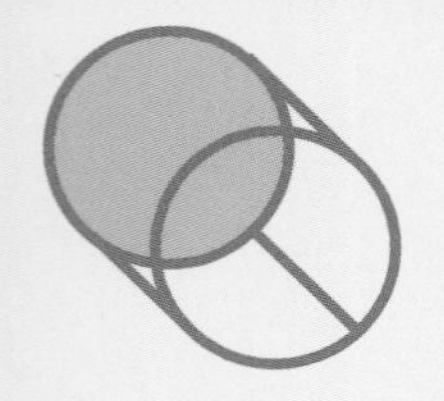

왜 그랬을까요?

- 똥섬 사람들처럼 우리가 마구 쓰는 자원에는 어떤 것들이 있나요?
- 앨버트로스의 입장에서 나우루 공화국을 보면 어떤 마음일까요?
- 현재 나우루 공화국은 어떤 상황일까요?
- 나우루 공화국의 미래는 어떻게 될까요?

추천도서

유엔이 기후변화로 '지구가 끓어오르는 시대가 됐다'고 평가하고 있어요. 미국 애리조나주의 명물로 꼽히는 사구아로 선인장이 폭염에 따른 극심한 스트레스로 안쪽부터 썩어가면서 땅바닥에 쓰러지고 있대요. 브렌다 기버슨 작가의 《선인장 호텔》을 읽어 보세요.

No.12

도서관

사라스튜어트 글
데이비드 스몰 그림
시공주니어 출판사
1998년 3월 30일 발행
40 쪽수
13,000원 정가

책 소개

1억 7천 5백만 명. 이 숫자는 어떤 숫자일까요? 전국 1,236개 공공도서관 이용률을 바탕으로 최근 발표한 '전국 공공도서관 통계조사'에 나타난 2022년 공공도서관 방문 이용자 수에요. 2021년과 비교해 20% 이상 증가한 수치래요. 도서관 평균 소장 도서 수는 99,193권, 평균 대출 도서 수는 111,824권이래요. 제가 사는 경기도 고양시에도 공공도서관 20, 작은도서관 16곳이 있어요. 고양시에서는 〈2023 대한민국 독서대전 고양〉을 개최해 '책꽂이 교환 프로젝트', '한 달에 한 권쯤은', '독

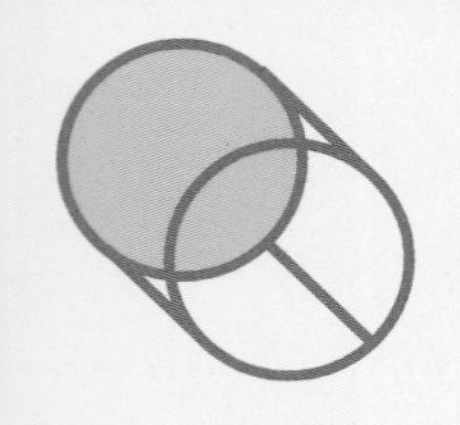

서 마라톤', '책 길 따라' 등 다양한 독서 관련 행사를 진행하고 있어요.
저는 집 근처에 있는 도서관을 자주 이용하고 있어요. 다양한 종류의 책을 구비하고 있어서 원하는 책을 골라 편안하고 깔끔한 분위기로 조성된 자리에서 읽을 수 있어 얼마나 좋은지 몰라요. 또 근처 도서관에 내가 원하는 책이 없을 경우에는 상호대차 서비스로 원하는 책을 받을 수도 있어요. 맞춤 서비스인 셈이죠. 도서관은 점점 좋아지고 있는데 도서관 이용자 수는 그리 많지 않아서 안타까워요.

《도서관》의 저자 사라 스튜어트는 동화, 시, 동화 서평을 쓰는 다재다능한 작가에요. 특히 이 책에 그림을 그린 남편 데이비드 스몰와 함께 그림책 작업을 많이 한대요. 《리디아의 정원》도 두 사람이 함께 작업한 책인데 단순한 선과 밝고 깨끗한 색감이 특징인 데이비드 스몰의 그림이 아내 사라 스튜어트의 동화를 더욱 돋보이게 한다는 호평을 받고 있어요.

깡마른 여자아이 엘리자베스 브라운은 어릴 때부터 책읽기를 좋아했어요. 아침부터 밤까지 손에서 책을 놓지 않았죠. 학교 기숙사에 들어갈 때도 엘리자베스 브라운 짐 가방에는 책이 가득했어요. 책이 너무 많아서 침대가 무너지기도 했죠. 친구들이 데이트하러 갈 때도 엘리자베스 브라운은 집에서 책 읽는 것을 더 좋아했어요. 엘리자베스 브라운은 어른이 되어 일을 하게 되자 번 돈을 모두 책 사는 데 썼

어요. 엘리자베스 브라운의 집은 도서관이라고 해도 될 만큼 온 집안이 책으로 가득했어요. 아이들은 책으로 가득한 엘리자베스 브라운 집에 와서 책으로 집 짓기도 하며 즐거워했죠. 책이 너무 많아서 더 이상 책을 들여놓을 공간이 부족해지자 엘리자베스 브라운은 자신의 집을 도서관으로 마을에 기부했어요.

마이크로소프트사의 창업자 빌 게이츠는 "오늘의 나를 있게 한 것은 우리 마을의 공공도서관이었다. 하버드 졸업장보다 소중한 것이 독서하는 습관이다."라고 했어요. 《도서관》을 읽으며 예전과 오늘날의 도서관이 어떻게 달라졌는지에 대해 생각해 보세요. 도서관 이용 경험을 떠올리며 책을 읽는다면 더 생생하게 엘리자베스 브라운의 마음을 느낄 수 있을 거예요.

생각나눔

《도서관》을 읽은 우리 아이에게 다음 질문을 해 보세요.

- 도서관에 가 본 경험 있어?
- 도서관에 가면 주로 어떤 책을 골라?
- 도서관에서 책 읽기 말고 어떤 것을 할 수 있을까?

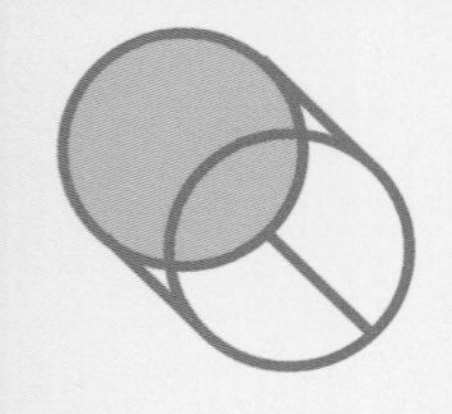

- 도서관은 공공의 이익을 위해 준비한 시설이야. 왜 도서관을 많이 만들까?
- 네가 가 본 도서관 중에서 가장 마음에 드는 도서관은 어디야? 왜 거기가 마음에 들었어?
- 네가 나눠줄 수 있는 책 있어?
- 특별한 분야의 책 예를 들면 과학, 수학, 미술 도서만 구비한 과학도서관, 수학도서관, 미술도서관도 있어. 어떤 분야의 책을 모아놓은 도서관을 만들고 싶어?
- 도서관을 자주 이용하는 친구들에게 하고 싶은 말은 뭐야?

추천도서

데이비드 스몰이 그림을 그렸고 칼데콧 상을 수상한 《대통령이 되고 싶다고?》도 함께 읽어 보세요.

No.13

가슴 뭉클한 옛날이야기

김장성 글
권문희 그림
사계절 출판사
2014년 4월 1일 발행
108 쪽수
10,000원 정가

책 소개

“옛날 옛날에 지성이와 감천이가 살았어. 지성이는….”
아이가 어렸을 때 저는 날마다 잠자리 동화를 들려줬어요. 아이는 제가 들려주는 잠자리 동화를 좋아해서 이야기를 듣고 싶으면 한낮에도 빨리 침대로 잠자러 가자고 졸랐어요. 처음에는 제가 알고 있는 전래동화를 들려줬어요. 그런데 매일매일 이야기를 들려주다 보니 제 밑천이 금세 드러나더라고요. 그래서 생각해 낸 게 제가 읽은 동화를 “옛날 옛날에~”로 시작하면서 들려주는 방법이었죠. 아이는 제가

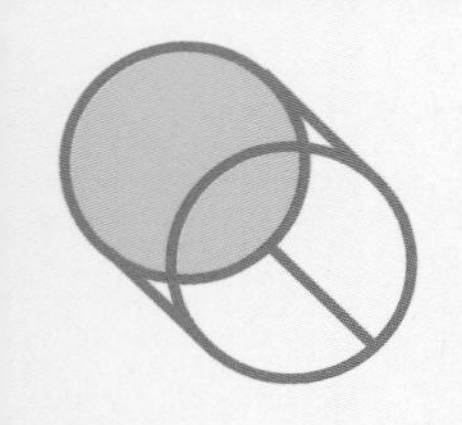

들려주는 이야기에 푹 빠져서 듣다가 잠들기도 하고, 때로는 이야기 하나로 만족하지 않고 더 들려달라고 조르기도 했어요. 어떤 때는 제가 이미 들려준 이야기라는 걸 까먹고 한참 이야기하고 있는데 아이가 "엄마, 그거 아니야. 하영이 아빠가 오토바이 사고 났잖아."라며 잘못된 부분을 지적하기도 했어요. 아이는 초등 고학년이 되어서도 가끔 "엄마 오늘 옛날 옛날에 어때?"라며 자기와 함께 시간을 보내주길 요청하기도 했어요.

《가슴 뭉클한 옛날이야기》의 저자 김장성은 우리 겨레의 옛이야기를 아주 좋아한대요. 센 놈한테 약하고 약한 분한테 세게 굴면서 차별하는 사람을 특히 싫어한대요. 그래서 옛 이야기를 통해 그런 사람을 혼내주고 착한 사람이 복 받는다는 것을 알려주고 싶대요. 우리 옛이야기에는 멋과 흥이 있기 때문에 옛 이야기 책을 많이 써서 우리 옛이야기의 맛을 친구들에게 알려주고 싶다고 합니다.

착하고 부지런한 신랑 각시가 살았어요. 둘은 열심히 일하면서 알콩달콩 살고 있었는데 갑자기 신랑에게 큰 병이 생겼어요. '하늘의 저주'라고 불리는 문둥병에 걸린 거예요. 신랑이 걸린 문둥병을 치료하기 위해 자신의 몸을 바친 '오봉산의 불꽃', 눈이 멀어 앞 못 보는 지성이와 앉은뱅이 감천이는 거지예요. 지성이와 감천이는 자신의 몸이 불편해도 서로 도우며 살았어요. 그렇게 사이좋게 지내던 지성이

와 감천이는 어느 날 금덩이를 발견해요. 황금보다 친구를 더 소중하게 여긴 '지성이와 감천이' 이야기. 은혜 갚은 소, 은혜 갚은 까치, 은혜 갚은 구렁이 이야기 들어본 적 있죠? 이번에는 '은혜 갚은 호랑이' 이야기에요. 도깨비 방망이를 얻어 부자가 된 착한 나무꾼과 욕심 부리다가 도깨비들에게 호되게 당한 '혹부리 영감'이야기 아시나요? 김장성 작가가 또 다른 도깨비 이야기를 들려주네요. '헌 패랭이와 새 패랭이' 이야기에요. 마지막으로 '빌린 복으로 잘 산 이야기'는 어느 추운 겨울날, 갈 곳 없는 임산부에게 따뜻한 방을 내어주고 복을 받은 이야기에요.

중점사항

《가슴 뭉클한 옛날이야기》는 우리가 한 번쯤 들어본 이야기 묶음이에요. 그런데 알고 있던 내용과 조금 다른 부분도 있어요. 내가 알고 있는 이야기와 어떤 부분이 다른지, 또 다른 나라 동화 중에서 이 내용과 아주 비슷한 동화는 무엇인지 생각해보면서 읽으면 더 재미있어요.

저는 '헌 패랭이와 새 패랭이'를 읽을 때 '흥부 놀부'가 떠올랐어요. 동시에 제가 어릴 때 저에게 옛날이야기를 들려주시던 외할머니 생각도 났어요. 이야기에는 정말 놀라운 힘이 있는 것 같아요.

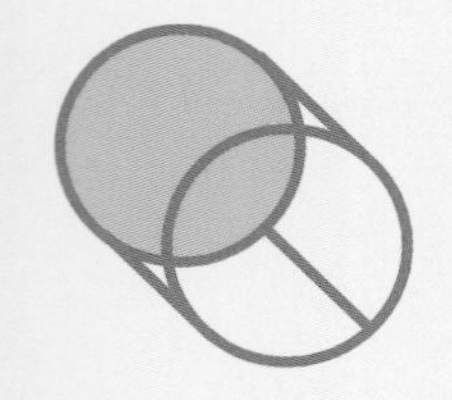

생각나눔

《가슴 뭉클한 옛날이야기》을 읽은 우리 아이에게 다음 질문을 해 보세요.

- 네가 알고 있는 옛날이야기에는 어떤 것들이 있어?
- 옛날이야기 들으면 어떤 생각이 들어?
- 옛날이야기는 창의력 개발에 좋대. 네 생각은 어때?
- 이야기에 나오는 등장인물 중 어떤 인물이 가장 마음에 들어?
- 《가슴 뭉클한 옛날이야기》 중에서 어떤 이야기가 가장 감동적이야?
- 점점 사라지는 우리 옛날이야기를 보존할 수 있는 방법은 뭘까?
- 각 나라마다 옛날이야기가 많아. 전래동화, 신화 등 각 나라가 이야기를 즐겼던 이유는 뭘까?
- 네가 옛날이야기를 하나 만든다면 어떤 내용으로 만들고 싶어?

추천도서

옛날이야기 책을 많이 쓴 김장성 작가의 또 다른 옛이야기 《별난 재주꾼 이야기》도 읽어 보세요. 특별한 재주로 어려움을 이겨낸 우리 조상님들의 재치와 유머를 엿볼 수 있어요.

No.14

화요일의 두꺼비

러셀 에릭슨 글
김종도 그림
사계절 출판사
2014년 4월 5일 발행
104 쪽수
9,800원 정가

책 소개

고등학생 때 저는 사춘기였어요. 세상에서 모든 고민은 나 혼자 다 갖고있는 것 같은 마음으로 지냈죠. 친구들과 어울려 다니기보다는 혼자 지내는 시간이 더 많았어요. 그러다가 한 친구와 이야기를 나누기 시작했고 조금씩 서로의 사정에 대해 알게 되면서 저도 마음을 열기 시작했죠. 학업고민, 진로문제, 가정환경 등 이야기 범위가 넓어질수록 친구와 신뢰도 굳건히 쌓여간다고 생각했어요. 그러던 어느 날 친구가 저에게 말했어요.

"나는 네 고민을 듣고 있으면 너무 사치스럽다는 생각이 들어."
그 이후 저는 지금까지 그 친구와 마음을 나누지 않아요. 참 씁쓸하고 아픈 기억이에요.

《화요일의 두꺼비》의 저자 러셀 에릭슨은 우리나라와 특별한 인연이 있대요. 저자가 젊었을 때 한국과 일본에서 군대 생활을 했대요. 저자는 《워턴과 상인들》, 《워턴과 스키 왕》, 《워턴의 크리스마스 이브》 등 워턴 시리즈로 유명하다고 해요. 그런데 아쉽게도 국내에서는 저자의 다른 작품을 한글로는 만나볼 수 없네요. 저자가 사랑하는 캐릭터 워턴은 《화요일의 두꺼비》에 나오는 주인공 워턴처럼 따뜻한 인물인지 궁금해요.

줄거리

두꺼비 형제 모턴과 워턴은 추운 겨울 어느 날 딱정벌레 과자를 먹다 툴리아 고모가 생각났고, 동생 워턴은 툴리아 고모에게도 과자를 가져다 드리겠다고 길을 나서요. 두꺼운 옷을 껴입고 스키를 타고 과자를 가지고 고모에게 가려고 길을 나선 워턴은 어느새 스키에도 익숙해졌어요. 한참을 가다가 점심을 먹기 위해 그루터기에 앉아 있던 워턴은 이상한 소리에 주위를 살펴보다 눈구덩이에 빠진 사슴쥐를 구해줬죠.
다시 길을 재촉한 워턴은 비겁하다고 소문난 올빼미에게 잡혔고, 올빼미의 나무 꼭

대기 집에 끌려갔어요. 워턴은 자신이 곧 죽을 것이라고 생각했지만 올빼미는 워턴을 당장 잡아먹지 않고 일주일 뒤 자신의 생일에 워턴을 잡아먹겠다고 했어요. 워턴은 특유의 따뜻함과 긍정적인 마음으로 자신이 죽게 되는 날 전까지 올빼미와 차를 마시며 이야기를 나눠요. 친구 하나 없는 냉소적인 올빼미는 낙천적이고 따뜻한 마음씨의 두꺼비와 함께 하는 시간이 쌓일수록 조금씩 마음을 열게 돼요. 드디어 워턴을 잡아먹겠다고 한 화요일, 과연 워턴은 어떻게 될까요?

《화요일의 두꺼비》는 워턴의 따뜻한 마음이 차가운 올빼미를 어떻게 변화시키는지 살펴보면서 읽으면 좋아요. 추운 겨울에 툴리아 고모께 딱정벌레 과자를 가져다 드리려고 길을 나섰다는 것에서부터 시작된 워턴의 다정함이 책 곳곳에서 나타나고 있으니 어떻게 드러나는지 살펴보는 것도 재미있어요. 반대로 무뚝뚝하지만 워턴이 좋아하는 노간주 열매를 찾으러 나선 올빼미 조지에게도 말을 걸어보세요.

생각나눔

《화요일의 두꺼비》를 읽은 우리 아이에게 다음 질문을 해 보세요.

- 워턴은 다정한 성격이라고 나오는데 그 이유를 몇 가지 대봐.

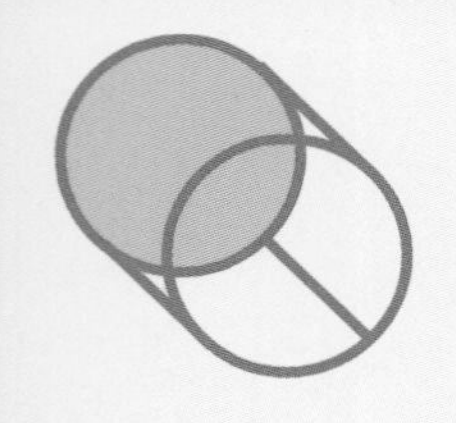

- 두꺼비와 올빼미는 천적이야. 또 동물 중에 천적 관계에 있는 것들 예를 들어봐.
- 워턴이 사슴쥐를 구해줘서 사슴쥐도 워턴을 구해줬어. 이처럼 친구들과 서로 도움을 주고받은 예를 들어봐.
- 나와 성격이 전혀 다른 친구와는 어떻게 지내?
- 무뚝뚝한 올빼미는 워턴이 좋아하는 노간주 열매를 찾으러 갔다가 여우에게 잡혔어. 올빼미는 왜 그랬을까?
- 워턴과 조지는 이제 친구가 되었어. 이 친구들처럼 마음을 나누게 된 친구가 있어?
- 올빼미 조지는 워턴에게 자기 생일에 함께 식사하고 차를 마시자고 했어. 네 생일에는 친구와 뭘 하고 싶어?

추천도서

홍민정 작가의 《오늘부터 친구 1일》도 함께 읽어 보세요. 성격이 정반대인 승재와 민재가 어떻게 친구가 되어 가는지 보여주고 있어요. 좋은 친구를 사귀려면 내가 먼저 좋은 친구가 되어야 한다는 거 알죠?

아니 방귀 뽕나무

김은영 글
정성화 그림
사계절 출판사
2015년 11월 30일 발행
96 쪽수
10,000원 정가

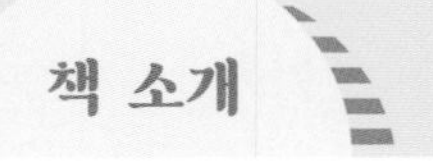

마스크

우리는 모두 마스크를 쓰고 있다
내면의 마스크,
외면의 마스크

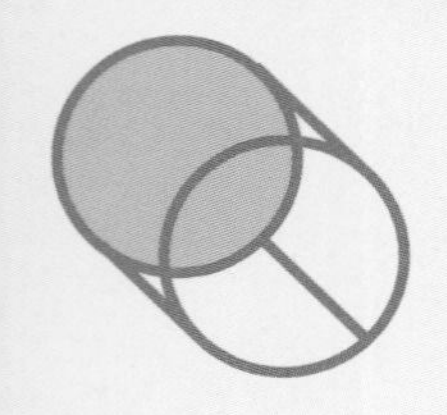

외면의 마스크를 벗으면
서로의 외면을 더 잘 볼 수 있다.

내면의 마스크를 벗으면
서로의 내면을 자세히 그늘 없이 볼 수 있다.

내면의 마스크를 벗어야
서로 더 알아갈 수 있다.

(초등 6학년 아들이 쓴 동시)

아들은 수시로 노트에 짧은 글을 써요. 동시를 쓰기도 하고 에세이를 쓰기도 해요. 글을 쓰면서 자기 생각을 정리하고 감정도 정리하는 것 같아요. 제가 보여 달라고 하면 어릴 때는 잘 보여주더니 지금은 비밀이라며 얼른 노트를 덮어요. 작가가 되지 않더라도 아들이 오래도록 글 쓰는 습관을 갖고 있으면 좋겠어요.

《아니, 방귀 뽕나무》의 저자 김은영은 시골학교를 찾아다니며 아이들을 가르치는 현직 교사래요. 시골 아이들의 순박함과 농촌 생활에 대한 애정이 크대요. 미사여구로 멋을 부리거나 아름답게 보이려고 꾸미지 않고, 자연과 함께 살아가는 모습을 순수하고 소박한 언어로 쓴 동시집을 많이 발표했어요. 저자의 동시를 읽으면 농촌 생활이 한 폭의 그림처럼 그려지는 마법같은 일을 경험할 수 있어요.

책의 내용

'아니, 방귀 뽕 방귀'에는 39편의 동시가 실려 있어요. 작가는 동시를 '김밥'이라고 표현해요. 이 책에는 초등학교 2학년 교과서에 수록된 동시가 있어요. 바로 '잠자는 사자'라는 동시예요. 인물의 마음 상상하기 편에 실려 있는데 어떤 내용인지 한 번 보실래요?

잠자는 사자

으르렁 드르렁
드르르르 푸우--

아버지 콧속에서
사자 한 마리
울부짖고 있다.

생쥐처럼 살금살금
양말을 벗겨 드렸다.

변비

화장실에 갔다가
뿌-웅 헛방귀만 뀌고 왔는데
다시 아랫배가 부풀어 오른다.

때마침 운동장 너무 철길로
기차가 지나간다

바로 지금이다
푹- 푹-- 푸욱!
작게 길게 나누어 터뜨렸다.

휴! 살 것 같다.

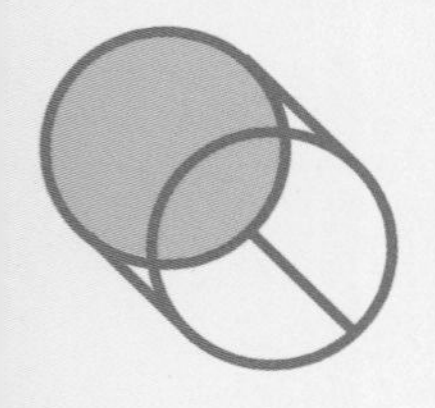

아빠 양말을 벗겨드리는 아이의 마음이 느껴지나요?

어때요? 동시를 읽으면서 내 배도 시원해지는 것 같지 않나요?

이밖에도 도둑끼리 들켜서, 더위 먹은 날, 강아지풀과 5교시, 젓가락 한 짝, 배추 애벌레 등 재미있고 감동적인 시가 많아요.

매년 새 학기가 시작되는 3월에는 '시'로 국어 학습을 시작해요. '시를 읽으며 마음을 말랑말랑하게 하려는 의도가 아닐까?'라고 나름대로 해석해요. 동시집을 곁에 두고 수시로 펼쳐서 아이와 함께 읽어 보세요. 시 낭독회를 열어보는 것도 좋겠죠?

생각나눔

《아니, 방귀 뽕나무》를 읽은 아이와 함께 이런 주제로 동시를 써 보세요.

- 학교 가기 싫은 날
- 내 이름은 ○○○
- 사라져라 공부!
- 스마트폰 사 주세요
- 펄펄 끓는 지구

- 오늘은 캠핑 가는 날
- 계곡 미끄럼틀 타기

추천도서

혼자 동시 쓰는 게 어렵다면 《또박또박 따라 쓰고 뚝딱뚝딱 동시 쓰고》 어때요? 작가들이 쓴 동시를 따라 쓰다보면 스스로 뚝딱 동시를 쓰게 될 거에요.

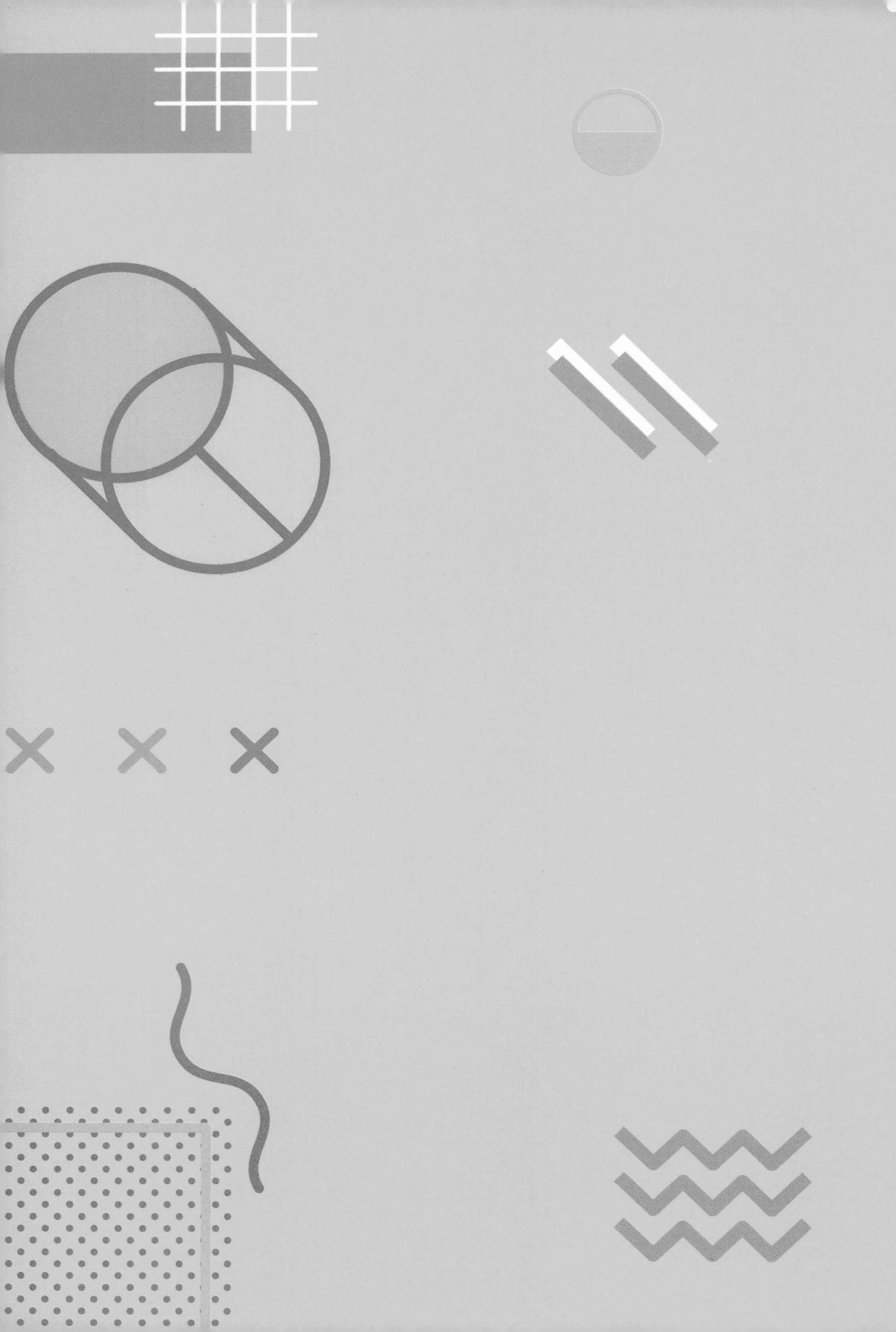

박선영 선생님의 추천 도서

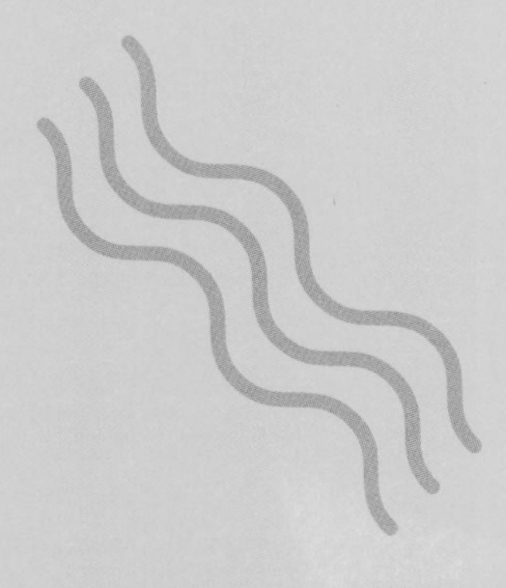

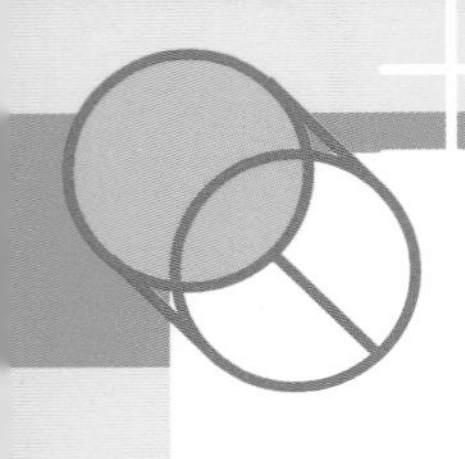

2011년 영국 런던에서 어린 남매를 키울 때 남편이 출근하고 나면 혼자 남겨진 저는 낮에 아이들과 공원 나들이 말고는 할 수 있는 게 없어서 책 읽는 시간을 많이 가졌어요. 요즘같이 모든 게 넘쳐나는 시대에 결핍이 가장 큰 선물이라고 했던가요? 영국에서의 생활은 모든 것이 부족한 결핍의 시기였어요. 특히 언어 때문에 힘들어하던 저에게 어렵게 구한 한글 중고서적은 너무 소중하고 귀해서 아이들과 읽고 또 읽어서 내용을 거의 외울 정도였어요. 그 시기에 책이 저에겐 소중했고 육아로 지치고 힘든 저에게 동화책은 실제로 마법 같은 효력을 나타냈어요.

아이들이 한꺼번에 찡얼거리거나 남편이 야근하는 날에는 앤서니 브라운의 《마술 연필》을 떠올리며 주문을 외우듯이 마음을 진정시키기도 하고, 전래 동화를 읽을 때는 한국에 계신 부모님 생각에 눈물도 흘리면서 책으로 위로를 받았어요. 육아도 처음, 낯선 땅에서 사는 것도 처음이라 감당하기 힘든 제 감정들을 위로하고 달래준 건 바로 동화책이었어요. 그 뒤 '그래, 세 아이를 데리고 내가 할 수 있는 건 독서다!'라고 깨달았고, 아이들을 키우면서도 독서를 결코 내려놓지 않으리라고 다짐했어요.

몇 년 후 한국으로 돌아와 아이가 학교 과제로 일기를 써갈 때쯤 저는 글쓰기의 필요성과 읽기만 하는 독서에 아쉬움을 느꼈어요. 집 근처 논술학원을 찾으려고 여기저기 알아보고 아이 친구들이 다니는 곳이 어딘지 물어보기도 했어요. 그러다가 〈생각연필 독서논술〉을 알게 되었고, 오애란 대표님과 이야기 나누면서 제 고민을 해결할 방법을 찾게 되었어요. 저는 생각연필 강사양성 과정을 공부하기 시작했고, 과제로 내주는 책 리스트를 통해 좋은 동화책도 많이 읽게 되었어요.

생각연필 강사양성 과정은 제가 예전에 공부했던 독서지도사 과정과는 좀 달랐어요. 읽어야 하는 책도 많았고 선생님이 모든 책을 읽고 글쓰기도 해야 했어요. 비록 과제로 동화책을 읽었지만 밤새워 동화를 읽으로 나도 모르게 흐르던 눈물은 육아로 지쳐 메말랐던 제 감정들을 다시 회복시켜 주는 듯했어요. 아이 셋을 키우며 살림하고 일까지 한다는 게 쉽지 않아서 친정어머니는 저를 안타까워하셨어요. 하지만 동화책을 읽고 있으면 모든 스트레스가 날아가는 듯했고, 아직 메마르지 않은 감정을 확인하며 행복했어요. 제가 책 읽기로 느끼는 감정을 아이들도 똑같이 느낄 것이라는 확신도 그때 들었고요. 영국에서 또 한국에서 좋은 동화책을 직접 찾으러 다녔던 저는 동화책 읽기와 독후감 쓰기에 빠져들면서, 아이들에게 좋을 책을 읽히는 것이 얼마나 중요한지 깨닫게 되었어요.

“내 아이가 어떤 책을 읽어야 할까?”

많은 직접 동화책을 읽어보니 이 질문이 떠올랐어요. 아이가 다양한 시선으로 세상을 볼 수 있게 되면서 질문의 분야와 종류도 다양해졌기에 어떤 책을 읽게 해야 하는가에 대한 고민이 더 필요한 부분으로 와닿았고요. 내 아이를 위해 좋은 책을 찾으려면 시중에 필독서로 나와 있는 책들도 부모가 다 읽어보는 것이 더없이

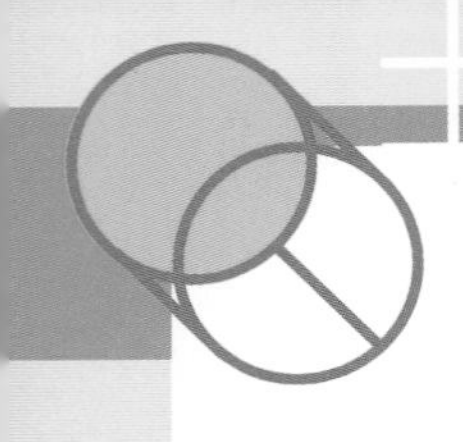

좋지요. 필독서나 추천 도서로 선정되었지만, 내용이 현실과 맞지 않을 경우도 있고, 지금 우리 아이에게는 좀 어려운 내용일 경우도 많아요. 부모님이 책을 아이와 함께 읽고, "왜 그렇게 생각해?"라고 질문 하나를 던지는 행동이 아이들을 비좁은 세상 밖으로 나오게 하는 계기가 될 거예요. 자기만의 답변이 있다는 건 그만큼 자신을 더 잘 아는 것인데, 자신을 알아가는 것 역시 독서와 연관이 있더라고요.

제가 이미 읽어서 알게 된 좋은 책 리스트에 있는 책들을 저녁 시간에 아이들에게 읽어 주었어요. 제일 감동이었던 것은 잊혀져 가는 시대 정서를 구구절절 설명하지 않아도 아이들이 동화책을 통해 궁금해하고 알아가는 거였어요. 아이들과 외국에 살면서 시대 정서를 알려주는 것이 우리 아이들을 가장 '나답게' 키우는 저의 의무라고 생각했었어요. 그런데 아이들이 동화책으로 자연스럽게 알아가는 모습을 보면서 짐을 하나 내려놓은 듯 홀가분하고 기뻤어요. 때론 너무 졸려서 책 읽기를 그만두고 싶은 생각도 많이 들었지만, 책 읽기를 마치고 서로 대화를 나누는 재미가 있어서 꾹 참았더랬지요. 얇은 동화책 한 권을 읽고도 아이들의 질문이 끊임없이 쏟아지는 모습을 보면서, '과연 독서가 정답이구나.'라고 다시 한번 깨닫게 되었어요.

아이들이 커가면서 사춘기가 시작되고, 넘쳐나는 정보의 홍수 속에서 우리 아이들은 매일매일 상처를 받고, 나도 모르게 상처를 주며 살아가고 있어요. 저도 부모로서 아이의 상처를 보살펴 주고 싶어서 애를 썼지만, 오히려 관계를 악화시키기도 했죠. 아이들은 입을 다물고 말하지 않았지만, 책을 읽고 질문을 통해 조금씩 속마음을 꺼내고, 독후감을 쓰면서 또 한번 꺼내는 모습을 보고 '와! 이거야.'라고 정말로 속으로 많이 감사했어요. 아이들은 주인공의 행동을 통해 스스로 반성하기도 하고, 자기 잘못에 대해 고민하기도 했어요. 물론 상상력을 키우는 건 덤이고요.

속상하고, 힘들고, 상처받은 오늘, 동화책 한 권으로 서로의 상처를 보듬어 주면 어떨까요? 나도 지친 하루 동화책으로 위로받고, 학교생활로 긴장하며 지낸 아이도 동화책 한 권으로 깔깔거리고 웃으면 모든 걱정거리가 사라질 것 같아요. 여기에 나오는 좋은 책과 함께하는 좋은 질문들로 자녀들과 함께 여러분만의 행복한 독서 시간을 만들어 보세요.

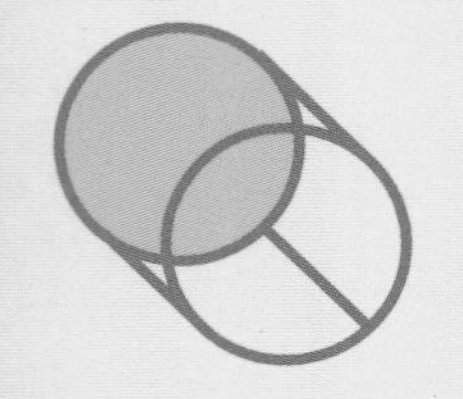

No.16

까마귀 소년

야시마 타로 글, 그림
비룡소 출판사
1996년 7월 10일 발행
40 쪽수
13,000원 정가

책 소개

초등학교 4학년 때 같은 반 친구 중에 지선이라는 아이가 있었어요. 항상 지저분한 모습에 친구들은 가까이 가지도 않았고 말도 섞지 않았어요. 지금 생각하면 왕따라는 개념만 없었지 소외된 친구들은 항상 있었던 것 같아요. 저는 어느 날 용기 내어 지선이에게 다가갔고 친구들에게 데리고 가서 같이 놀기를 권유했지만 아무도 손을 잡지도, 같은 편을 하려고 하지 않았어요. 심지어 지선이를 데리고 간 저도 아이들에게 따돌림을 당하기 시작했어요. 그때 저는 친구들에게 버림받을까 봐

겁이 나서 더 이상 지선이와 함께 놀지 못했던 기억이 나요. 어른이 되어 회상하면 용기 냈던 모습에는 기특함도 느껴지고 더 용기를 내지 못한 모습에는 부끄럽기도 해요. 만약 어른이 된 모습으로 다시 지선이를 만난다면 과연 저는 지선이와 오랫동안 친구를 할 수 있을까요?

《까마귀 소년》의 저자 야시마 타로는 일본 가고시마에서 1908년에 태어났어요. 야시마는 어린 시절부터 예술에 대한 열정을 보여주었어요. 커서 동경 예술대학과 뉴욕 아트 스튜던트 리그에서 공부를 하고 미국에서 그림 작가로 유명했지요. 《까마귀 소년》, 《우산》, 《바닷가 이야기》라는 책으로 미국에서 칼데콧 상을 세 번이나 받았어요. 의사 집안에 태어난 야시마 타로는 어린 시절이 행복했다고 회상을 했어요. 그 이유는 사람들이 병이 낫자 자신의 아버지를 기쁘게 했기 때문이래요. 어렸을 때부터 다른 사람들을 관찰하면서 상대방의 기분을 잘 파악한 야시마 타로는 뛰어난 관찰력으로 인기 있는 그림책을 많이 낼 수 있었던 것 같아요.

줄거리

수줍음이 많은 소년은 학교에 간 첫날부터 교실이 낯설고 무서웠나 봐요. 아무도 모르는 깜깜한 학교 마룻바닥 밑에 숨으면서 친구들에게 오해를 받아요. 소년에 대해 아무것도 모르는 사람들은 소년을 '땅꼬마'라고 부르지요. 소년은 그날부터 친구들에게 버림받고 놀 때도 혼자, 공부할 때도 혼자, 항상 쓸쓸하게 혼자 시간을 보

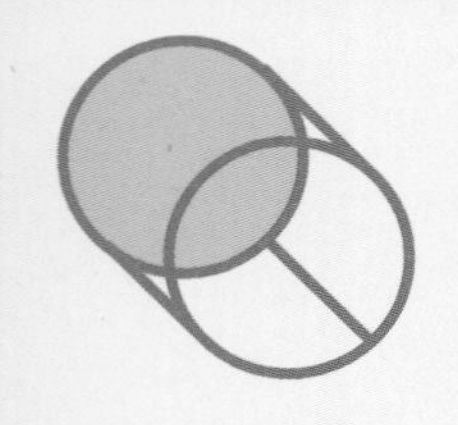

내요. 외톨이가 된 소년은 혼자 있을 때면 항상 주위를 관찰하고 눈을 감고 소리에 귀를 기울여요. 아무도 소년을 신경 쓰지 않았기 때문에 소년은 자신만의 시간에 집중할 수 있었어요. 6학년이 되었을 때 이소베 선생님이라는 분이 학교에 새로 오셨어요. 이소베 선생님은 다른 누구도 알아보지 못한 소년의 모습을 보게 돼요. 이소베 선생님은 어떻게 소년의 남다른 모습을 발견할 수 있었을까요? 또 이소베 선생님의 눈은 소년에게 어떤 변화를 가져왔을까요?

중점사항

《까마귀 소년》의 이야기를 통해 짧은 글이지만 많은 것을 배울 수 있어요. 다르다는 이유로 놀림을 당한 소년의 모습을 통해 우리는 서로가 다르다는 것을 인정할 수 있게 되죠. 또한 모든 아이는 특별하다는 것을 까마귀 소년의 특별함을 통해 반성하며 깨달을 수 있어요. 아이들과 낯설고 힘들었던 초등학교 입학 첫날을 기억하며 이야기 나누면 좋을 것 같아요. 나는 어떤 사람인지 한 번 더 생각해 볼 수 있으면 좋겠어요.

생각나눔

《까마귀 소년》을 읽은 우리 아이에게 다음 질문을 해 보세요.

- 학교에 처음 간 날 기억해? 어떤 기억이 떠올라?
- 소년은 왜 교실보다 더 어두운 마룻바닥 밑으로 숨었을까?
- 내가 만약 외톨이가 된다면 학교에서 어떻게 지낼 것 같아?
- 혹시 학교에서 나랑 조금 다르게 보이는 친구가 있었어?
- 학교에서 혼자 있는 친구를 본 적이 있어?
- 내 생각을 잘 이해하는 친구가 있어?
- 내가 하는 것을 다 잘했다고 칭찬해 주는 사람이 있어?
- 내가 못했는 데도 칭찬해 주면 어떨 것 같아?
- 혹시 학교에서 숨고 싶은 날이 있었어?

추천도서

박정애 작가가 쓴 《친구가 필요해》도 함께 읽어 보세요. 외로운 은애는 과연 학교에서 어떤 기분이었을까요?

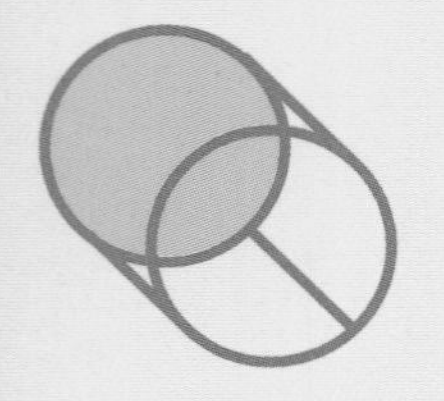

No.17

밤에도 놀면 안 돼?

이주혜 글, 그림
노란돼지 출판사
2010년 12월 15일 발행
40 쪽수
9,800원 정가

책 소개

어렸을 때 제가 살던 동네에는 유치원 운동장에 야간 학교가 있었어요. 야간 학교는 가을에 축제가 딱 한 번 열렸는데요. 1년에 한 번이라 학교 축제가 동네 축제였어요. 밤이 깊어가도록 동네 사람들은 마련된 자리에 앉아서 학생들의 장기 자랑을 구경했어요. 평소 놀이터에서 실컷 놀고 5시가 되면 어김없이 집에 가야 했지만, 그날만큼은 저녁을 먹고도 8시에 시작하는 공연을 보기 위해 엄마 손을 잡고 오빠, 동생과 함께 야간 학교 운동장으로 향했어요. 어둡고 캄캄한 밤이지만 밝은

빛의 무대를 보는 것이 얼마나 신났는지 몰랐어요. 그때의 설렘은 아직도 생생하게 남아있어요. 친구들과 함께 캄캄한 밤에 노는 것이 낮에 노는 것보다 더 신이 났더랬지요. 술래잡기도 훨씬 재미났고요. 하루 종일 놀아도 피곤한 줄 몰랐던 시절이 그립기도 하지요. 어릴 때라 체력이 좋아서 밤새 놀고도 다음 날 쌩쌩했던 그때가 요즘 왜 이렇게 그리울까요?

《밤에도 놀면 안 돼?》의 이주혜 작가는 대학에서 디자인을 전공하고, 그림책의 글과 그림을 모두 작업하고 있대요. 작가의 그림은 아이들의 시선을 끌만큼 생동감이 있어요. 태양이가 밤에 노는 그림을 보면 아이들은 무조건 안 잔다고 할 거예요. 작가는 아이들의 마음을 얼마나 잘 이해하고 재미나게 표현했는지, 저도 책 속에 들어가서 놀고 싶어졌으니까요. 지은 책으로는 《퐁당》, 《더 높은 곳의 고양이》, 《이잘닦아 공주와 이안닦아 왕자》 등이 있어요. 작가의 생동감 넘치는 그림과 번쩍이는 아이디어가 담긴 다른 책도 아이와 함께 읽어 보세요.

태양이는 밤이 싫었어요. 맛있는 것도 먹을 수 없고, 큰 소리로 노래도 못 부르고, 계속 잠만 자야 하니까요. 박쥐 깜깜이도 밤이 싫었어요. 밤이 되면 더 자고 싶은데 친구들과 가족들은 밖에 나가서 힘들게 이리저리 돌아다녀야 하니까요. 달이 유난히 밝았던 어느 날 태양이와 깜깜이는 두 손을 모으고 간절히 소원을 빌었어요.

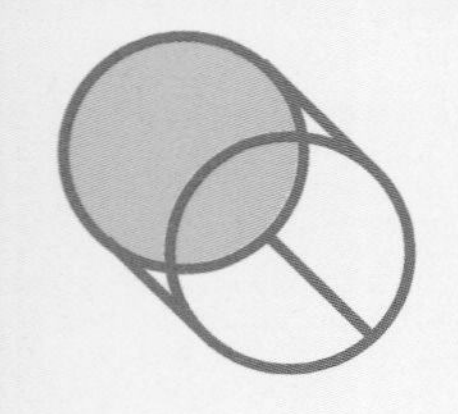

와~! 그랬더니 정말 소원이 이뤄졌어요.

밤에도 계속 놀고 싶은 태양이의 소원도 이뤄졌고, 밤에도 계속 자고 싶은 깜깜이 소원도 이뤄졌어요. 태양이는 밤새도록 맛있는 음식을 실컷 먹고, 큰 소리로 노래도 부르고, 숨바꼭질도 하고요. 깜깜이도 밤새도록 잠을 잤어요. 그런데! 다음 날 아침에는 어떤 일이 일어났을까요? 태양이와 깜깜이에게 어떤 놀라운 일이 일어났는지 궁금하시죠?

중점사항

《밤에도 놀면 안 돼?》 책에는 낮이고 밤이고 매일매일 놀고 싶은 우리 아이들과 똑같은 태양이와 캄캄이가 등장해요. 사람, 동물 할 것 없이 모두 실컷 놀고 싶은 것이 바로 우리의 마음인 거죠. 밤에 놀고 싶은 태양이는 박쥐로 변신하고, 밤에 잠을 자고 싶은 캄캄이는 사람으로 변신하는 장면은 정말로 깔깔대며 웃을 준비를 하셔야 해요. 하지만 밤에 놀고 자지 못한 태양이는 낮에 힘들어 하고, 반대로 밤에 잠을 잔 캄캄이는 낮에 잠이 안 와서 힘들어 해요. 태양이와 캄캄이의 이야기를 통해 밤에 일찍 자면 다음 날 실컷 놀 수 있다는 것을 자연스럽게 알게 될 거예요. 엄마가 말하지 않아도 알아요. 그리고 주행성과 야행성이 무엇이 다른지 살펴보는 것도 재미있을 거예요.

생각나눔

《밤에도 놀면 안 돼?》를 읽은 우리 아이에게 다음 질문을 해 보세요.

- 밤에도 놀 수 있다면 어떤 놀이를 하고 싶어?
- 밤새도록 놀 수 있다면 몇 시까지 놀고 싶어?
- 태양이는 밤 새워 놀고 난 다음 날 아침 표정이 왜 그랬을까?
- 아침에 또 자러 간 캄캄이는 잠이 안 와서 무슨 생각을 하고 있었을까?
- 태양이는 왜 밤에 꼭 자야겠다고 결심했을까?
- 캄캄이는 왜 밤에 밖에 나가야겠다고 결심했을까?
- 우리는 왜 밤에 잠을 자야 할까?
- 캄캄이는 왜 밤에 밖에 나갈까?
- 자려고 누웠는데 잠이 쉽게 안 와서 힘들었을 때 어떻게 했어?

추천도서

이상교 작가가 쓴 《이제 자야지?》도 함께 읽어 보세요. 주연이가 잠 못드는 까닭은 무엇일까요?

개구리와 두꺼비는 친구

아놀드 로벨 글, 그림
비룡소 출판사
1996년 11월 1일 발행
64 쪽수
10,000원 정가

책 소개

초등학교 내내 함께 지낸 단짝 친구가 있었어요. 함께 과제도 하고 방과 후 한 개 10원짜리 떡볶이도 사 먹고 우리는 늘 함께였어요. 심지어 주말에도 만나 집을 오가며 놀았던 기억이 나는데요. 저는 그 친구를 무척 좋아했고 그 친구도 저를 많이 좋아했었어요. 보기만 해도 좋았고 아플 때는 집을 찾아가 보기도 하고요. 반이 달라도 점심시간에 꼭 만나서 운동장을 걷고 이야기를 나눴어요. 그런데 6학년 2학기에 제가 전학을 가면서 헤어진 후 지금까지 만나지 못했어요. 요즘처럼 SNS가

발달했더라면 아직도 연락하고 만나고 있지 않을까 하는 생각이 들어요. 초등학교에 대한 기억은 그 친구를 빼고 이야기할 수가 없어요. 그 정도로 그 친구는 제 초등학교 시절의 전부였거든요. 결혼 후 이사를 자주 다니면서 저의 아이들도 친구 사귀기가 쉽지 않았지만, 이메일이나 SNS로 교류하는 모습을 보면 참 다행이다 싶고 부럽기도 해요. 다시 그 친구를 만날 수 없지만 《개구리와 두꺼비는 친구》라는 책을 읽으면서 가장 그리운 친구가 떠올랐어요. 여러분도 가장 그립고, 친한 친구를 떠올리며 읽어 보세요.

《개구리와 두꺼비는 친구》의 저자인 아널드 로벨 작가는 미국 로스앤젤레스에서 태어났고 어렸을 때부터 그림책을 많이 읽었다고 해요. 1981년 미국 최고의 그림책에 주는 칼데콧을 수상하며, 칼데콧 및 뉴베리 메달의 작가이자 일러스트레이터로 선정된 작가예요. 작가는 자기 일을 사랑하며 "어린이를 위한 책을 만드는 것보다 더 즐겁고 재미있는 일은 없다고 생각합니다."라고 말하며, 평생에 걸쳐 100권에 달하는 책에 그림을 그렸대요. 네 권의 시리즈로 구성된 《개구리와 두꺼비》 시리즈는 두 친구의 이야기를 담고 있어요. 이 시리즈의 다른 책도 읽어 보세요.

줄거리

개구리와 두꺼비는 아주 친한 친구이지요. 외로운 두꺼비는 봄이 왔지만 게으름을 피우는 개구리를 깨워 함께 산책도 해요. 두꺼비는 일어나기 싫은 개구리를 어떻게

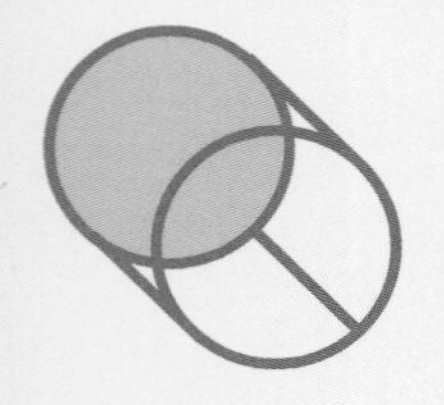

깨웠을까요? 기분이 처지고 몸이 좋지 않아 침대에 누워있는 개구리를 위해 두꺼비는 모든 방법을 동원해서 친구의 기분을 풀어주려고 노력해요. 어떤 방법으로 개구리의 기분을 풀어주었을까요?

단추를 잃어버린 두꺼비는 하루 종일 개구리를 데리고 다니면서 단추를 찾으러 다니지요. 따라다니던 개구리는 힘들지 않았을까요? 두 친구는 함께 수영도 하고요. 편지를 받고 싶은 두꺼비를 위해 개구리는 또 어떤 생각을 떠올렸을까요? 여러분도 개구리인지, 두꺼비인지 나는 어느 쪽을 더 닮았는지 생각하며 읽어보면 좋겠어요. 그리고 가장 친했던 단짝 친구를 떠올리는 것도 잊지 마세요.

중점사항

《개구리와 두꺼비는 친구》에는 다섯 가지의 이야기가 들어있어요. 개구리는 열정적이고 긍정적이고 여유로운 성격이지만, 두꺼비는 냉소적이고 불안하며 편안함을 더 좋아해요.

이 책은 다른 성격의 두 친구가 만들어 내는 모험 이야기로 많은 교훈 중 우정의 가치를 배울 수 있어요. 개구리와 두꺼비가 자신의 이익보다 친구에게 필요한 것을 주기 위해 노력하는 모습을 통해 우리는 자기 행동을 가늠할 수 있게 되고, 이타심도 자연스럽게 배우게 되죠.

생각나눔

《개구리와 두꺼비는 친구》를 읽은 우리 아이에게 다음 질문을 해 보세요.

- 개구리는 왜 일어나기 싫은 두꺼비를 깨워서 산책하러 갔을까?
- 기분이 안 좋은 친구를 기분좋게 해주는 방법이 있을까?
- 소중한 내 시간을 주고 싶은 친구가 있어?
- 보여주기 싫고 부끄러운 내 모습을 친구들이 본다면 어떨 것 같아?
- 이 책을 읽고 가장 생각나는 친구는 누구야?
- 친구가 싫은 적이 있었어? 그 이유는 뭐였을까?
- 친구가 힘들 때 도와준 적 있어? 어떤 방법으로?

추천도서

아널드 로벨 작가가 쓴 〈개구리와 두꺼비〉 시리즈 중 《개구리와 두꺼비의 하루하루》도 함께 읽어 보세요. 개구리와 두꺼비는 매일 무엇을 하며 보낼까요? 개구리와 두꺼비도 다툴까요?

아낌없이 주는 나무

셸 실버스타인 글, 그림
시공주니어 출판사
2017년 1월 20일 발행
56 쪽수
10,000원 정가

책 소개

어린 시절 여러 번 읽은 책이에요. 읽으면서 '사과를 따 먹는 건 당연해!' 그리고 '우리가 필요하면 나뭇가지도, 나무도 벨 수 있잖아. 나무가 우리에게 주는 건 당연하지!'라고 생각했어요. 하지만 어른이 되어서야 당연하게 여겼던 것이 당연하지 않다는 걸 깨닫게 되었어요. 제가 엄마가 되어 자녀를 키우니까 세상에서 나에게 모든 것을 주고 아무것도 대가를 기대하지 않는 것은 유일하게 부모님이라는 사실을 알게 되었어요. 엄마는 평생 나의 그늘이 되어 주시고 나의 방패막이가 되어 주

셨죠. 아직도 당신의 냉장고에 있는 모든 것을 꺼내 싸 주시지만, 그래도 많이 주지 못해 미안하다고 말씀하세요. 바쁜 일상에 치여 힘들 때는 엄마의 목소리도 들리지 않아요. 그러다 마음의 여유를 찾게 되면 다시 엄마를 찾아요. 지금 엄마를 불렀을 때, 엄마가 대답해 주셔서 다행이에요. 엄마의 헌신으로 자란 저도 아이들에게 친정엄마처럼 해줄 수 있어서 행복해요. 당연하지 않았던 엄마의 헌신이 밑거름이 된 지금 저도 '아낌없이 주는 나무'처럼 내어주고도 행복해요.

《아낌없이 주는 나무》의 저자 셸 실버스타인은 미국 일리노이주 시카고의 유대인 가정에서 태어났어요. 작가, 시인, 만화가, 음악가로 폭넓은 예술 활동을 하며 7살 때부터 그림을 그리기 시작하면서 자연스럽게 글을 쓰기 시작했다고 해요.
아동 작가로 가장 호평을 받은 작품이 바로 두 번째 책으로 출간된《아낌없이 주는 나무》예요. 이 책은 천문학적인 기록을 남기면서 수년 동안 가장 많이 팔린 동화책 중 하나이죠. 처음에는 출판사로부터 거절을 많이 당했다고 해요. 어른이 읽기에는 너무 단순하고 어린이가 읽기에는 이해하기 힘든 부분이 많았기 때문이에요. 또 이 책은 사람들에게 많은 논쟁거리를 주었어요. 아무런 메시지가 없다고 작가는 말하지만 확실한 건 우리는 모두 서로에게 헌신을 주고받고 있다는 것이죠.

옛날에 사과나무 한 그루가 있었는데, 그 나무는 한 소년을 사랑했어요. 소년은 나

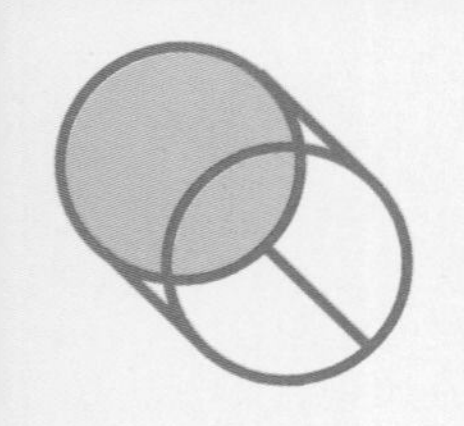

무에게 가서 그네도 타고 숨바꼭질도 하고, 사과도 따 먹고 대화도 하면서 행복한 시간을 보냈어요. 소년은 나무를 아주 많이 사랑했고 나무는 매우 행복했어요. 소년은 점점 나이를 먹고 나무는 혼자 있는 시간이 많아졌어요. 그러던 어느 날 소년은 나무를 찾아와서도 필요한 것을 줄 수 있냐고 물어보죠. 또 소년은 중년이 되어 찾아와서 필요한 것을 줄 수 있냐고 물어보죠. 나무는 소년에게 줄 수 있어서 행복했어요. 필요한 것을 가져간 소년은 오랜 시간이 지나도 찾아오지 않았죠. 노인이 된 소년이 오랜만에 찾아왔지만, 나무는 더 줄 것이 없다고 생각해요. 자신도 늙고 남은 게 없는 나무는 속상해해요. 노인이 되어 돌아온 소년은 나무에게 또 무엇을 달라고 할까요?

중점사항

《아낌없이 주는 나무》는 너무 유명한 책이죠. 다시 그림을 자세히 보세요. 글보다 더 진한 감동을 받을 수 있어요. 말하지 않아도 나무 그림을 통해 진심이 전해지죠. 나무는 마치 사람처럼 살아있는 것 같아요. 아이들은 나무 그림을 보면서 어떤 생각을 떠올릴까요? 우리는 책을 통해 교훈과 가치를 찾죠. 성인이 된 우리는 종종 한정된 사고에 갇힐 때도 있어요. 그러나 《아낌없이 주는 나무》를 통해 아이들과 다양한 생각을 나눌 수 있어요. 이 책은 59페이지밖에 안 되는 짧은 글이지만 그 안에 있는 메시지는 결코 단순하지 않아요. 이 한 권의 책을 통해 얼마나 다양한 생각거리가 나오는지 아이들과 '생각거리 적기' 내기는 어떨까요?

생각나눔

《아낌없이 주는 나무》를 읽은 우리 아이에게 다음 질문을 해 보세요.

- 나무는 소년에게 왜 다 주었을까?
- 소년은 왜 자신이 필요한 것을 나무에게 달라고 했을까?
- 나무를 보면서 생각나는 사람이 있어? 그 이유는 뭘까?
- 나무는 자신의 모든 것을 주면서도 왜 행복했을까?
- 소년이 오랜 시간 찾아오지 않아 혼자 있는 나무를 보면 어떤 생각이 떠올라?
- 소년이 노인이 되었지만 왜 나무는 계속 소년이라고 불렀을까?
- 내가 만약 소년이라면 나무에게 줄 수 있는 게 있을까?

추천도서

사랑스러운 그림이 그려진 셸 실버스타인 작가가 쓴 《코뿔소 한 마리 싸게 사세요!》도 함께 읽어 보세요. 과연 큰 코뿔소는 얼마에 살 수 있을까요?

No.20

내게는 소리를 듣지 못하는 여동생이 있습니다

진 화이트하우스 피터슨 글
데보가 코칸 레이 그림
웅진주니어 출판사
2011년 12월 15일 발행
32 쪽수
11,000원 정가

책 소개

비장애인들은 장애인들의 불편과 고통을 헤아릴 수 없죠. 안 들린다는 것이 어떤 건지 몰라요. 주변에 청각 장애인들과 만날 기회가 없었던 사람들은 관심도 없죠. 저도 그랬으니까요. 단지 '불쌍하다, 힘들겠다, 어떻게 살아갈까?'와 같은 쓸모없는 걱정을 하죠.

초등학교 때 저는 음악반에서 아코디언을 연주했어요. 음악반에 바이올린을 담당한 남학생이 있었는데요. 양쪽 손가락이 네 손가락밖에 없는 지체 장애인이었어요.

처음에 아이들은 신기해했어요. 손가락이 네 개밖에 없는데 연주할 수 있는지 의문이었죠. 그 학생은 네 손가락으로 합주를 멋지게 소화했고, 바이올린 담당이라 항상 앞에서 주목받았어요. 저는 학생이 연주하는 바이올린 소리를 처음 들었고 그 친구의 바이올린 소리가 최고였다고 생각했어요. 그래서 정말 대단한 초등학생이라고 생각했던 기억이 나요. 몸집이 크고 웃는 모습이 해맑았던 그 친구가 기억나네요.

《내게는 소리를 듣지 못하는 여동생이 있습니다》의 저자 진 화이트하우스 피터슨은 미국 태평양 북서부에서 태어나고 자랐어요. 초등학교 교사로 일하면서 아동문학 시간강사로도 활동했다고 해요. 이 책은 1977년에 출간되었고 젊은 독자들에게 많은 호평을 받았어요. 그녀는 후에 이 책이 자신의 경험을 바탕으로 쓴 것이라고 밝혔는데요. 그래서 책은 청각 장애인이 소리를 어떻게 듣고 느끼는지 매우 자세한 내용을 담고 있어요.

줄거리

소리를 듣지 못하는 여동생이 있는 언니는 동생이 특별하다고 해요. 얼마나 특별한지 흔하지 않다고 하죠. 동생은 피아노를 칠 줄 알지만 노래는 부르지 못해요. 함께 놀이터에서 신나게 놀지만 “조심해!"라는 말은 듣지 못하죠.
엄마는 동생이 어렸을 때 매일 입 모양을 보여주며 말하는 법을 가르쳐요. 동생은

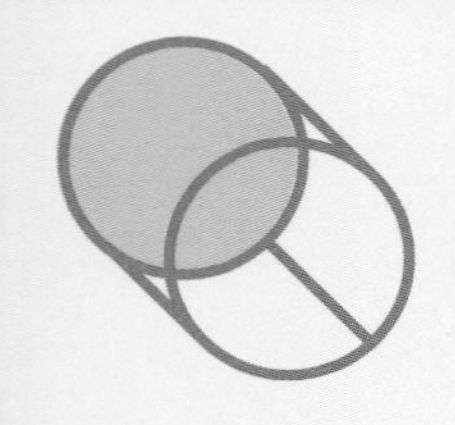

겨우겨우 어렵게 말하지만, 언니에게는 이상하게 들리죠. 함께 학교에 다닐 때 다른 선생님과 친구들은 동생의 신호를 모르지만, 언니는 잘 알아요. 대화는 없어도 놀이 시간은 시간 가는 줄 모르고 함께 신나게 놀죠. 동생은 듣지 못하지만, 언니 말은 잘 알아들어요.
언니의 친구들은 물어보죠. 듣지 못하면 귀가 아프냐고요. 하지만 언니는 귀가 아픈 게 아니라 마음이 아프다고 말해주죠. 친구들은 이해 못 해요. 동생이 어떻게 마음이 아픈지요. 소리 없는 동생은 가끔 크게 소리칠 때가 있어요. 왜 동생은 크게 소리칠까요? 마음이 아파서 소리를 질렀을까요?

중점사항

《내게는 소리를 듣지 못하는 여동생이 있습니다》라는 제목만 봐도 어떤 내용인지 알 수 있어요. 비장애인들은 일상생활에서 장애인들을 만나기가 쉽지 않죠. 이 책을 통해서 청각 장애인들의 불편함과 슬픔을 조금은 이해할 수 있어요. 내 아이의 교실에 청각 장애인이 있다면 이 책은 정말 도움 되는 훌륭한 책이 될 거예요.
장애인 관련 기사를 찾아보면 "비장애인들이 자신들을 불쌍하게 바라보는 눈빛이 불편하고 과도한 친절이 부담된다."라고 해요. 이 작은 책 한 권을 읽고 아이와 장애인을 대하는 태도에 관해서 이야기 나누어 보세요.

생각나눔

《내게는 소리를 듣지 못하는 여동생이 있습니다》를 읽은 우리 아이에게 다음 질문을 해 보세요.

- 장애인 친구를 놀이터에서 만나면 어떻게 인사할까?
- 언니는 왜 동생이 특별하다고 했을까?
- 듣지 못하는 동생이 귀가 아픈 게 아니라 왜 마음이 아프다고 했을까?
- 소리를 듣지 못하는 동생은 왜 소리를 질렀을까?
- 같은 반 교실에 듣지 못하는 친구가 있다면 어떻게 도와줄 수 있을까?
- 청각 장애인 친구와 함께 놀 재미난 놀이는 어떤 것들이 있을까?
- 청각 장애인들이 사용하는 수화 몇 가지를 배워보자.

추천도서

뉴베리 상 수상 작가 패트리샤 매클라클랜의 《할아버지의 눈으로》라는 책도 함께 읽어 보세요. 소년은 할아버지의 눈으로 무엇을 알아갈까요?

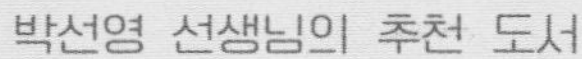

No.21

우리 순이 어디 가니

윤구병 글
이태주 그림
보리 출판사
1999년 4월 3일 발행
56 쪽수
12,000원 정가

책 소개

함지박 이고 가는 엄마를 졸졸 따르는 제 모습이 또렷이 기억나요. 엄마 따라 구불구불 시골길은 정말 신나고 좋았어요. 가는 길 강아지풀도 뜯고, 예쁜 꽃들이 많이 피어 있어서 지루하지 않았어요. 그때가 7살이었으니 대략 40년 전이네요. 시골 할아버지가 사는 동네의 어르신들은 모두 모여서 품앗이 모내기를 한다고 하셨어요. 제일 젊었던 엄마는 새참을 준비하셨고요.

잘 익은 김치와 수육, 싱싱한 고추와 생된장, 할머니의 일품요리인 쑥떡까지 함지

박에 들어있는 음식을 보시고 어른들은 칭찬이 자자해요. 저는 요리를 잘하는 엄마가 참 자랑스러웠어요. 어른들은 논에 들어가서 줄에 맞춰 한 줄로 길게 구부리고 서서 노래를 부르며 구호에 맞춰 모를 하나씩 심었어요. 손발이 척척 맞는 모습을 보면서 무척 신기했죠. 일이 끝나고 작은할아버지댁 삼촌이 태워 준 경운기는 또 얼마나 신나는지 몰라요.
저는 시골길을 기억하면 마음이 따뜻해지고 기분도 참 좋아져요. 요즘 아이들은 대부분 도시에서 살고 있고 시골도 많이 달라졌기에 그런 기억이 없을 거예요. 전통문화를 대부분 체험 학습으로 경험하는 아이들을 보면 '시대가 변하는구나.'하는 생각도 들어요. '함께 시골길을 걸으면 얼마나 좋을까?'라는 생각이 들기도 하죠. 명절 때 산소 가는 길을 걸으며 아이들에게 제가 시골에서 겪었던 일을 들여줄 수 있어서 참 다행이에요.

《우리 순이 어디 가니》의 저자 윤구병 작가는 1981년부터 15년 동안 충북대학교에서 교수로 일하셨어요. 농부가 되고 싶어서 철학 교수를 그만두고 시골에 가서 농사를 지었다고 해요. 1988년 보리출판사를 만들어 교육과 어린이 이야기를 담아내는 책을 만들었어요. 구병이라는 이름은 아홉 번째로 태어나서 구병이라고 지어졌다고 해요. 현재는 공동체 학교를 꾸려 어린이들을 위한 교육과 글에 매진하고 있는 작가예요. 잊혀져 가는 우리의 정서를 담은 아름다운 책을 많이 만들었는데, 이 책들은 우리의 감성을 되살리는 데 중요한 역할을 하고 있어요.

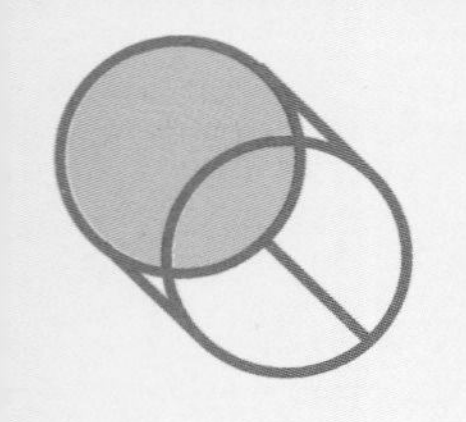

줄거리

온 세상이 꽃밭이에요. 봄이 온 할머니 집 마당은 진짜 넓죠. 말린 옥수수도 있고, 박도 있고, 복주머니도 대롱대롱 달린 처마 밑은 없는 게 없어요. 할머니는 대청마루에서 아기를 업고 계시고 엄마는 부뚜막에서 바쁘게 일하고 있어요. 오늘은 순이네 밭에 가는 날이래요. 가는 길에 순이는 화창하고 따뜻한 봄을 만끽할 수 있어요. 할아버지 새참을 가져가려고 간대요. 할머니가 쑥버무리도 찌고, 준비한 음식을 함지박에 넣어 엄마는 머리에 이고 순이는 주전자를 들었어요. 가는 길은 울퉁불퉁, 꼬불꼬불 재미난 길이에요. 가는 길마다 누가 순이를 불러요. 길에 있는 친구들은 순이가 어디를 가는지 궁금해요. 길마다 순이를 부르는 친구들은 과연 누구일까요?

중점사항

《우리 순이 어디 가니》는 아이들이 혼자 읽으면 이해하지 못하는 부분도 있을 거예요. 경험해 보지 않았기 때문이에요. 하지만 그림이 정말 세세하고 아름답게 표현되어 있어서 아이들은 그림들을 보면서 책 속의 이야기를 더 쉽게 이해할 수 있을 거예요. 아이들은 예쁜 그림을 보면서 금방 순이를 떠올릴 것 같아요. 자신도 순이랑 함께 있는 것처럼 말이죠.

'엄마는 함지박 이고 나는 주전자 들고'라는 구절에서 제가 가르치던 학생 중 한 명이 엄마 이름이 함지박이냐고 물었던 적이 있어요. 이 학생은 이고 가는 것이 무엇인지 모르니 당연한 질문이었어요. 그 순간에 저 혼자 웃을 뿐 아이들은 웃을 수 없었던 재미난 순간이 떠오르네요. 이 책은 아이들과 함께 봄에 대해 예쁘고 아름다운 그림들을 자세히 들여다보며 '무엇이 있는지? 왜 거기 있는지?' 등 이야기 나눌 게 많은 책이에요.

생각나눔

《우리 순이 어디 가니》를 읽은 우리 아이에게 다음 질문을 해 보세요.

- 엄마가 머리에 이고 가는 함지박에는 무엇이 들어있을까?
- 엄마를 따라가는 길에 순이는 어떤 친구들을 만났을까?
- 친구들은 순이가 어디 가는지 왜 궁금해 할까?
- 엄마는 왜 함지박을 이고 할아버지께 갈까?
- 밭 옆에 도시락 펼쳐 놓고 점심을 먹는다면 기분이 어떨까?
- 엄마 아빠의 기억 속에 있는 시골은 어떠했는지 이야기를 나눠 보자.
- 내가 살고 있는 곳에서 맞이하는 봄의 풍경은 어때?
- 책 속에 나오는 봄의 색은 어떤 색이야?

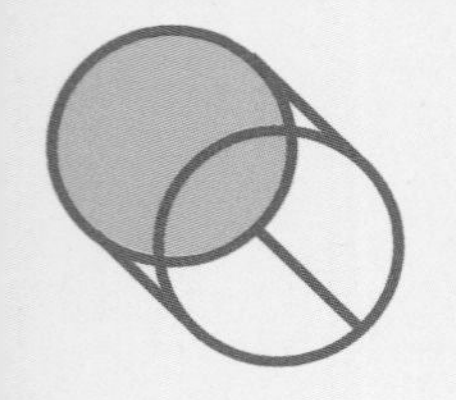

추천도서

윤구병 작가가 쓴 《심심해서 그랬어》도 함께 읽어 보세요.

여름의 시골 이야기가 가득 들어있답니다.

No.22

해치와 괴물 사형제

정하섭 글
한병호 그림
길벗어린이 출판사
1998년 7월 15일 발행
40 쪽수
13,000원 정가

책 소개

여름 방학이 되면 엄마가 외갓집에 보내주셨어요. 외할머니는 참 재미난 분이셨어요. 시골 밤은 깜깜하고 어두웠어요. 할머니는 동네 아이들을 다 모아 작은방에서 무서운 옛날이야기를 해주셨어요. 아이들은 할머니 이야기에 귀를 기울였어요. 할머니 이야기는 "아주 옛날 옛적에~"로 시작했죠. 그럴 때 우리는 지금껏 들어보지 못한 이야기를 듣기 위해 서로서로 붙어서 귀를 쫑긋하고 할머니 입만 쳐다봤어요. 만약에 해치 이야기를 들었다면 정말 든든하고 무섭지 않았을 거예요. 해치가 다

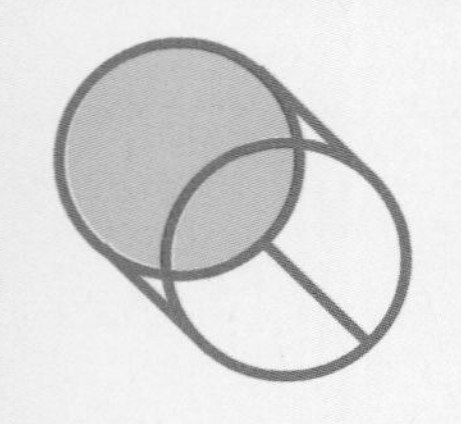

물리치고 도와주고 지켜주었을 테니까요. 엄마도 이야기를 많이 해주셨는데, 저도 커서야 이야기를 해주는 게 얼마나 힘든 일인지 알게 되었어요. 아이들에게 재미있는 소리를 내며 옛날이야기를 들려주려면 많은 에너지가 필요하잖아요. 아이들을 키워보니 쉽지 않았어요. 할머니가 된 엄마는 지금도 손주들에게 정말 맛깔나게 이야기를 많이 해주시고 있어요. 아이들은 외할머니가 들려주는 이야기를 아주 좋아해요.

《해치와 괴물 사형제》의 정하섭 작가는 1966년 충북 음성에서 태어났어요. 성균관대학교에서 국어국문학을 공부하셨고 여러 어린이 책에 글을 썼어요. 그림책《해치와 괴물 사형제》를 비롯해《쇠를 먹는 불가사리》,《청룡과 흑룡》,《고양이 목에 방울 달기》,《열두 띠 이야기》등 할머니가 들려주시던 옛날이야기처럼 우리 삶의 덕목들을 생각하며 동화책과 동화를 쓴다고 해요. 고전에 나오는 상상 동물들을 소재로 많은 그림책을 썼어요. 그의 책에는 사라져 가는 정서들이 풍부하게 담겨있어서 참 귀한 자료이기도 하네요.

어머! 세상이 처음 생겼을 때였대요. 어둠을 밝히고, 정의를 지키는 해의 신 해치 이야기래요. 해치는 아침부터 저녁까지 매일매일 우리를 지키기 위해 바빴어요. 어두운 땅속 나라에 무섭게 생긴 괴물 사형제가 살았는데 틈만 나면 땅 위로 올라와

서 우리를 괴롭히고 싶어 했어요. 어느 날 밤에 해치가 보관하는 해를 괴물 사형제가 훔쳐 갔어요. 이튿날 세상에! 세상에! 해가 뜨긴 떴는데, 온 사방에 해를 띄워 놓았대요. 세상이 뜨끈뜨끈 달아오르면서 사람들은 뜨거워서 살 수가 없었어요. 하지만 유일하게 괴물 사형제만 신이 났어요. 해치! 도와줘요. 빨리 세상을 구해줘요! 과연 해치는 세상을 구하고 괴물 사형제를 혼내 줄까요?

《해치와 괴물 사형제》는 상상 속에서만 존재하는 동물 해치를 옛이야기 형식으로 쓴 창작 그림책이에요. 요즘 우리 아이들은 그리스로마 신화에 나오는 신들의 이름은 알지만 정작 우리의 신화는 잘 모르죠. 해치를 통해 우리나라 신화에 더 큰 흥미를 느낄 수 있을 거예요.

해치는 아주 큰 뿔도 있고, 상아 같은 이빨도 있지만 사랑스러워요. 우리를 지켜주는 정의로운 해치 이야기를 읽는다면 아이들은 해치를 자랑스러워하지 않을까요? 학교에 가거나 무서운 길을 걸을 때, 걱정스러운 일이 있을 때 해치가 옆에 있으니 나를 지켜준다고 생각할 수도 있죠.

이 그림책은 옛이야기 형식으로 쓰여서 "나쁘게 살면 안 돼!"라는 강한 메시지를 전달하며 좋은 교훈을 주죠. 간혹 어려운 단어가 포함되어 있어 아이가 혼자 읽다가도 엄마에게 가져와서 도란도란 이야기 나눌 수도 있고 상상 속의 이야기를 더 지어서 이야기 나누기에도 참 좋을 것 같아요.

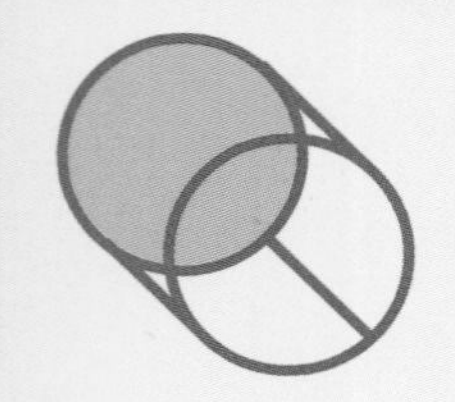

생각나눔

《해치와 괴물 사형제》를 읽은 우리 아이에게 다음 질문을 해 보세요.

- 해치는 왜 매일 해를 숨겼을까?
- 괴물 사형제는 왜 해를 동서남북에 걸어놓았을까?
- 해가 네 개면 세상이 어떻게 될까?
- 해치의 얼굴을 보면 어떤 생각이 들어?
- 해치가 해를 삼켰을 때 안 뜨거웠을까?
- 해치의 기침 소리는 어떤 소리일까?
- 해치가 해를 도둑맞지 않게 어떤 자물쇠를 사용했을까?
- 무서운 생각이 들 때 해치를 부르면 무서움이 사라질까?

추천도서

정하섭 작가가 쓴 《쇠를 먹는 불가사리》도 함께 읽어 보세요. 쇠를 먹은 불가사리는 어떻게 되었을까요? 이 이야기에는 어떤 영웅이 숨어있을까요?

치과 의사 드소토 선생님

윌리엄 스타이그 글, 그림
비룡소 출판사
1995년 11월 1일 발행
32 쪽수
13,000원 정가

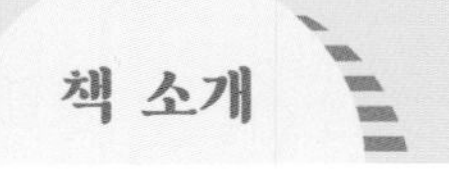

제가 영국에서 둘째를 낳고 치과 치료를 받으러 갔던 때를 생각하면 요즘도 울컥 한답니다. 밤새 이어진 진통으로 잠을 설치고 일어난 아침에 거울을 보고 깜짝 놀랐어요. 한쪽 볼이 심하게 부어올라 얼굴을 알아보기 힘들었거든요. 부어오른 얼굴이 걱정스러워 눈물을 흘리며 회사 가는 남편을 보내고도 문을 닫지 못했던 기억이 나요. 영국의 국가 의료 서비스를 'NHS(National Health Service)'라고 불러요. 대부분 무료로 의료 서비스를 받을 수 있지만 치과는 제외였어요. 진료비가 많

이 나올까 봐 걱정됐지만, 임산부와 특이한 경우에는 무료로 진료를 받을 수 있다고 해서 곧장 병원으로 갔어요. 병원 가는 마을버스를 타자마자 영국 할머니가 전염병 환자를 보듯 쳐다봐서 얼굴을 푹 숙이고 죄인처럼 앉아있던 것도 울컥한 감정의 원인 중 하나였어요.

병원에 도착하자 제 얼굴을 본 직원은 비명을 지르며 비어있는 방으로 곧바로 진료를 예약해 주었어요. 기대도 없이 불안한 마음으로 갔던 치과는 아픈 환자를 돌보는 자상한 의사 선생님과 직원들 덕분에 외롭고 긴장했던 마음이 스르르 녹아내렸어요. 회사에서 반차를 쓰고 때맞춰 도착한 남편의 얼굴을 보니, 마치 진통제를 먹은 것처럼 아픔이 사라지는 느낌이었어요. 치료를 마치고 의사 선생님께 얼마나 "땡큐!"를 남발하고 왔는지 웃음이 절로 나네요.

《치과 의사 드소토 선생님》의 윌리엄 스타이그는 만화가이자 어린이책 작가로 활발하게 활동한 작가예요. 그는 〈뉴스위크〉 지로부터 'King of Cartoons'라 불리며 각종 아동문학상을 휩쓴 미국의 대표적인 그림책 작가예요.

스타이그는 1907년 뉴욕주 브루클린에서 태어났고, 부모님은 오스트리아-헝가리 렘베르크 출신의 폴란드계 유대인 이민자였어요. 아버지는 화가이시고 어머니는 재봉사로, 어렸을 때부터 스테이그는 그림 그리기와 문학을 좋아하는 어린이였다고 해요. 그 중 특히 피노키오를 가장 좋아했다고 해요.

아프지 않게 치료하기로 소문난 치과 의사 드소토 선생님이 있었어요. 동물들을 얼마나 안 아프게 치료했는지 소문이 자자했어요. 드소토 선생님은 생쥐인데 큰 동물들을 어떻게 치료했을까요? 드소토 선생님과 부인은 자신들을 헤치는 동물들은 치료하지 않았어요. 그래서 병원 벨이 울리면 창문을 열고 누가 치료받으러 왔는지 확인했어요. 그렇게 자신들을 해치는지 아닌지 확인하려고요.

어느 날 여우가 붕대를 칭칭 감고 엉엉 울며 찾아왔어요. 선생님과 부인은 고민이었어요. 하지만 이가 아픈 여우를 불쌍하게 여긴 드소토 선생님은 진료해 주기로 했어요. 진료가 시작되고 드소토 선생님이 여우의 입에 들어가자, 여우는 실실 웃으며 입을 다물었다 폈다가 하며 침을 흘렸어요. 드소토 선생님과 부인은 속으로 겁이 났죠. 과연 여우의 치료는 무사히 끝이 나고 드소토 선생님과 부인도 무사했을까요?

치과 의사 생쥐 부부라뇨! 너무 작고 귀엽지만 직업 정신은 투철해요. 큰 동물들을 어떻게 치료하는지 윌리엄 스타이그의 아이디어와 재치가 아이들의 상상력을 마구마구 흔들어 놓아요. 착한 드소토 선생님과 부인은 정말 책임감을 가지고 일을 해

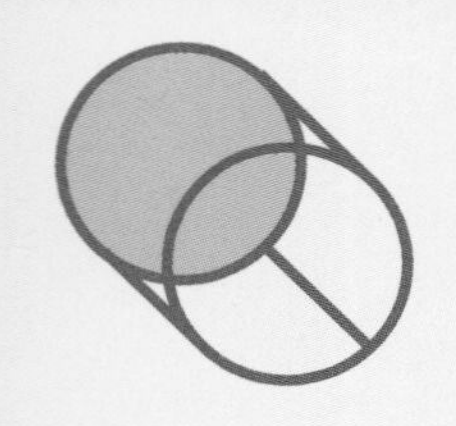

요. 드소토 선생님의 열정적인 모습이 아이들에게 치과 의사가 멋진 직업이라는 걸 알려줄 수도 있어요. 드소토 선생님 부부에게서 자부심이 느껴져요. 자신을 사랑하고 환자를 사랑하는 마음이 글과 그림 속속히 드러나죠. 책을 읽은 아이들은 '나도 크면 사람들과 따뜻한 마음으로 만나야지.'라고 생각하게 될 거예요.

이 책은 아이들이 어렸을 때 많이 읽어 준 책이에요. 사실은 제가 더 재미있게 읽고는 웃으면서 아이들에게 읽어 주었어요. 이 책은 드소토 선생님의 재미있는 진료 이야기로 오랫동안 함께 웃으며 이야기 나눌 수 있어요.

생각나눔

《치과 의사 드소토 선생님》을 읽은 우리 아이에게 다음 질문을 해 보세요.

- 드소토 선생님은 환자의 크기별로 다르게 치료했어. 어떻게 달랐을가?
- 소나 말 같은 커다란 동물을 진료할 때 왜 고무장화를 신었을까?
- 드소토 선생님 부부는 병원 벨이 울리면 왜 먼저 창밖을 봤을까?
- 드소토 선생님이 여우의 입에 들어갔을 때 왜 숨이 탁 막혔을까?
- 여우는 드소토 선생님이 입에 들어갔을 때 왜 입을 오물거렸을까?
- 여우가 첫 번째 진료를 받던 날 드소토 선생님 부부는 왜 잠을 자지 못했을까?
- 여우의 치료를 끝내고 마지막으로 이빨에 바른 파란 약병에는 어떤 약이 들어있었을까?
- 드소토 선생님처럼 아픈 친구를 도와 준 적이 있어? 어떻게 도움을 주었어?

추천도서

윌리엄 스테이그 작가가 쓴 《용감한 아이린》도 함께 읽어 보세요. 눈길을 뚫고 아이린은 어딜 가는 걸까요?

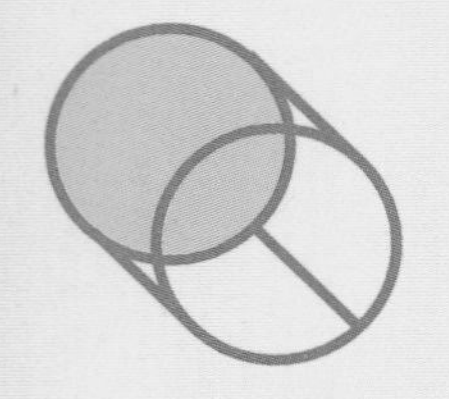

No.24

꿈꾸는 징검돌

김용철 글, 그림
사계절 출판사
2012년 5월 2일 발행
44 쪽수
13,200원 정가

책 소개

박수근 화가를 아시나요? 아이들은 밀레, 고흐, 피카소는 잘 알아도 박수근 화가는 잘 모르죠. 인간의 선함과 진실함을 그려 한국의 밀레로 불린 대표적인 화가예요. 박수근은 1914년 강원도 양구의 산골 마을에서 태어났어요. 12세 때 밀레의 〈만종〉을 보고 밀레와 같은 훌륭한 화가가 되는 꿈을 가지게 되었다고 해요. 독학으로 자신만의 독창적인 작품세계를 구축한 한국의 대표적인 화가, 죽은 다음에 유명해져 국민에게 가장 사랑받는 화가, 한국에서 가장 그림값이 비싼 화가로 불리죠.

어려운 시기를 힘겹게 살아가며 대표적인 화가로 성장한 박수근은 가난하고 소박한 서민들의 생활상을 화폭에 담았는데요. 대표작으로 〈빨래터〉, 〈나무와 두 여인〉, 〈아기를 업은 소녀〉 등이 있어요.
그는 자신이 나고 자란 시골집과 나무, 절구질하는 아낙네, 집을 지키는 노인 등 서민적인 삶의 모습을 암벽에 음각하듯 화폭에 아로새기며 작품 초기부터 만년에 이르기까지 변함없는 일관성을 보여주고 있어요. 작품은 서민들의 생활상을 기록한 우리나라의 유물이라는 생각이 들어요. 거칠거칠한 표면은 우리 자연의 건조한 풍토와 연결되며, 한 시대의 감정을 생생하게 드러내 보여주는 작품세계가 오늘날 가장 한국적인 화가로 평가받은 이유라고 해요.

《꿈꾸는 징검돌》의 김용철 작가는 우리나라 그림책 1세대로 불려요. 김용철 작가는 고향 양구의 작은 폐교에서 그림을 그리고 있다고 해요. 작가의 작품은 주로 입체적인 표현력을 가진 작품과 많이 연관되어 있어요. 그래서 독자가 '왜 그림을 보면서 이야기를 들어야 하는가?'를 납득시킬 수 있는 작가라고 해요. 김용철 작가의 작품은 그림만 보고 있어도 이야기가 들려오는 듯해요.
홍익대 서양학과를 졸업했고 많은 어린이 책에 그림을 그렸는데 대표작은 그림책 《훨훨간다》, 권정생 작가의 《길 아저씨 손 아저씨》, 윤석중 시인의 《낮에 나온 반달》 등이 있어요. 김용철 작가의 책은 잊혀져 가는 우리의 옛 정서를 되살려 주는 듯해요. 작품 감상하듯 책을 읽어보시길 추천해 드려요.

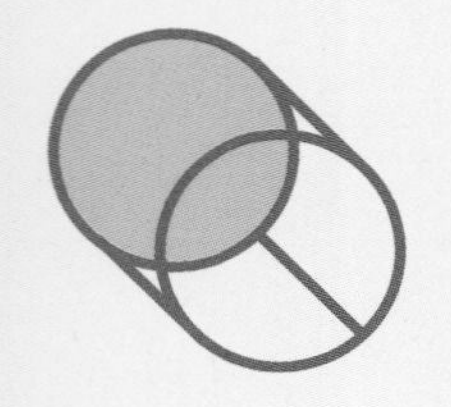

줄거리

아이는 그림 그리기를 좋아해요. 그날도 자전거를 끌고 스케치북이랑 물감, 붓을 챙겨서 나가요. 아이는 매일 징검돌을 밟고 개울을 건너요. 어딜 가는 걸까요? 아이는 매일 건너는 징검돌인데 개울에 그만 빠지고 말아요. 하지만 아무렇지 않아요. 아이는 팬티만 입고 새까만 숯을 몇 개 주워와서 징검돌에 슥슥 그림을 그리죠. 물고기 두 마리를 그리고 아이는 즐거워 해요. 그리고 꽤 흐뭇해하죠. 아무렇게나 그리는 게 아니라 이젠 그림 그리기 위해 온몸을 움직여요.

종일 아기 보는 복순이가 와요. 복순이는 아이가 그리는 그림을 보며 감탄하죠. 아이는 수줍어해요. 그리곤 복순이는 장날이라고 아이에게 장에 가자고 해요. 아이는 수줍게 웃으며 팬티만 입고 복순이를 따라 장에 가요.

장세 가서는 콩떡이랑 취떡도 얻어먹어요. 할아버지는 재미있는 옛날이야기를 들려주셨어요. "움머 움머!"하고 소도 말을 걸죠. 아기를 엄마에게 맡긴 복순이는 본격적으로 공기놀이를 하며 신나게 놀아요. 아이는 여자애들이 놀릴까 봐 구경만 해요. 저기 꽹꽹 꽤 개갱 소리가 들려요. 무슨 소리길래 아이와 복순이는 따라가는 걸까요?

해가 지자, 온 동네 사람들이 개울을 건너요. 개울 징검돌에 그려진 그림을 보며 마을 사람들은 어떤 생각이 들었을까요?

책은 국민화가로 칭송받는 화가 박수근의 유년기를 포착해요. 아이들과 책을 읽기 전에 책의 제목에 대해 이야기를 먼저 나눠보면 어떨까요? 징검돌은 어떤 돌인지, 왜 아이가 징검돌로 꿈을 꾸는지. 저는 이 책의 제목이 너무 예쁘다는 생각이 들어요. 현재는 좋은 종이가 차고 넘치지만 아이의 시대는 종이가 귀해서 징검돌에 숯으로 그림을 그리는 모습이 시대의 정서를 반영하기도 하죠.

표지부터 시작해 책 한 권이 작품이에요. 책이지만 저는 찢어서 액자에 넣어 아이방에 걸어두고 싶은 생각이 들어요. 아이들은 저 시대를 모르고 저도 모르지만 그래도 저는 물어볼 어른이 계셨어요. 그러니 이제는 부모 된 우리가 아이들에게 책을 통해 잊혀가는 시대를 이야기해 줄 차례예요. 아이들과 책도 읽고 박수근 화가의 기념관도 방문해 보면 좋은 추억이 되지 않을까요?

생각나눔

《꿈꾸는 징검돌》을 읽은 우리 아이에게 다음 질문을 해 보세요.

- 아이는 자전거를 타고 어디로 가는 걸까?
- 아이는 왜 개울물에 빠졌을까?
- 아이는 팬티만 입고 있는 게 부끄럽지 않았을까?

- 아이는 징검돌에 무엇을 그렸어?
- 복순이를 따라 장에 간 아이는 왜 아직도 팬티만 입고 있어?
- 집으로 돌아가는 길, 마을 사람들은 밟고 있는 징검돌에 그려진 그림을 보고 무슨 생각을 했을까?
- 아이가 그린 그림 중에 어떤 그림이 제일 마음에 들어?
- 징검돌에 그림을 그린다면 어떤 그림을 그리고 싶어?

추천도서

박수근 화가의 큰딸 박인숙 작가가 쓴 《박수근의 바보 온달》이라는 책도 함께 읽어 보세요. 가난한 시절 책 하나도 마음대로 사줄 수 없을 만큼 가난해서 손수 그림을 그려 고구려 이야기 일곱 편을 만들어 주셨다고 해요. 박수근 화가는 자녀들에게 어떤 이야기를 해주고 싶었던 것일까요?

No.25

강아지똥

권정생 글
정승각 그림
길벗어린이 출판사
1996년 4월 1일 발행
30 쪽수
13,000원 정가

책 소개

어렸을 때 시골에 가면 가장 불편했던 게 똥 냄새였어요. 시골은 정겹고 뛰어놀기 좋은 곳이었지만, 할아버지 댁에 가면 똥 냄새가 역겨워 인상이 절로 찌푸려졌어요. 밭 한쪽 끝에는 꽤 높은 똥 더미가 있었어요. 거기서는 악취도 심하고 파리도 많아서 근처에 가고 싶지 않았어요. 할 수 없이 똥 더미를 지날 때는 마음을 단단히 먹고 코를 막고 숨을 멈춘 채 냄새를 맡지 않으려고 재빨리 뛰어갔어요. 저도 모르게 '우웩 우웩' 거리면 할아버지께서 "허허허!" 웃으시며 꽤 정성 들여 똥 더미

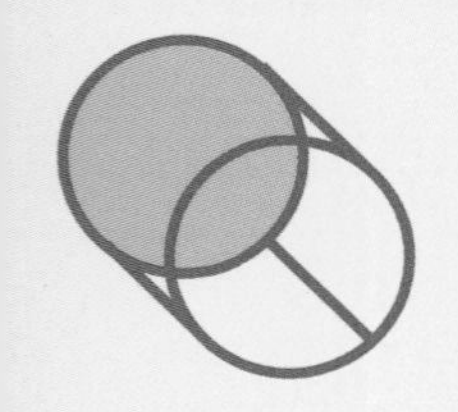

를 다듬으셨어요.

“이게 있어야 고추랑 가지도 먹고, 배도 잘 자라지.”라고 하셨어요.

그때는 냄새 맡기 싫어서 피해 다녔는데 지금 생각해 보면 할아버지에게 똥 더미는 소중한 재산이었던 거예요. 소똥, 개똥, 사람 똥 그것도 모자라 오줌까지 얹고선 정성을 들여 거름을 만들었어요. 요즘은 농약으로 땅도 만들고 식물들을 키우지만, 그때만 해도 거름으로 땅도 건강하게 만들고 밭에 나는 야채들도 키웠던 거죠. 이처럼 세상 모든 것은 자신이 필요로 하는 곳이 꼭 있다고 생각해요. 쓸모없는 사람이라는 생각이 들 때도 있지만 우리는 모두 소중하잖아요.

《강아지똥》의 저자 권정생 작가는 1969년 《강아지똥》으로 월간 《기독교 교육》의 제1회 아동문학상을 받으면서 작품 활동을 시작했어요. 작가는 처마 밑에 버려진 강아지똥이 비를 맞아 흐물흐물 그 덩어리가 녹아내리며 땅속으로 스며드는 모습을 보았대요. 그런데 강아지똥이 스며들어 녹아내리는 그 옆에 민들레꽃이 피고 있더래요. 그 모습을 보고 눈물을 흘리며 며칠 밤을 새워 강아지똥 이야기를 썼다고 해요. 작가는 보잘 것 없는 똥으로도 세상을 아름답고 가치 있게 보는 진실한 눈이 있었기에 아이들에게 귀한 책을 남기신 것 같아요.

돌이네 흰둥이가 골목길 담 밑 구석에 똥을 눴어요. 날아가던 참새가 더럽다고 하

고, 콕콕 쪼고는 날아가 버려요. 강아지똥은 자기를 더럽다고 해서 서러워 눈물이 났어요. 저만치 소달구지 바퀴자국에서 뒹굴고 있던 흙덩이가 똥 중에서 가장 더러운 개똥이라고 해서 강아지똥은 그만 울음을 터트리고 말아요.

한참 뒤 흙덩이는 자신의 이야기를 하죠. 작년 가뭄에 아기 고추를 살리지 못하고 죽게 했다고요. 달구지에 실려 오다가 벌을 받아 떨어졌다고 고백하며 울어요. 그때 갑자기 소달구지 아저씨가 지나다가 자기 밭의 흙이라며 소중하게 두 손에 담아 흙덩이를 데려가요.

또 혼자가 된 강아지똥은 추운 겨울 모진 추위를 견디며 '어떻게 착하게 살 수 있을까?'하고 고민해요. 쓸쓸하게 길모퉁이에 누워있는 강아지똥이 너무 처량해요. 봄이 오고 이번에는 강아지똥을 보고 아무짝에도 쓸모없다고 어미 닭이 말하죠. 보슬보슬 봄비가 내리던 날 강아지똥 앞에 민들레 싹이 돋아났어요. 민들레는 강아지똥을 보고 뭐라고 했을까요?

《강아지똥》에 나오는 강아지똥 그림은 사랑스러운 인형 같아요. 침대 곁에 두는 인형처럼요. 그래서 아이들은 강아지똥이 왜 그렇게 슬퍼하는지 이해하고 싶을 거에요. 오히려 강아지똥에게 쓸모없다고 하는 참새나, 어미 닭이 더 밉게 느껴지죠. 흙덩이를 데려가는 농부 아저씨를 보면서 강아지똥도 데려가면 좋겠다는 생각이 들었어요.

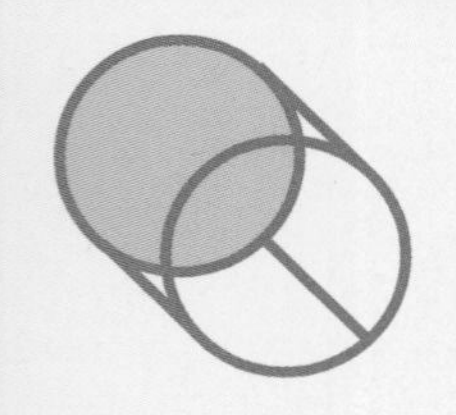

아이들은 어떤 생각이 떠오르는지 너무 궁금해요. 그림과 함께 읽는 짧은 글들은 많은 질문을 떠오르게 해요. 아마 아이들이 질문을 쏟아내면 대화에는 많은 시간이 필요하게 될지도 몰라요. 아이들도 자신이 밉고 마음에 안 들 때가 있죠. 강아지똥을 읽으며 스스로를 정성스럽게 여기는 마음을 가질 수 있지 않을까요?

생각나눔

《강아지똥》을 읽은 우리 아이에게 다음 질문을 해 보세요.

- 참새가 강아지똥을 더럽다고 했을 때 강아지똥의 기분은 어땠을까?
- 소달구지 흙덩이가 똥 중에 가장 더러운 강아지똥이라고 했을 때 강아지 기분이 어땠을까?
- 농부 아저씨가 정성스레 소달구지 흙덩이를 데리고 갈 때 강아지똥은 무슨 생각을 했을까?
- 흙덩이가 떠나고 혼자 남은 강아지똥도 가고 싶은 곳이 있었을까?
- 강아지똥은 왜 착한 일을 하고 싶었을까?
- 비바람이 치는 추운 겨울에 강아지똥은 어떻게 혼자 버텼을까?
- 민들레가 똥이 필요하다고 말했을 때 강아지똥은 왜 그렇게 좋았을까?
- 민들레를 위해 자신을 아낌없이 주는 강아지똥을 보면서 어떤 생각이 들어?

추천도서

권정생 작가의 《복사꽃 외딴집》이라는 책도 함께 읽어 보세요. 과연 복사꽃 외딴집에는 누가 살고 있을까요?

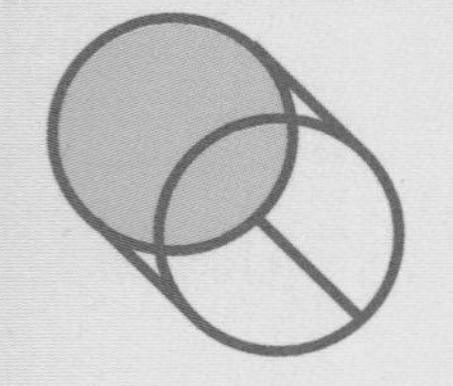

No.26

리디아의 정원

사라 스튜어트 글
데이비드 스몰 그림
시공주니어 출판사
2017년 2월 10일 발행
36 쪽수
13,000원 정가

책 소개

맛집 카페에서 샌드위치를 시켰어요. 샌드위치 위에 말려진 보라색 라벤더와 노란색 메리골드 꽃잎이 흩날리며 뿌려져 있었어요. 처음 보는 접시 위의 꽃을 보며 많이 놀랐어요. 너무 아름다웠거든요. 저도 모르게 비명을 질렀는데요. 친구랑 함께 꽃을 한참 구경하며 샌드위치 먹는 걸 까먹었을 정도였어요. 꽃잎을 한 장 한 장 먹어보기도 하고, 왜 이런 꽃을 음식에 뿌렸을까 서로 물어보기도 하며 한참을 이야기 나누었어요. “샌드위치 가게 사장님이 꽃을 가꾸는 건 아닐까?” 하면서요. 그

냥 지나칠 수 있지만, 말린 꽃 덕분에 음식은 더 빛이 났어요. 삶에 작은 거 하나 추가하면 더 기쁘고 더 예쁘고 더 즐거워질 때가 있죠. 바로 그런 순간이었어요. 전혀 상상하지 못한 조합으로 균형을 만들어 보면 어떨까요? 고달프지만 즐거움이 따르고, 힘들지만 행복한 일들이 찾아오는 그런 것에는 무엇이 있을까요? 그리고 그런 조합으로 우리는 균형 있게 살고 있는 건 아닐까요?

《리디아의 정원》의 사라 스튜어트는 미국 텍사스에서 자랐어요. 한때 교사이기도 했던 그녀는 《리디아의 정원》으로 칼데콧 아너 상을 수상했어요. 특유의 발랄한 문장으로 아이들에게 희망을 주고 밝은 기운을 전달해요. 그림을 그린 데이비드 스몰은 바로 남편이죠. 함께 만든 그림책을 여럿 발표하여 많은 호평을 받고 있어요. 작가는 《리디아의 정원》에 나오는 리디아처럼 아주 훌륭한 정원사라고 해요. 어릴 적 작가에게 가장 큰 의미를 지닌 공간이 바로 옷장 속, 도서관, 할머니의 텃밭이었다고 해요. 사라 스튜어트가 아름다운 이야기가 가득한 책을 만들 수 있었던 이유인 것 같아요. 그리고 작가는 텃밭과 과수원에서 일을 하며 일기와 시를 썼다고 하네요. 어릴 때부터 텃밭과 글쓰기를 참 좋아했대요.

리디아는 할머니랑 정원을 가꿔요. 엄청나게 넓은 정원이 있죠. 아름다운 꽃들도 가득하고 할머니랑 부지런하게 씨앗도 관리해요. 아빠가 직장을 잃고 엄마의 바느

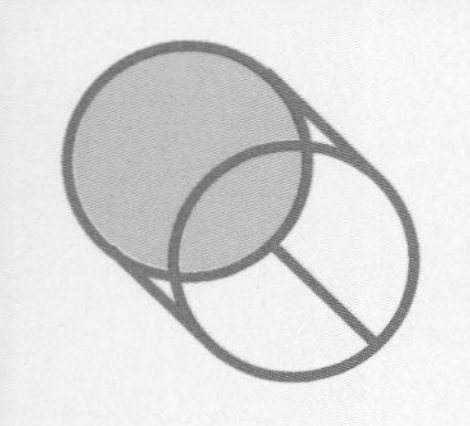

질 일감도 없어지면서 리디아는 도시에서 빵집을 운영하는 외삼촌 가게에 가서 일을 배우며 돈도 벌어야 했어요. 가기 전에 외삼촌에게 편지를 쓰고, 헤어지는 가족들에게도 편지를 써요.

처음 만난 삼촌은 무뚝뚝하고 웃음도 없어요. 리디아는 가족과 헤어진 외로움도 달래고 외삼촌에게 기쁨을 주기 위해 할머니께 받은 씨앗과 흙으로 우중충한 건물 옥상을 가꾸기 시작해요. 그건 바로 웃지 않는 삼촌을 위한 리디아의 처방이에요. 매일 바쁜 리디아는 그래도 손을 놓지 않아요. 꽃은 나날이 번져서 너무 아름다운 정원으로 바뀌어요. 드디어 삼촌에게 정원을 보여주는 날이에요. 과연 삼촌은 어떤 표정을 보일까요?

중점사항

《리디아의 정원》은 리디아가 쓴 편지로 이루어져 있어요. 리디아의 편지를 보면 1935년이라는 날짜가 있어요. 이때 미국은 대공황 시대였어요. 모두 어렵고 힘든 시기였지만 리디아의 편지를 보세요. 리디아는 발랄하고 긍정적인 마음으로 삼촌의 웃음을 기다리죠. 삼촌의 웃음을 위해 할머니께 받은 씨앗으로 옥상을 꽃밭으로 꾸미죠. 너무 대단하지 않나요? 리디아가 삼촌을 위해, 아이가 어른을 위해 정원을 만들어 냈어요.

리디아의 밝은 기운이 삼촌 가게를 온통 향기로 채워요. 어려운 시기라 삼촌도 넉넉하지는 않아요. 그 사정을 아는지 리디아는 무엇이든 열심히 하죠. 삼촌을 위해

시도 쓰고 편지도 써요. 리디아의 노력이 세상 모두를 감동하게 하는 것 같아요. 할머니께 보내는 편지에 리디아는 이렇게 말해요. “우리 원예사들은 절대로 일손을 놓지 않아요. 그렇죠?”라고요. 집을 떠나 무뚝뚝한 외삼촌 곁에서 외롭고 눈치 볼 만한데도 매일매일 자기 할 일을 조금씩 해내는 리디아가 너무 멋졌어요.

삭막하고 어둡고 버려진 것같이 볼품없는 옥상이 리디아의 노력으로 아름답게 변신하는 모습을 보면서 아이들은 삶을 아름답게 꾸미는 것이 어떤 것인지 알 수 있지 않을까요?

생각나눔

《리디아의 정원》을 읽은 우리 아이에게 다음 질문을 해 보세요.

- 왜 리디아는 가족을 떠나야 했을까?
- 리디아는 외삼촌을 어떤 분이라고 상상했을까?
- 리디아가 집을 떠나던 날 기분이 어땠을까?
- 웃지 않는 외삼촌을 처음 만났을 때 리디아는 어떤 생각이 들었을까?
- 리디아는 왜 삼촌을 웃게 하고 싶었을까?
- 아름답게 가꾼 정원을 본 삼촌은 어떤 기분이었을까?
- 웃지 않는 삼촌을 보며 리디아는 긴장되지 않았을까?
- 리디아가 떠나고 없는 옥상 정원에서 삼촌은 무엇을 했을까?

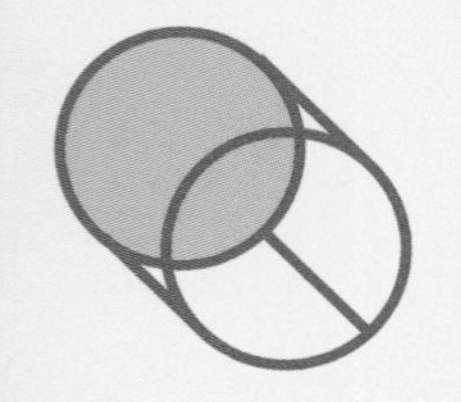

추천도서

위기철 작가의 《쿨쿨 할아버지 잠깬 날》도 함께 읽어 보세요. 쿨쿨 할아버지 덕분에 삭막한 아파트 화단이 아름답게 변했어요. 할아버지가 어떻게 한 거죠?

No.27

벌렁코 하영이

조성자 글
정문주 그림
사계절 출판사
2016년 10월 30일 발행
104 쪽수
10,000원 정가

책 소개

1983년 아빠의 사업 실패로 새로 이사 간 집은 위층은 주인댁이고, 1층에 세간살이가 세 곳이 있었어요. 좁고 긴 마당 가운데 백발 머리에 허리가 90도로 굽은 할머니 혼자 사셨어요. 그때 유행하던 TV 프로그램 〈전설의 고향〉에 귀신으로 등장하는 할머니랑 똑같아서 너무 무서웠어요. 처음 할머니 집에 들어갔을 때 꿉꿉하고 쾌쾌한 냄새가 진동해서 싫었던 기억이 나요. 엄마 심부름으로 반찬이나 과일을 할머니께 가져다드릴 때는 정말 숨을 참고 들어갔어요. 더 큰 곤욕은 할머니는 심

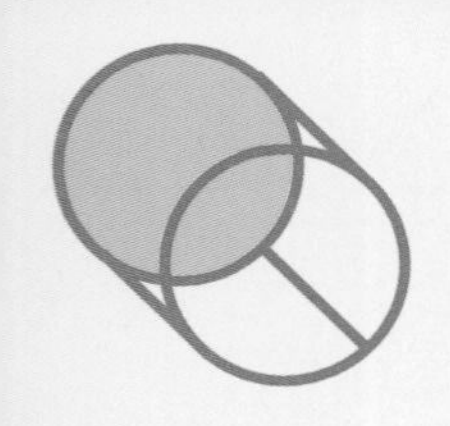

부름 간 저를 붙들고 안방으로 들어가셔서 계속 말동무해달라고 하신 거였어요. 할머니께서는 큰아들 이야기를 어린 저에게 자주 하셨는데 큰아들이 많이 보고 싶으셨나 봐요. 사업 실패로 홀어머니 두고 자주 못 오는 큰아들 이야기에 어린 눈에도 할머니가 아주 불쌍해 보였어요. 낮에 가끔 할머니 우는 소리가 들리는데 그때마다 동생이랑 저랑은 귀신 나올 것 같아서 처음에는 무서웠어요. 시간이 지나고 할머니랑 친해지고 남동생은 할머니가 담배꽁초를 좋아하신다고 골목골목 다니며 더러운 담배꽁초를 주워 오던 생각이 나요. 할머니는 과연 큰아들을 다시 만났을까요?

《벌렁코 하영이》의 조정자 작가는 1985년 문예 진흥원에서 주최한 〈전국 여성 백일장〉에서 동화 부문 장원을 했고, 그해 12월 〈아동 문예〉 신인상에 당선되면서 동화를 쓰기 시작했대요.
작품으로 《딱지, 딱지, 코딱지》, 《겨자씨의 꿈》, 《엄마 몰래》 등이 있어요. 현재는 〈조성자 동화연구소〉를 운영하면서 즐겁게 동화책을 쓰고 계신다고 해요, 《딱지, 딱지, 코딱지》도 읽어 보세요. 얼마나 재밌는지 몰라요.

밝고 낙천적인 하영이는 코를 벌렁거려 친구들이 벌렁코라고 불러요. 하지만 아빠, 엄마에게 세상에서 제일 예쁜 딸이에요. 아빠가 뺑소니차에 치여 크게 다쳐서 하영이네는 집을 팔고 반지하 방으로 이사를 하게 됐어요. 세상에서 제일 사랑하는 아

빠가 다쳐서 하영이는 매일매일 눈물이 나요. 이사하는 날, 활짝 열린 대문 앞에 무섭게 생긴 할머니 한 분이 떡 버티고 서 있어요. 눈은 빨갛고 몸은 꼬챙이처럼 빼빼 마른 것이 꼭 귀신같아요. 할머니는 아이들이 우는 소리나 떠드는 소리가 싫대요. 하영이는 그런 할머니가 되게 무서웠어요. 친구들은 하영이네 주인집 할머니가 고양이를 잡아먹는다고 고양이 할머니라고 말해요. 그러잖아도 하영이는 밤마다 들려오는 이상한 소리에 무서워서 죽을 것 같아요. 대체 이상한 울음소리는 어디서 들려오는 걸까요? 진짜 주인 할머니는 고양이를 잡아먹을까요?

서로를 알지 못할 때는 의심을 먼저 하고 겁을 내죠. 하지만 친해지면 상대방 사정을 알게 되고 상대방을 이해할 수 있어요. 할머니는 마귀할멈 같은 표정으로 하영이를 봐요. 아이들도 알아요. 상대방이 나를 예뻐하는지 싫어하는지를요. 상대방 처지에서 이해한다는 것은 인간관계에서 중요한 일이지만 쉽지 않아요.

하영이와 할머니가 어떻게 서로를 이해하게 되는지 찾아보세요. 할머니를 이해하게 된 하영이와 친구들의 태도가 어떻게 바뀌었는지 살펴보는 것도 재미있어요. 편견을 버리고 마음을 열면 모두 친구가 될 수 있다는 것을 보여주는 하영이를 통해 나는 누구에게, 어떤 편견을 가졌는지 생각하면서 이 책을 읽으면 좋아요.

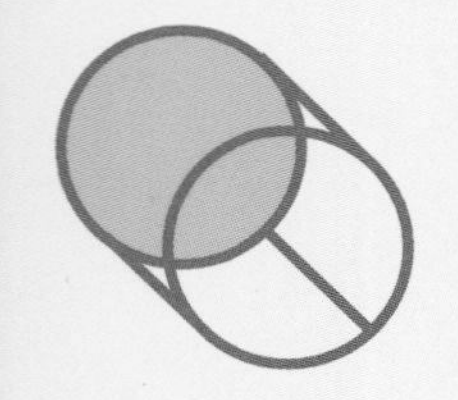

생각나눔

《벌렁코 하영이》를 읽은 우리 아이에게 다음 질문을 해 보세요.

- 무서운 할머니 집에 처음 이사 간 날 하영이는 어떤 기분이었을까?
- 할머니는 왜 아이 떠드는 소리가 싫다고 하셨을까?
- 무서운 주인 할머니가 사는 지하 집으로 이사 가면 어떤 일이 일어날 것 같아?
- 어린 딸을 잃은 할머니의 사정을 들었을 때 마음이 어땠어?
- 할머니가 그리운 딸처럼 생긴 하영이를 봤을 때 어떤 기분이었을까?
- 할머니 사정을 알고 나니 할머니 얼굴이 다르게 보여?
- 싫어하는 사람이 있어? 어떤 점이 마음에 들지 않아?

추천도서

줄리 플렛 작가의 《나의 친구 아그네스 할머니》라는 책도 함께 읽어 보세요. 멀리 새집으로 이사 와서 낯설기만 한 카타레나는 이웃 아그네스 할머니랑 어떻게 친구가 될까요?

No.28

솔이의 추석 이야기

이억배 글, 그림
길벗어린이 출판사
1995년 11월 15일 발행
38 쪽수
13,000원 정가

책 소개

어렸을 때는 추석이면 엄마랑 동생이랑 도란도란 모여서 송편을 빚었어요. 엄마는 종류가 많은 제사 음식을 다 준비하기 바쁘고 힘들지만, 송편 준비도 빼놓지 않으셨어요. 뒷산 공동묘지에서 따오는 솔잎은 오빠랑 동생 몫이었어요. 쌀 반죽으로 공룡도 만들고 이상한 모양으로 신나게 반죽을 주물럭거리며 찜기에 찌면 어떤 모양으로 나올지 궁금해했어요. 찜기에서 나온 괴상한 모양의 떡을 보면서 깔깔거리며 웃고, 공룡을 먹는 기분으로 재미났어요. 제사상에 올릴 수 없는 괴상한 떡은

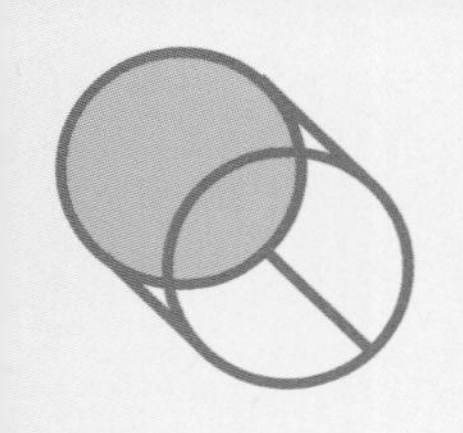

그 자리에서 따끈따끈하게 먹었는데 갓 쪄서 나온 떡은 정말 맛있었어요. 외국에서 첫 추석을 보낼 때 쓸쓸하고 가족이 그리워서 아이들과 함께 송편을 만들고 싶었어요. 다행히 송편은 찹쌀가루가 아니라 쌀가루를 사용해서 만들기 때문에 쌀통에 들어있는 쌀을 보며 쉽게 용기를 낼 수 있었어요. 분명 어렸을 때 심부름으로 불린 쌀을 들고 방앗간에 갔던 기억이 나는데 왜 그날은 불린 쌀 생각이 안 났을까요? 생쌀을 믹서기에 갈자마자 고장이 났어요. 슬프게도 그날 이후로 남편은 저를 '마이너스의 손'이라고 불러요.

《솔이의 추석 이야기》의 이억배 작가는 1960년 용인에서 태어났고 어릴 때 만화를 좋아하면서 대학에서 미술을 전공하고 화가의 길을 걸었대요. 《솔이의 추석 이야기》 책은 1999년 미국에 출간되었고, 2020년에는 《비무장지대에 봄이 오면》으로 미국 전미 도서관 협회가 주관하는 〈베첼더 어워드〉에서 처음으로 한국 작가의 그림책이 수상하는 영광을 안겨주었어요.
작가의 이야기는 한국적 스타일이 강하고 우리 주변의 생활 이야기, 전래 동화에서 모티브를 가지고 오는데 전 세계가 그 신선한 매력에 놀라고 있다고 해요. 《솔이의 추석 이야기》도 우리 민족의 전통적인 추석 풍경을 잘 보여주고 있어요.

딱 두 밤 지나면 추석이에요. 솔이 엄마도 한복을 꺼내 다리미로 다리고 동네 사람

들 모두가 바쁘게 고향 갈 준비를 해요. 귀성길 정체를 피해 새벽같이 출발했지만, 터미널은 벌써 많은 사람으로 꽉 차서 솔이네는 맨 뒷줄이에요. 출발했는데 도대체 차가 움직이질 않아요. 차에 앉아서 계란도 먹고, 책도 읽고 음료수로 먹으며 시간을 보내죠. 휴게소에 내려 라면도 사 먹고 오징어도 사 먹고 기지개도 켜지요.

시골에 도착하니 당산나무가 마을을 지키고 있어요. 할머니가 뛰어오세요. 온 가족이 모여서 그동안 있었던 이야기도 나누고 맛있는 차례 음식도 정성껏 준비해요. 보름달이 뜨고 마당에 모여 모두 오순도순 송편을 빚어요. 할머니와 큰어머니, 엄마는 정성스레 차례 음식을 준비하고, 할아버지와 삼촌, 아빠, 아이들은 차례상 앞에서 절을 해요. 차례가 끝나고 나면 이제 뭘 할까요?

중점사항

《솔이의 추석 이야기》는 잊혀 가는 우리의 문화가 고스란히 담겨있어요. 첫 장 표제 면에서 솔이의 엄마는 색동저고리를 다림질하죠. 엄마 옆에 앉은 솔이의 표정이 신나 보여요. 동네 사람들 모두가 바빠요. 그림을 하나하나 들여다보세요. 너무 재밌죠. 목욕탕은 맨 꼭대기 층에 있어요. 미용실도 손님이 만원이고요. 이발소, 세탁소, 슈퍼 모두 사람들로 붐벼요. 미용실에서 파마를 한 아주머니는 머리에 비닐을 쓰고 나왔어요. 무슨 그림인지 '알아 맞히기' 해 보세요.

귀성길 정체 피하려고 제일 먼저 일어나서 터미널에 갔지만 사람들은 이미 먼저 와있고, 솔이네는 끝 줄이에요. 요즘은 KTX 타면 서울에서 부산까지 3시간이면

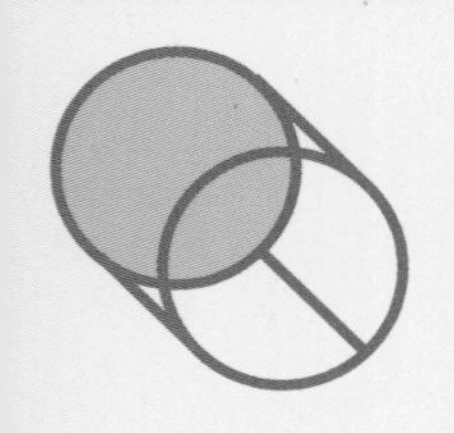

충분하지만, 예전에는 명절 정체로 12시간 이상 걸렸던 적도 있죠. 휴게소 그림은 '숨은그림 찾기'로 찾아서 보세요. 군데군데 아이들이 궁금해 할 그림들이 많아요. 공중전화 박스, 주전자에 끓인 물을 부어주는 아저씨, 화장실 안 가고 잔디에 오줌 뉘는 아줌마 등 재미있는 그림이 한가득이에요.
할머니랑 앉아서 송편도 만들고 다른 도시에 사는 사촌들도 오랜만에 만나 신나게 놀고, 삼촌, 고모도 만나 용돈도 두둑이 챙기던 정겨운 시골 추석을 아이들과 이야기 나눠보세요. 우리 집 추석 풍경과 무엇이 다른지 이야기 나눠보세요.

생각나눔

《솔이의 추석 이야기》를 읽은 우리 아이에게 다음 질문을 해 보세요.

- 시골 가는 솔이네 아빠는 어떤 선물을 준비했을까?
- 솔이네 가족은 왜 아무도 일어나지 않는 새벽에 일찍 집을 나섰을까?
- 시골 가는 길이 꽉 막혔을 때 솔이는 어떤 기분이었을까?
- 명절 때 할아버지 할머니 댁에 갈 때 어떤 기분이 들어?
- 솔이가 시골에 가면 가장 반가운 건 무엇일까?
- 추석 보름달이 뜨면 어떤 소원을 빌고 싶어?
- 추석 때 먹는 음식 중 가장 좋아하는 음식은 뭐야?

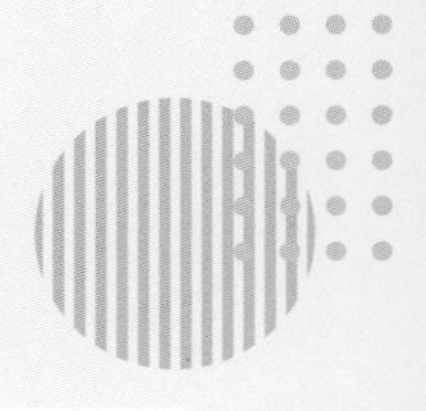

추천도서

이억배 작가의 배첼더 어워드 수장작 《비무장지대에 봄이 오면》도 함께 읽어 보세요. 비무장지대에는 누가 살고 있을까요?

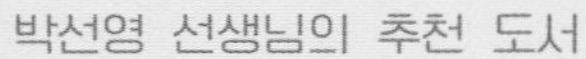

No.29

글자 죽이기

김옥 글
이선민 그림
우리교육 출판사
2005년 1월 5일 발행
104 쪽수
8,000원 정가

책 소개

《글자 죽이기》는 제가 〈생각연필〉 강사양성과정을 끝마치고, 독서논술 지도사로 제 아이들을 가르치기 시작했을 때, 둘째가 처음으로 독후감을 써서 상을 받은 책이에요. 그래서 제 기억 속에 깊이 남아있어요. 둘째아들이 책을 인상 깊게 읽고 열심히 독후감을 써서 제출하던 모습이 생각나네요. 책은 제목부터 신선하죠. 내용도 아이들이 백 프로 공감할 만큼 재밌어요.

저도 초등학교 1학년 때 열 칸 공책을 들고 열심히 받아쓰기를 연습했던 생각이

나요.

담임 선생님께서는 받아쓰기하고 제출한 공책을 보시고 매달 글씨 왕을 뽑아서 상을 주셨는데, 저는 글씨 왕이 되고 싶어서 한글 연습보다는 글씨체 연습에 더 매달렸어요. 당당히 제 이름이 교실 벽에 걸렸을 때 기뻤던 기분은 아직도 잊을 수 없어요. 최근 캘리그라피 열풍으로 다양한 글씨체가 많은데 캘리그라피 작품을 보면 감탄이 절로 나와요. 〈애플〉의 스티브 잡스도 박물관에서 선조들의 글씨체를 보며 컴퓨터에 다양한 글씨체를 넣고 싶었다고 해요. 비록 글자 공부는 아니더라도 깨끗한 종이에 나만의 손 글씨체로 아이들과 함께 적어 보는 시간 어떨까요?

《글자 죽이기》의 김옥 작가는 1963년 전북 익산에서 태어나 전주교육대학교를 졸업하고 현재 초등학교에서 아이들을 가르치고 있다고 해요. 2000년 〈한국기독공보 신춘문예〉에 동화가 당선되었고, 그 뒤로 줄곧 아이들을 위해 아름다운 이야기를 재미나게 들려주려고 노력한다고 해요.

책 뒤의 작가 소개란에 보면 지구별, 황금별, 초록별 등 상상력이 가득한 표현이 많은데요. 순수한 마음이 아이들과 잘 통할 것 같아요. 지은 책으로 《축구 생각》, 《학교에 간 개돌이》, 《불을 가진 아이》, 《손바닥에 쓴 글씨》 등이 있다고 해요.

줄거리

엄마는 매일 받아쓰기 백 점 받으라고 해요. 뭐든지 다 해준다고요. 영은이는 매일

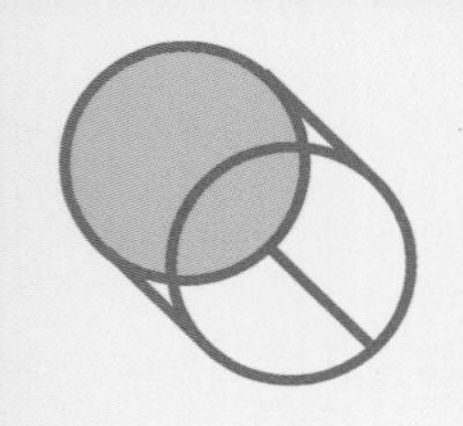

받아쓰기 연습을 집에서 해요. 열심히 연습하고 자신 있게 학교에 갔지만 영은이는 60점을 받아요. 받아쓰기 잘하는 현지는 칭찬을 많이 받고, 받아쓰기 못 하는 종수는 구박덩어리가 되었어요. 영은이도 종수보다 현지처럼 되고 싶어요. 틀린 글자들은 정말 쳐다보기도 싫고 자기를 괴롭히는 글자가 싫어요. 영은이는 한 글자씩 까맣게 칠해서 글자를 죽였어요. 그랬더니 어려운 글자들이 다 사라졌어요. 영은이는 만세를 불렀어요.

다음 날 받아쓰기 시간에 선생님은 어려운 낱말은 하나도 부르지 않아요. 영은이는 다음 날도, 그다음 날도, 날마다 100점 받는 아이가 된 거예요. 그런데 구름 위 글자 나라에서는 난리가 났어요. 사라진 글자들의 엄마들이 슬프게 울었어요. 아이들을 살려 달라고 없어진 글자의 엄마들이 울면서 말했어요. 글자 병원에서는 영은이가 글자를 죽였다는 걸 알게 되었어요. 과연 글자들을 살릴 수 있을까요? 글자 병원 의사 선생님들은 어떤 치료를 해주실까요?

중점사항

《글자 죽이기》의 이야기는 아이들의 마음을 족집게처럼 대변하고 있어요. 싫은 건 무엇이든 죽이고 싶은 아이들의 마음이요. 아이들에게 물어보세요. 받아쓰기가 얼마나 싫은지요.

유치원 때는 다 같이 친한 친구였는데 학교에 들어가면 공부 잘하는 아이, 공부 못 하는 아이로 나눠지죠. 아이들의 기분은 어떨까요? 한글은 읽는 글자와 쓰는 글자

가 다른 게 많아서 아이들이 헷갈리죠. 선생님은 꼭 그런 것만 받아쓰기 문제로 내시죠. 골탕 먹이듯이요.
영은이를 보면서 아이들은 모두 자기와 입장이 똑같다고 하지 않을까요? 그래서 불쌍하다는 생각도 들고, 구름 위에 올라간 영은이를 보며 신기해하고 시간 가는 줄 모르고 재미나게 읽을 수 있어요.

생각나눔

《글자 죽이기》를 읽은 우리 아이에게 다음 질문을 해 보세요.

- 엄마가 계속 받아쓰기 점수 물어볼 때 영은이 마음은 어땠을까?
- 열심히 했는데 받아쓰기 60점 받은 영은이는 기분이 어땠을까?
- 최고로 잘 받은 받아쓰기 점수는 몇 점이야?
- 영은이는 싫은 글자를 죽일 때 얼마나 떨렸을까?
- 만약 글자를 죽일 수 있다면 어떤 글자를 죽이고 싶어?
- 글자 병원에 간다면 누구를 만나고 싶어?
- 받아쓰기 백 점 받는 비법이 있을까?
- 영은이는 왜 글자를 다시 살리기로 마음을 먹었을까?

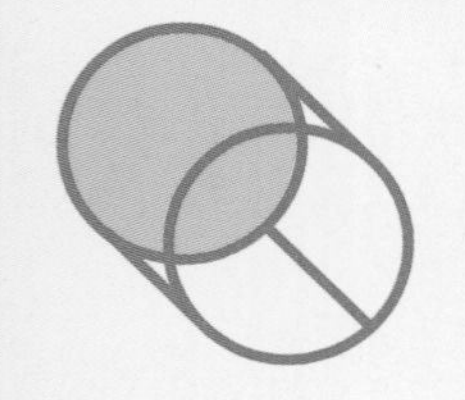

추천도서

정희재 작가의 《조선 제일 바보의 공부》도 함께 읽어 보세요. 지독히 머리가 나쁜 아이는 어떻게 공부했을까요?

No.30

마법의 설탕 두 조각

미하엘 엔데 글
진드라 챠페크 그림
소년한길 출판사
2001년 5월 1일 발행
92 쪽수
11,000원 정가

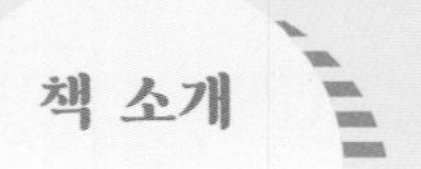

책 소개

가르쳤던 학생 중에 인상 깊게 남은 학생이 있었는데요. 항상 책을 고를 때 종이의 냄새를 맡았어요. "쌤, 이 책으로 할게요. 이 책에서는 재밌는 냄새가 나요."하고 책을 골랐던 학생인데요. 그 순간을 저도 신기해하며 즐겼던 것 같아요. 처음 보는 장면에 재밌기도 하고 '얼마나 책을 좋아하면 이런 행동을 할까?'하는 생각도 들면서 기특하고 참 예뻤어요.

그 학생이 유독 좋아했던 책이 바로 《마법의 설탕 두 조각》이었어요. 근데 책 안에

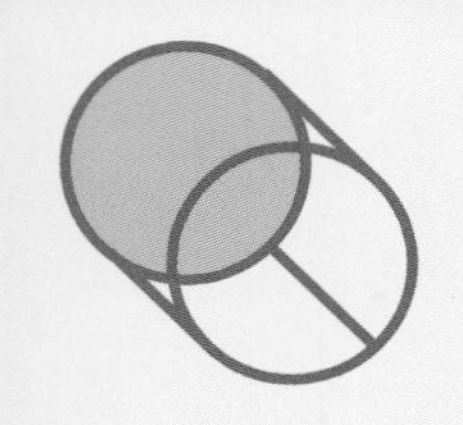

있는 '각설탕'만 기억하고 그 책을 너무 좋아한다고 해서 《각설탕》 책을 사서 선물한 적이 있어요. 웃으며 이 책이 아니라고 하더라고요. 다시 책 내용을 이야기 나눠보니 바로 《마법의 설탕 두 조각》이었어요. 책을 사랑하는 학생에게 책 한 권 선물하는 것은 저에게도 기쁨이기에 이 책을 선물했어요. 그 학생은 이 책이 너무 신선하고 재미있었다고 했어요. 책에 나오는 부모님이 자기 부모님과 너무 똑같다고 하면서요. 사실 저도 책에 나오는 렝켄의 부모님과 다를 바 없어서 박장대소하며 웃었던 기억이 나는데요. 이처럼 책 한 권으로 아이들과 이야기 나누고 서로를 알아가는 시간은 오직 책을 통해서만 가능하죠. 여러분들도 아이들과 책을 읽으며 재미나고 신나는 경험을 해 보세요.

《마법의 설탕 두 조각》의 저자 미하엘 엔데는 1929년 독일 바이에른주에서 태어났고 독일의 동화, 판타지 작가로 유명해요. 그림에도 소질이 있어서 동화 이외에도 많은 분야에서 활동했다고 해요.
한국에서 너무 유명한 소설, 시간과 돈의 노예가 된 현대인들을 비판한 《모모》가 대표작으로 《모모》는 그를 세계적으로 유명한 작가로 발돋움시켜 준 작품이기도 해요.
그의 아버지 에드가 엔데는 독일의 초현실주의 화가예요, 아버지의 그림은 미하엘 엔데의 글쓰기에 큰 영향을 주었다고 해요. 초현실적인 장면을 추론하는 글들이 명백히 드러나고 철학적인 내용을 담고 있는 글로 봐서 소설가가 아닌 철학가로 보는 시선이 많아요.

줄거리

렝켄은 엄마, 아빠가 자기 말만 잘 들어주면 더할 나위 없이 착한 아이예요. 항상 자신의 의견대로 못하게 하는 부모님을 이대로 둘 수 없어서 요정을 찾아가기로 마음먹어요. 길을 가다 경찰관에게 물어서 빗물 거리 13번지에 살고 있는 요정 '프란치스카 프라게차익헨'을 소개받고 찾아가는데요. 요정이 사는 곳이라 그런지 찾아가는 길도 희한해요.

손가락이 열두 개인 요정은 렝켄을 기다렸다는 듯 여유 있는 목소리로 맞이하죠. 렝켄의 고민을 듣고 요정은 '각설탕 두 개'를 렝켄에게 줘요. 이 설탕을 먹은 엄마, 아빠는 렝켄의 요구를 들어주지 않을 때마다 반으로 줄어들었어요. 부모님 키가 줄어들고 줄어들어 11센티밖에 되지 않았을 때 렝켄은 부모님 없이 자신이 할 수 있는 일이 많이 없다는 걸 절실히 깨닫게 돼요. 다시 요정을 찾아가 부모님을 되돌려 달라고 애원하는데요. 과연 요정은 렝켄의 소원을 들어줄까요?

중점사항

어릴 때 부모님이 너무 미웠던 기억 있지 않으세요? 렝켄의 마음은 책을 읽는 우리 아이의 마음과 똑같죠. 부모를 골탕 먹이기 위해 요정을 찾아가는 렝켄을 보며 자신이 못했던 일을 처리하는 모습에 대리 만족을 느낄지도 모르죠. 방금 엄마랑

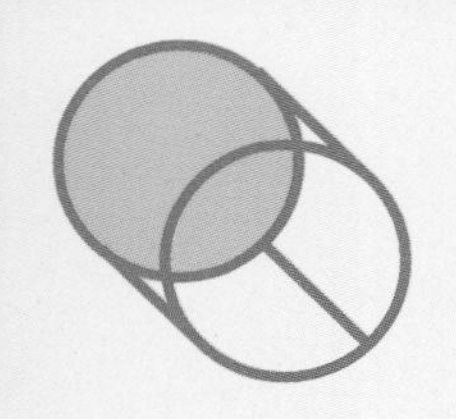

있었던 다툼을 생각하며 힘없는 자신들의 서러움이 후련하게 치유되는 기분일 거예요. 하지만 예상치 못한 일들이 벌어지면서 순수한 아이들은 슬슬 두렵기도 해요. 부모인 우리가 잔소리하지 않아도 책을 읽으면 아이들은 자기 잘못을 스스로 떠올릴 수 있어요. '아, 이건 아니야!'라고요. 요정의 특별한 처방으로 아이들은 이제 다시 렝켄이 제발 부모 말을 잘 듣는 아이가 되길 바랄지도 몰라요. 상상력을 자극해 신나게 빠져들었다가 착한 아이로 돌아오게 도와주는 마법 같은 책이라고 생각해요.

생각나눔

《마법의 설탕 두 조각》을 읽은 우리 아이에게 다음 질문을 해 보세요.

- 렝켄은 하필이면 왜 요정을 찾아갔을까?
- 경찰관 아저씨는 어떻게 요정이 사는 곳을 알고 있었을까?
- 요정을 만나러 갈 때 렝켄은 무섭지 않았을까?
- 요정을 만났을 때 렝켄은 어떤 기분이었을까?
- 요정이 '설탕 두 조각'을 주었을 때 렝켄은 어떤 고민을 했을까?
- 만약 요정이 있다면 언제 요정을 찾아가고 싶어?
- 부모님이 내 말을 들어주지 않을 때 어떤 기분이야?
- 부모님이 마술에 걸려 작아진다면 나에게 어떤 일이 일어날까?
- 부모님의 의견이 맞지 않을 때 어떻게 해?

● 마법의 설탕 두 조각이 생긴다면 엄마, 아빠가 드시게 할거야?

추천도서

최도영 작가의 《레기, 내 동생》도 함께 읽어 보세요. 미운 동생은 과연 어떤 마법에 걸리게 될까요?

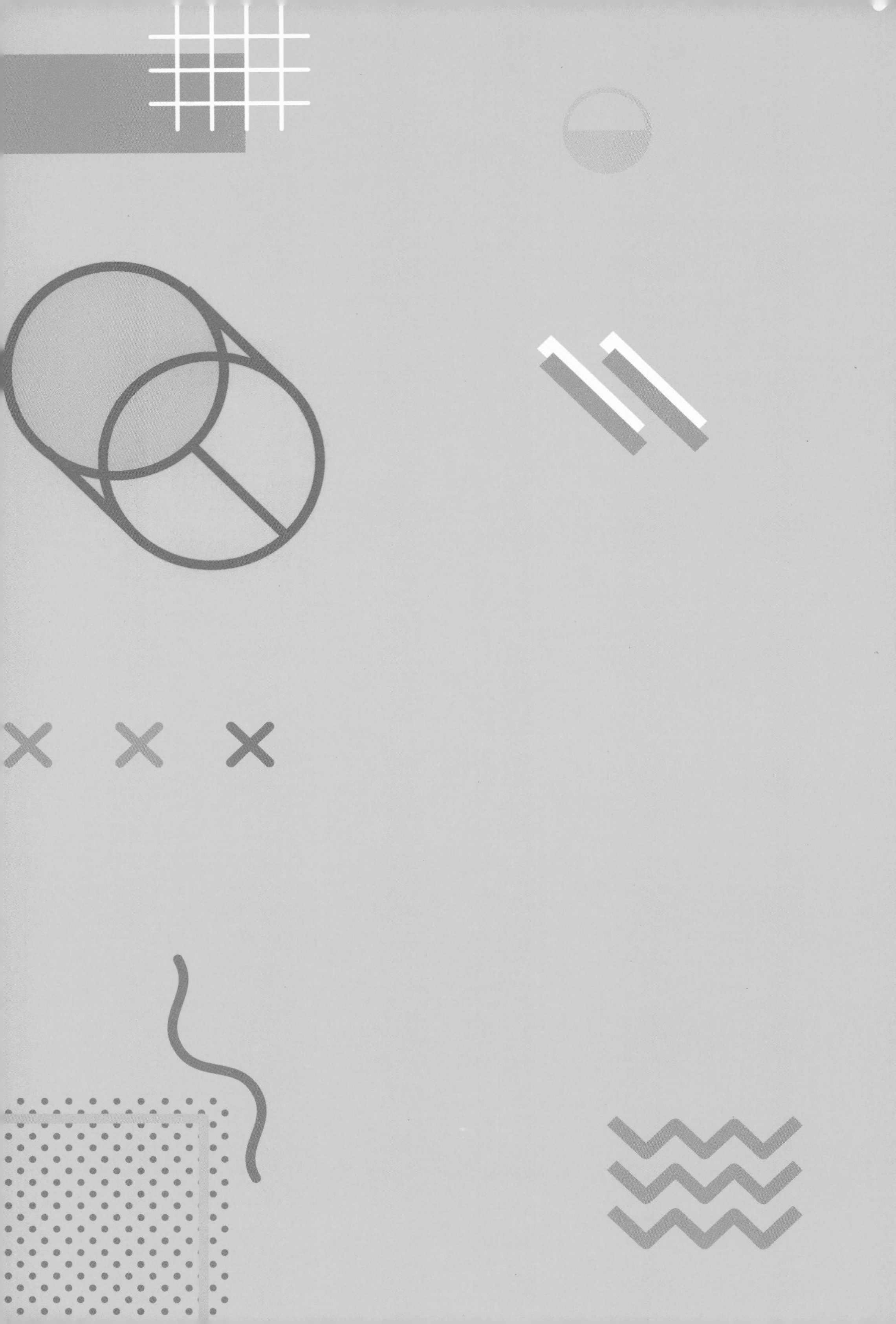

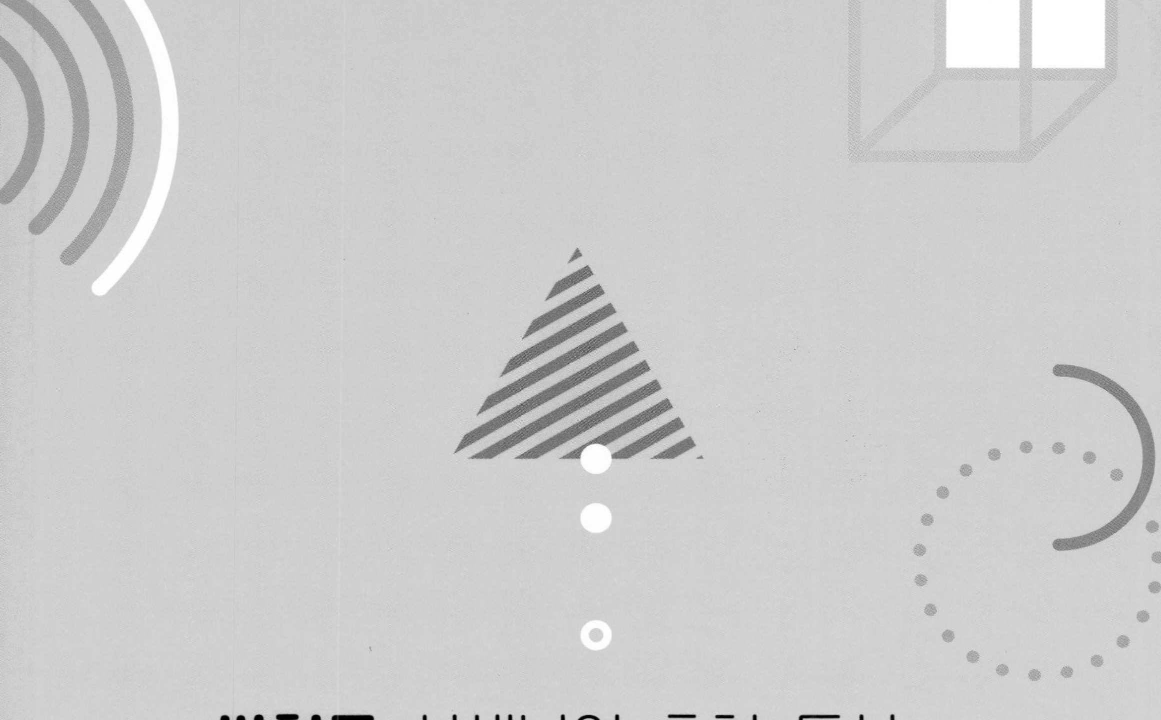

박현주 선생님의 추천 도서

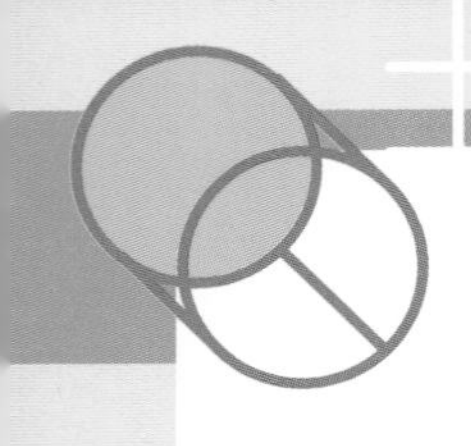

제가 어릴 적 우리 집 거실 커다란 책장 안에는 《디즈니 그림 명작》, 《주니어 세계 문학》, 《백과사전》, 《역사 전집》 등이 있었어요. 공주 이야기만 펼쳐 보았던 그림 명작은 그림 위에 하얀 습자지를 얹은 후 그림을 따라 그리기에 최고였고, 종이 질이 좋았던 백과사전은 펼친 페이지에 사람 많이 나오면 이기는 놀이를 하기에 그저 그만이었어요. 두꺼운 세계 문학으로 벽을 쌓고 성을 만들며 놀고 한자투성이인 역사 전집은 아무도 꺼내 보는 사람이 없기에 전집 뒤쪽에 종이 인형이나 장난감을 숨겨 놓기에 좋았지요. 장난감 많지 않던 어린 시절에 책은 독서의 목적보다는 놀이의 수단이었어요. 저는 만화책도 별로 좋아하지 않았고, 사춘기 때 친구들이 많이 보던 하이틴 로맨스도 별로라서 읽지 않았어요.

이런 제가 책을 좋아하게 된 계기는 결혼 후 아이들 어릴 때 읽어주던 동화책에 매료되면서부터였어요. 남편 직장 따라 여기저기 옮겨 다니며 타지 생활을 시작한 초보 엄마는 아이와 뭘 하면서 놀아줘야 할지 몰라 동화책을 한 권, 두 권 사기 시작했어요. 아는 사람 한 명 없는 타지에서 늦게 퇴근하는 신랑을 기다리면서 밤

낮으로 아이들에게 읽어주던 그림책과 동화책은 아이뿐만 아니라 저에게 감동과 힐링을 선사했어요. 때로는 책이 친구가 되어 나를 위로해 주고 부모가 되어 따뜻하게 나를 안아주기도 하고 상담사가 되어 걱정거리를 해결할 수 있는 아이디어를 주기도 했어요. 아이들 어릴 때 만난 동화책은 지금 제가 아이들에게 책 읽기와 글쓰기를 가르치는 일을 하는데 밑거름이 되고 있어요.

사람들은 책이 주는 여러 가지 이점 중 어휘력, 독해력, 창의력 향상 등 학습과 관련된 부분을 우선 순위에 두기도 하지만, 저는 책이 주는 가장 큰 이점은 '사람과의 소통 능력을 키우는 것'이라고 생각해요. 가정, 학교, 사회에서 만나는 사람들과의 소통은 삶의 질에도 많은 영향을 끼쳐요. 소통을 원활하게 하려면 상대방의 말에 귀를 기울이고 입장을 헤아리는 것이 중요한데 자라나는 아이들이 열린 마음으로 세상을 바라볼 수 있게 도와주는 것이 책의 또 다른 역할이라고 생각해요. 책을 읽으며 만나는 다양한 사람들, 우리 주변의 이웃들과 다른 나라의 사람들, 과거의 인물이나 위인들까지 그들이 처한 상황을 이해하고 마음을 나누며 입장 바꿔 생각해 본다면 소통의 부재로 인한 다툼이나 분쟁은 사라질 것 같아요. 또 책을 통해 아이들이 자기 마음을 살펴보고 위로받으며 긍정적인 마인드를 갖게 되는 등 자신과 소통하는 방법을 깨닫는 것도 아이들 성장에 큰 힘이 될 것 같아요.

저는 아이들이 책과 소통하며 읽는 즐거움을 꼭 알았으면 좋겠어요. 그리고 책이 평생지기 친구가 되기를 소망해요. 그래서 저는 아이들이 자랄 때 책과 친해지게 하려고 이것저것 노력을 많이 했어요. 서점 나들이가 좋다고 해서 즐거운 마음으로 외출했다가 만화책만 기웃대는 아이들과 언쟁만 하다 돌아오기도 하고 주말마

다 간 도서관에서 아이들은 엄마 마음과 다르게 곧 지루해하는 모습을 보면서 무언가 잘못되었다는 것을 깨달았어요. 그래서 저는 과감히 책을 위한 나들이는 포기하고 대신 집 곳곳에 책을 던져두고 아이가 흥미를 느낄 때까지 기다렸어요. 그리고 아이가 읽고 재미있다고 말하는 책은 저도 꼭 읽고 아이와 함께 책을 주제로 이야기를 나누었어요. 아이들은 엄마가 자기들이 읽은 동화책을 읽고 함께 이야기하는 것을 매우 신기해 하고, 동시에 엄마보다 자신이 더 많이 읽고 싶은 경쟁심도 보여주었어요. 그렇게 제 아이들은 책과 친한 어린 시절을 보냈어요.

저는 독서논술 수업을 하면서 다양한 아이들을 만났어요. 명랑하고 밝은 아이, 소극적이고 수줍음 많은 아이, 마음이 여린 아이 등 아이들은 모두 각자의 방식대로 자기 이야기를 하고 자신의 이야기를 들어 주길 원해요. 책의 내용이 자신의 이야기라며 속이 시원하다는 아이, 어려운 환경 속에 처해있는 친구들을 보고 속상하다며 눈물을 흘리는 아이, 지금의 나도 좋다고 감사하다는 아이, 동물 학대에 화를 내고 환경오염에 대해 심각하게 고민하는 아이들은 책을 통해 자신만의 생각과 감정을 표현해요.

아이들이 읽고 공감한 책을 부모님도 함께 읽고 아이와 이야기 나눈다면 아이들은 자연스럽게 책을 좋아하게 되겠죠. 제가 소개하는 책을 함께 읽으며 우리 아이들의 소중한 이야기를 들어보는 시간 어떠세요?

No.31

아드님, 진지 드세요

강민경 글
이영림 그림
좋은책 어린이 출판사
2022년 6월 23일 발행
68 쪽수
12,000원 정가

책 소개

화창한 봄날 버스를 타고 이동 중이었어요. 어느 정류장에서 할머니와 손자로 보이는 초등학생이 버스에 올랐어요. 할머니와 손자가 나누는 이야기를 들어보니 손자는 식당을 운영하시는 부모님을 대신해 할머니를 모시러 나온 모양이었어요. 어찌나 대견해 보이던지요. 그런데 잠시 후 저는 제 귀를 의심했어요. 손자가 할머니께 명령하는 말투로 "아! 저쪽에 앉아!"라고 하며 자기가 먼저 자리를 옮기더군요. 그리고 며칠 전에 겪은 일을 할머니께 이야기하는데 아이가 한 말이라고 생각할 수

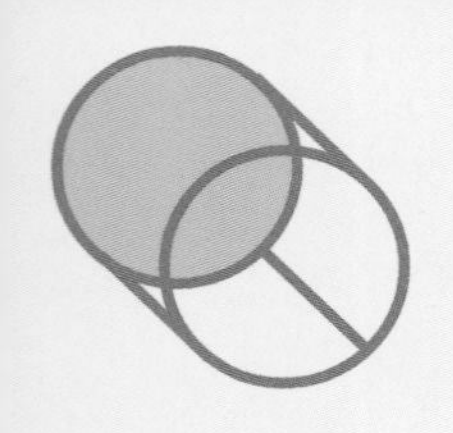

없는 거친 말들을 쏟아냈어요. 시계방 주인이 수리비를 비싸게 받았다며 반말로 시계방 주인을 욕하고 있는 거예요. 상황이 어떠할지라도 할머니나 어른에게 그렇게 말을 함부로 하는 것은 아니지요. 저는 너무 듣기 거북하고 그 아이를 쳐다보며 저도 모르게 눈살을 찌푸리게 되었어요. 아마 버스 속에 있던 다른 어른들도 저와 같은 마음이었을 것이에요.

《아드님, 진지 드세요》의 저자 강민경은 이 세상 모든 어린이가 입술만큼 예쁜 말들을 쓰기를 바라며 책을 썼어요. 남을 배려하지 않고 험한 말을 내뱉는 아이들 모습을 보면 마음이 불편해요. 말을 곱게 하면 행동도 고와지고, 행동이 고와지면 마음도 고와지듯이 고운 마음들이 모여 사는 아름다운 세상을 작가는 꿈꾸어요. 작가의 꿈이 이루어지려면 어린이들이 곱고 맑은 마음을 지켜나갈 수 있도록 아이들뿐만 아니라 어른들부터 조심해야겠지요?

아침마다 엄마와의 실랑이로 식구들에게 반말로 짜증을 내는 범수는 친구들이 자신을 우러러보는 것 같아 반말을 고칠 생각이 없어요. 선생님에게 꾸지람을 들으면서도 꼬리 없는 말, 반말을 계속해요. 고민 끝에 엄마와 할머니는 범수를 위해 특별한 방법을 쓰기로 해요. 범수에게 잔소리하는 대신에 범수가 스스로 깨닫게 될 때까지 상냥하게 높임말을 쓰기로 작전을 세워요. 범수는 처음에는 엄마의 높임말

이 불편했지만, 시간이 갈수록 점점 자기가 왕자가 된 듯한 기분이 들어요. 그런데 마트에서 범수와 엄마의 대화를 듣던 사람들은 범수를 이상하게 쳐다봐요. 그리고 학원에서는 친구들이 범수 엄마가 하녀라며 놀려요. 더군다나 범수는 지나가던 할머니에게 반말을 쓰다 좋아하는 민지의 눈 밖에 나버리게 되지요. 범수는 반말 대신 예쁜 말을 하는 아이가 될 수 있을까요?

중점사항

가까이에 있는 사람들에게 함부로 말할 때가 있어요. 또 마음과 다르게 퉁명스럽게 말이 나올 때도 있어요. 어른들도 그러한데 아이들은 어떨까요? 가까이 있는 사람들한테 더 잘해야 하는데 말이죠. 이 책을 읽고 아이들과 어른들이 가족과 가까운 사람들에게 말을 어떻게 했는지 되돌아볼 수 있는 시간을 가졌으면 해요.

◑ 생각나눔

《아드님, 진지 드세요》를 읽은 우리 아이에게 다음 질문을 해 보세요.

- 누가 나에게 높임말을 써주면 기분이 어떨 것 같아?
- 높임말과 반말의 차이점은 뭐야?
- 어른들에게 높임말을 써야 하는 이유는 뭘까?

- 범수 엄마처럼 엄마가 너에게 높임말을 쓰면 어떨 것 같아?
- 만약에 친구가 선생님에게 반말을 쓰면 어떻게 할 거야?
- 친구 사이에는 어떤 말을 쓰면 좋을까?
- '가는 말이 고와야 오는 말이 곱다'는 속담은 어떤 의미일까?

추천도서

강민경 작가가 쓴 《아드님, 안녕하세요》도 함께 읽어 보세요. 어른들에게 인사를 하지 않는 주한이는 어떤 일을 겪게 될까요?

언제나 칭찬

류호선 글
박정섭 그림
사계절 출판사
2017년 4월 10일 발행
60 쪽수
8,500원 정가

책 소개

저는 어릴 때 한 살 아래 여동생을 많이 부러워했어요. 동생은 뭐든지 잘한다며 늘 칭찬을 받는 아이였어요. 제가 부반장이 되어서 기쁜 마음으로 집으로 달려갔을 때 반장이 된 동생을 칭찬하느라 엄마의 눈에 저는 들어오지 않았지요. 그날 얼마나 서운하던지요. 글씨를 예쁘게 썼다고 선생님께 칭찬을 들어 집에 가자마자 엄마에게 말했어요. 맏이인 제가 글씨를 예쁘게 쓰는 것은 당연한 일이라 여기셨던 엄마는 이웃 주민에게 여전히 동생의 글씨를 칭찬하기 바쁘셨지요. 칭찬에 목마른 저

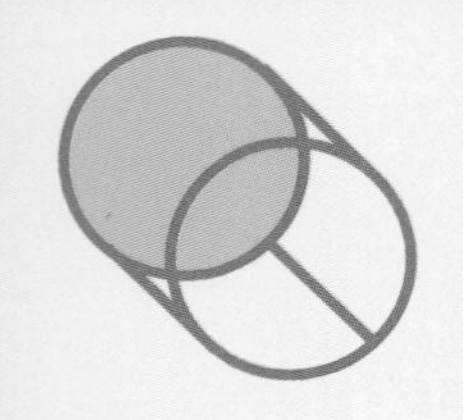

는 엄마의 눈에 들고 싶어 무거운 수박을 혼자 옮기다 떨어뜨리는 바람에 박살을 내서 얼마나 혼이 났는지 몰라요. 그런 날은 너무 억울해서 밤새 울다 잠이 들었지요. 그러던 제가 지금은 나이 드신 엄마에게 늘 칭찬 들으며 살고 있어요. 어릴 때 못 받은 칭찬을 다 해달라고 요구했는데 엄마도 그동안 미안한 마음이 있었는지 지금은 날마다 저를 칭찬해 주세요.

《언제나 칭찬》은 초등학교 선생님인 류호선 작가가 쓴 책이에요. 아이들을 위해 유쾌하고 따뜻한 글을 쓰시는 분이지요. 아이들을 끊임없이 칭찬하고 아이들에게도 선생님을 칭찬해 달라고 부탁할 정도로 칭찬을 좋아하시는 분이에요. 작가는 이 세상에 칭찬이 넘쳐나면 좋겠대요. 작가처럼 우리가 아이들을 늘 칭찬한다면 아이들은 얼마나 좋을까요?

줄거리

토리의 반에서는 칭찬왕을 뽑아요. 토리는 칭찬만 받는 모범생이 되고 싶어서 칭찬 일기장을 가득 채울 방법을 고민한 끝에 할머니에게 부탁을 드려요. 앞으로 무슨 일이든 자기가 하는 일에 할머니는 무조건 칭찬만 해달라고요. 무조건 칭찬받는 날을 만든 토리는 자기 마음대로 해요. 밥 먹기 전에 과자부터 먹고, 밥 먹을 때는 체질에 맞지 않는다며 채소 편식을 하고, 하기 싫은 일에는 딴청을 피우기도 해요. 할머니는 그런 토리에게 진짜로 칭찬만 하지요. 심지어 엉터리 칭찬 일기장을 본

엄마에게 혼이 나는 토리도 칭찬으로 감싸주세요. 토리는 할머니에게 어떤 마음이 들었을까요? 할머니가 무조건 칭찬으로 채워주신 토리 일기장에 진심이 담긴 칭찬은 정말 하나도 없을까요?

《언제나 칭찬》에는 아이들의 칭찬 받고 싶은 마음이 잘 나타나 있어요. 누구나 꾸지람보다는 칭찬이 좋으니까요. 칭찬 속에 자라나는 아이들은 자존감도 높고 다른 사람에게 칭찬도 잘하지요. 아이들이 이 책을 읽고 진짜 칭찬을 받기 위해 무엇을 해야 할지 생각해 보는 시간을 가졌으면 좋겠어요. 그리고 다른 사람을 칭찬하기 위해 무엇을 해야 할지 이야기 나누면 좋을 것 같아요. 또 칭찬하는 말을 주고받는 것도 연습해 보면 좋지 않을까요?

생각나눔

《언제나 칭찬》을 읽은 우리 아이에게 다음 질문을 해 보세요.

- 선생님이 들려주신 〈막내 기러기의 첫 여행〉 이야기를 읽고 막내 기러기에 대해 어떤 생각이 들었니?
- 토리 할머니는 왜 엉터리 칭찬을 해 주셨을까?

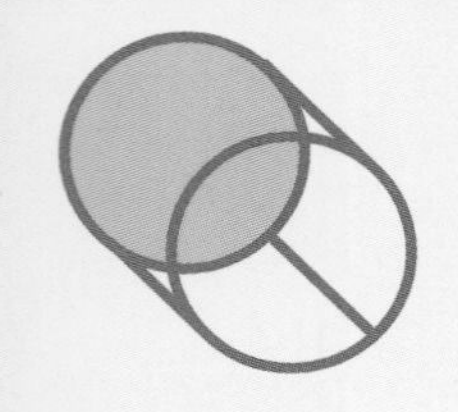

- 너의 어떤 점을 가장 칭찬받고 싶니?
- 누구한테 칭찬받을 때 가장 기분이 좋아?
- 가족이나 친구 중에 칭찬해 줄 사람이 있니?
- 친구가 어떤 칭찬을 받을 때가 가장 부러워?
- 옳지 않은 행동을 하고도 칭찬을 받으면 기분이 어떨 것 같아?

추천도서

황선미 작가가 쓴 《나쁜 어린이 표》도 함께 읽어 보세요. 착한 어린이 표를 받고 싶은 건우는 칭찬받을 일들을 수첩에 적어 보아요. 생각과 달리 나쁜 어린이 표만 받는 건우는 어떻게 할까요?

No.33

걱정 세탁소

홍민정 글
김도아 그림
좋은책 어린이 출판사
2022년 6월 23일 발행
64 쪽수
12,000원 정가

책 소개

저의 딸아이는 걱정이 많은 아이예요. '어떤 선생님이 담임선생님이 되실까?', '친한 친구들과 같은 반이 될 수 있을까?' 새 학년이 되기 전 겨울 방학 내내 이런저런 걱정을 하며 스스로 힘들어 해요. 새 학기가 시작되면 또 다른 고민이 줄줄이 사탕처럼 엮어져 나왔지요. 부모로서 제가 해 줄 수 있는 것은 귀 기울여 들어 주고 잘 해낼 거라는 응원의 메시지를 보내는 것뿐이었지요. 딸이 걱정에 사로잡혀 한 걸음도 내딛지 못하면 안 되기에 괜찮을 거라고 위로해 주면서도 한편으로는

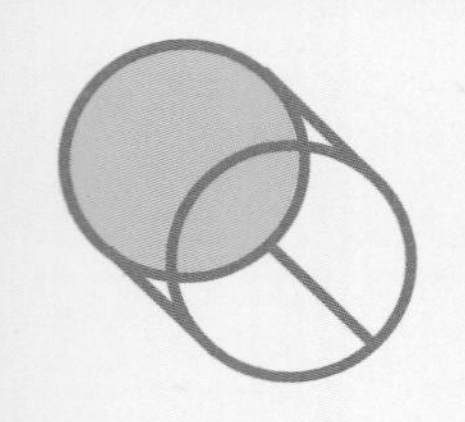

너무 걱정 많은 딸이 답답하기도 했어요. 그런데 가만 생각해 보니 아이의 걱정 덕분에 덕을 본 것도 있었어요. 여행 갈 때 아이의 걱정으로 세워진 알찬 계획 덕에 멋진 일정을 보낼 수 있었고, 새로운 곳을 찾아갈 때 아이가 미리 알아본 길로 편히 갈 수 있었지요. 걱정 많은 것이 꼭 단점만은 아니에요. 걱정 덕분에 우리 아이는 계획성 있는 아이로 성장했어요.

《걱정 세탁소》의 홍민정 작가도 걱정이 많은 편이라고 해요. 그래서 아이들의 그런 마음을 헤아리고 덜어주고 싶은 생각으로 이 책을 쓰신 거겠지요. 걱정하는 사람이 있어서 세상이 조금 더 나은 방향으로 갈 수 있다고 걱정이 꼭 나쁜 것만은 아니라는 것을 알려주고 싶었대요. "걱정해도 괜찮아!"라는 작가의 말 한마디가 아이뿐만 아니라 어른에게도 힘이 되어 주네요.

줄거리

걱정꾸러기인 재은이는 새 학기 시험 걱정을 가득 안고 집으로 향하던 길에 걱정 세탁소를 발견해요. 선택한 시간만큼 걱정을 없애준다는 VR 세탁소의 안내문을 보고 긴장하면서 체험을 시작해요. 걱정 세탁소에서 1시간을 선택했더니 신기하게 정말로 걱정 없이 재은이는 한 시간을 보내게 돼요. 시간이 흘러 걱정이 되살아난 재은이는 불안함에 다음 날 일찍 걱정 세탁소를 찾아가지요. 걱정 세탁소를 이용하는 횟수가 점점 늘어나면서 학교에서 평소와 다른 모습을 보이는 재은이를 친구들은

낯설어해요. 그리고 집에서도 평소와 다르게 숙제를 잊은 채 컴퓨터만 하는 재은이를 보고 엄마는 놀라요. 걱정 세탁소 덕에 할 일이 계속 밀린 재은이는 또다시 걱정 세탁소를 찾게 되는데 이번에는 재은이가 정말 걱정해야 하는 일이 생겨요. 무슨 일이었을까요?

《걱정 세탁소》는 걱정으로 힘든 아이의 마음을 VR 세탁기로 없애준다는 상상력이 돋보이는 책이에요. 고민은 누군가에게 털어놓기만 해도 가벼워진다고 하는데 말끔히 사라지게 해 준다면 얼마나 좋을까요? 이 책을 통해 아이들과 걱정의 장점과 단점을 토론해 보면 좋을 것 같아요. 걱정하는 마음이 많은 아이라면 걱정하는 마음을 어떻게 해야 할지 얘기해 볼 수 있어요. 반대로 걱정이 많지 않은 낙천적인 성격에 대해서도 생각해 볼 수 있어요.

생각나눔

《걱정 세탁소》를 읽은 우리 아이에게 다음 질문을 해 보세요.

- 주인공이 걱정 세탁소를 계속해서 찾아간 이유는 무엇이라고 생각해?
- 요즘 무슨 걱정을 많이 해?

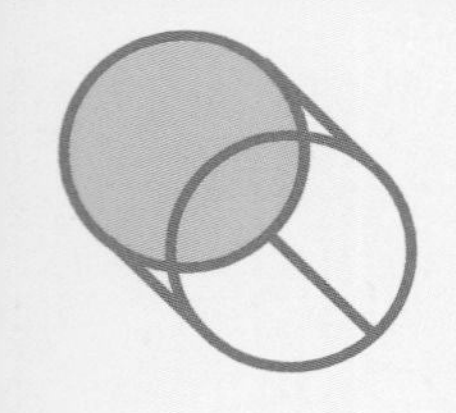

- 걱정을 많이 하면 어떤 일이 생길까?
- 걱정은 안 좋은 것일까?
- 걱정을 덜어내는 방법으로 뭐가 있을까?
- 걱정 세탁소가 있다면 걱정을 세탁하고 싶어?
- 세탁소에서 세탁하고 싶은 또 다른 감정이 있을까?

추천도서

홍민정 작가가 쓴 걱정 세탁소 두 번째 이야기 《딴생각 세탁소》도 함께 읽어 보세요. 호기심 대장 나루는 왜 딴생각 세탁소에 갔을까요?

한밤중 달빛 식당

이분희 글
윤태규 그림
비룡소 출판사
2018년 3월 15일 발행
84 쪽수
12,000원 정가

책 소개

즐겁고 행복했던 기억만 가지고 살면 얼마나 좋을까요? 친구들과 놀이공원 간 날, 여름에 물놀이간 날은 떠올리기만 해도 웃음이 나오지요. 그러나 나쁘거나 슬픈 일들도 우리 삶의 일부이기에 기억 속의 한 부분에 꼭 자리 잡고 있어요. 그런 기억들이 되살아날 때 '왜 나한테 이런 일이 일어날까?' 부정하기도 하고, 나쁜 일들이 일어나기 전으로 돌아가고 싶기도 하지요. 어렸을 때 가게에서 팔던 사탕 하나를 몰래 가져온 적이 있어요. 들키지 않았기에 아무 일도 일어나지 않았지요. 그러나

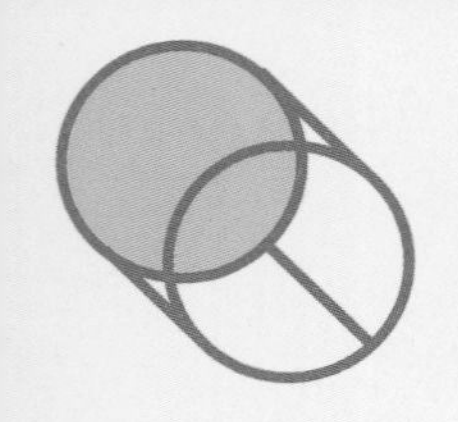

나만의 비밀이 있는 그 가게 앞을 한동안 지나다니지 못해 먼 길을 둘러 다녔어요. 또 밤마다 얼마나 악몽에 시달렸는지 몰라요. 달콤했던 그 사탕이 어린 시절 내내 저를 괴롭혀 사탕을 가지고 오기 전날로 돌아갔으면 하고 날마다 기도했었어요.

《한밤중 달빛 식당》의 이분희 작가는 어린 시절 숲속에서 노는 걸 무척 좋아했어요. 곤충이나 새를 관찰하고 높은 나무 위에 올라가 하늘을 보며 상상한 이야기들을 모아 동화를 썼어요. 이 책에는 슬픔을 간직한 외로운 아이들의 마음을 헤아리며 슬픔을 받아들이고 극복하게 도와주려는 작가님의 따뜻한 마음이 담겨 있어요. 한밤중 달빛 식당을 찾은 연우를 따뜻하게 보듬으면서 동시에 꿋꿋하게 살아가길 바라는 작가의 마음을 느낄 수 있어요.

줄거리

아빠와 둘이 사는 연우는 무작정 집을 나와 걷다가 노란 불빛이 따뜻해 보이는 한 식당을 발견해요. 속눈썹 여우와 걸걸 여우가 운영하는 '한밤중 달빛 식당'. 그곳은 음식값으로 나쁜 기억을 주면 돼요. 연우는 낮에 친구 돈을 줍고 돌려주지 않은 기억으로 케이크 한 조각을 먹어요. 다음 날 또 찾아간 식당에서는 나쁜 기억 두 개를 주고 음식을 먹지요.
나쁜 기억으로 음식을 사 먹으면 행복할 줄 알았는데, 사라진 기억으로 힘들어하는 다른 손님을 보고 연우는 고민에 빠지게 돼요. 거기다 돌아가신 엄마와 함께했

던 기억까지 사라져 연우는 식당으로 달려가 기억을 돌려받고 싶다고 여우에게 말해요. 연우는 기억을 돌려받을 수 있을까요?

《한밤중 달빛 식당》은 표지의 색감이 돋보이고 여우가 식당 주인으로 등장하는 것만으로도 아이들의 흥미를 끌어내기에 충분하죠. 아이들은 자신을 불편하게 했던 기억을 소환해 어떻게 다루어야 하는지에 대해 생각해 볼 수 있어요. 그리고 주변 사람들과 마음을 나누는 방법도 얘기해 볼 수 있어요.

생각나눔

《한밤중 달빛 식당》을 읽은 우리 아이에게 다음 질문을 해 보세요.

- 주인공 연우는 왜 기억을 되찾으려고 했을까?
- 주인공은 식당에서 나쁜 기억을 모두 주고 음식을 먹은 아저씨를 다음 날 아침에 봤어. 주인공은 왜 아저씨가 슬퍼 보였을까?
- 지우고 싶은 부끄러운 기억이 있어?
- 사라져 버렸으면 하는 슬픈 기억이 있어?
- 슬픈 기억이 자꾸 떠오를 때는 어떻게 해?

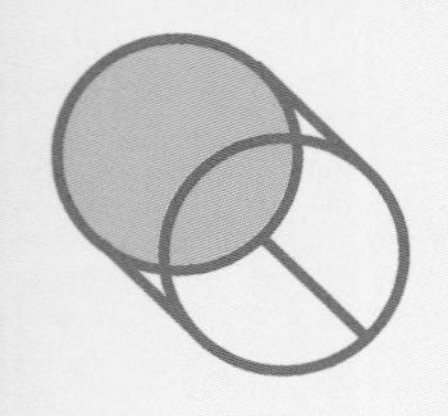

- 살다 보면 슬프거나 힘든 일들이 있어. 그럴 때는 어떻게 해야 할까?
- 잊고 싶은 기억도 있지만, 어떤 기억은 너무 좋아서 오랫동안 간직하고 싶지? 그렇게 오랫동안 간직하고 싶은 기억은 어떤 기억이야?
- 다른 사람의 기억을 볼 수 있다면 누구의 기억으로 들어가고 싶어?

추천도서

박현숙 작가가 쓴 《기억을 자르는 가게》도 함께 읽어 보세요. 친구의 거짓말로 오해를 받게 된 현준이는 특별한 미용실에서 친구에 대한 기억을 잘라내 버려요. 그런데 기억 속에는 친구와 좋지 않은 기억만 있었을까요?

No.35

말로만 사과쟁이

박혜숙 글
주미 그림
머스트비 출판사
2015년 6월 19일 발행
72 쪽수
9,000원 정가

책 소개

신경이 곤두선 날이었어요. 누구 하나 걸리기만 하면 고양이 앞의 생쥐가 되는 그런 날이었지요. 슈퍼에 갔다가 지갑에 만 원이 없어진 걸 알고 요즘 부쩍 용돈 타령을 하던 아이를 의심했어요. 학교에 다녀와서 기분 좋은 목소리로 인사하는 아이와 눈도 제대로 맞추지 않고 아이가 던져 놓은 가방을 살펴보았죠. 아이의 지갑 속에 있는 만 원을 발견하고 제 지갑에 있던 만 원이라고 단정하고 전 폭발하고 말았어요. 아이는 한사코 아니라고 말했지만 저는 거짓말까지 하냐며 소리를 질렀어

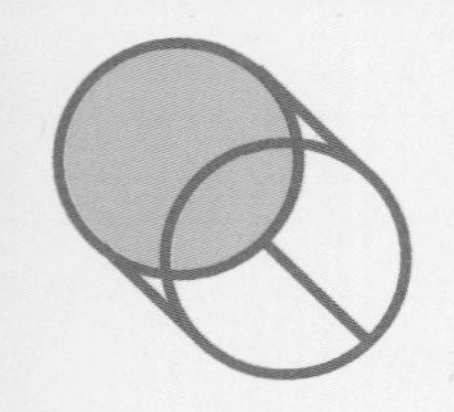

요. 아빠가 친구들하고 놀러 갈 때 쓰라고 몰래 챙겨준 돈이었고 아빠와 둘만의 비밀이라 말하지 못했다는 아이에게 화풀이를 단단히 한 거죠. 참 부끄러웠어요. 미안하기는 하지만 어른 자존심에 바로 사과를 할 수도 없어 이러지도 저러지도 못한 채 한참 동안 아이 방 앞을 서성거렸어요. 자존심을 내세우면 사과는 참 어려운 일이지요.

《말로만 사과쟁이》의 저자 박혜숙은 《알았어, 나중에 할게!》, 《깜빡깜빡 깜빡이 공주》 등 아이들의 생활 습관에 대해 재미난 글을 쓰신 분이에요. 용기가 없어 사과를 잘 못하는 아이들, 마음도 없으면서 건성으로 사과하는 아이들, 사과하는 방법이 궁금한 아이들을 위해 이 책을 썼어요. 진정한 사과는 어떤 마음으로 해야 하는지 여러 등장인물을 통해 경험해 볼 수 있는 기회가 되었으면 해요.

줄거리

이름만 공주이지 집에서 왕처럼 행동하는 아빠와 아빠 붕어빵인 오빠로 인해 관심을 받지 못하는 공주는 학교에서만큼은 빛나는 아이가 되겠다고 결심해요. 그래서 열심히 학교생활을 하고 반장이 되지요. 그러던 어느 날 교실에서 핸드폰 분실 사건이 발생해요. 조퇴한 선생님을 대신해 공주는 멋지게 해결하는 모습을 보여주려다 외톨이인 은별이를 범인으로 지목해요. 은별이는 울면서 학교에서 뛰쳐나가 버리고 학교에도 며칠째 나오지 않죠. 은별이가 범인이 아니라는 편지와 함께 사라졌

던 핸드폰이 교무실로 돌아오게 되자 선생님은 은별이에게 찾아가 사과하라고 공주에게 말씀하셨어요. 공주는 할 수 없이 억지로 은별이에게 사과의 말을 하지만 은별이는 다음 날도 학교에 오지 않았어요. 은별이는 왜 공주의 사과를 받지 않았을까요?

《말로만 사과쟁이》는 책 속 인물들이 서로 사과하는 말을 남긴 에필로그 부분이 눈여겨 볼만해요. 또한 작가가 사과 잘하는 방법을 한 번 더 정리해 준 부분도 인상 깊어요. 이 책을 읽고 은별이처럼 소외된 아이들에 대한 아이들의 시선과 억울한 일을 당한 아이들의 입장을 생각해 볼 수 있어요. 사실이 아닌 짐작만으로 일을 처리하면 어떤 일이 일어날 수 있는지 이야기를 나눠 볼 수 있어요.

생각나눔

《말로만 사과쟁이》를 읽은 우리 아이에게 다음 질문을 해 보세요.

- 잘못을 저지르면 사과를 바로 하는 편이야?
- 잘못을 저지르고 사과하는 말을 하지 않으면 어떻게 될까?
- 사과를 잘 하지 않거나 건성으로 사과하는 사람을 보면 어떤 생각이 들어?

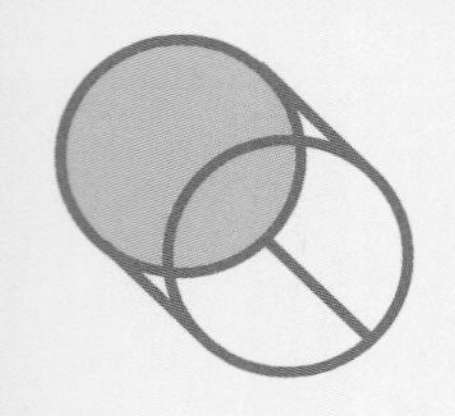

- 사과하는 말을 할 때는 어떻게 해야 할까?
- 함부로 사람을 의심하면 어떤 일이 생길까?
- 동찬이는 잘못을 저지르고도 솔직히 말하지 못했어. 자기 대신 억울하게 누명을 쓴 친구 은별이를 보며 어떤 생각이 들었을까?
- 마음이 풀리는 사과를 받아 본 적이 있어? 어떤 사과였어?

추천도서

백은하 작가가 쓴 《현우에게 사과하세요》도 함께 읽어 보세요. 현우는 좋은 마음으로 한 일이 억울한 상황이 되자 속이 상해요. 사과를 꼭 받고 말겠다고 결심한 현우는 어떻게 사과를 받아낼까요?

No.36

나, 생일 바꿀래!

신채연 글
윤유리 그림
현암 주니어 출판사
2018년 6월 5일 발행
76 쪽수
13,000원 정가

책 소개

저는 1월에 태어났어요. 겨울 방학 중에 생일이 있어 어렸을 때 불만이 많았어요. 생일파티는 둘째 치고 방학이라서 친구들과 만나지 못하니 생일 축하와 선물은 꿈도 못 꾸었지요. 한 해 일찍 학교에 입학해 친구들에게 동생 소리 듣는 것도 억울한데 생일 축하도 받지 못하니 학교에서 생일 축하를 받는 친구들이 그렇게 부러울 수가 없었어요. 그래서 저와 하루 차이 나는 생일을 가진 제 아이에게는 방학이지만 아이 친구들을 초대해서 남부럽지 않게 생일파티를 열어주었어요. 친구들

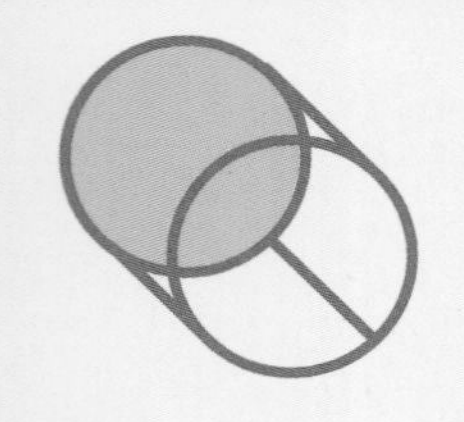

에게 둘러싸여 생일 축하를 받으며 활짝 웃는 아이 모습을 보니 저도 무척 좋았어요. 그나저나 제 생일과 아이 생일이 하루 차이라서 제 생일은 또 아이 생일에 묻혀 버리네요. 이번 기회에 저도 생일을 다른 날로 바꿀까요?

《나, 생일 바꿀래!》의 신채연 작가는 아이들의 시각으로 세상을 바라보며 웃음과 교훈을 주는 책을 많이 쓰신 분이에요. 이 책에서는 눈에 보이거나 보이지 않는 세상의 모든 것들 속에서 아직 발견하지 못한 좋은 점들을 찾도록 격려해 주지요. 나쁜 점보다 좋은 점을 먼저 보는 긍정적인 아이들이 많아지면 작가님의 소망처럼 이 세상에 웃음과 기쁨이 넘치겠죠?

줄거리

동훈이 생일은 1월 1일이에요. 동훈이는 생일 초대장을 정성껏 만들어 친구들 집에 전하러 가요. 그런데 1월 1일은 설날이라서 친구들은 할머니 집에 가거나 해돋이를 보러 간다고 초대장을 받지 않아요. 쌍둥이 친구인 재훈이와 재석이도 할머니와 함께 노래자랑에 나간다네요. 동훈이는 자기 생일이 설날과 똑같아서 불공평하고 억울하다는 생각이 들어 생일을 바꾸기로 결심해요.
달력을 펴 놓고 이것저것 따져보며 9월 24일로 생일을 정했지만, 그날 또한 추석 연휴 중 하루에요. 생일로 할 날짜를 고르는 게 쉽지 않아요. 새해 첫날 아빠랑 전통시장에 간 동훈이는 1월 1일 생일인 사람에게 선물을 준다는 말을 들어요. 하지

만 생일을 바꾸었기에 아쉽게 발길을 되돌려요. 그런데 동훈이의 진짜 생일을 기억해 주는 사람이 있네요. 누가 동훈이의 생일을 축하해 주었을까요?

《나, 생일 바꿀래!》의 노란색 겉표지에는 만화같이 오밀조밀 그려진 주인공의 기대와 슬픔이 잘 표현되어 있어 아이들에게 표지 보는 재미를 선사해요. 그리고 작가의 섬세한 심리 묘사에 아이들이 많이 공감할 것 같아요. 바꿀 수 없는 나의 일부분들때문에 속상하기도 하지만 불평보다는 그 속에서 장점을 찾는 것에 관해 이야기 나누면 좋을 것 같네요.

생각나눔

《나, 생일 바꿀래!》를 읽은 우리 아이에게 다음 질문을 해 보세요.

- '생일'이라는 단어를 들으면 무엇이 생각나?
- 생일날에 무엇을 하고 싶어?
- 주인공 동훈이처럼 네 생일이 공휴일이라면 어떨 것 같아?
- 내 생일이 크리스마스라면 어떤 점이 좋을까?
- 친한 친구 생일이 방학 중에 있어. 어떻게 축하해 주면 좋을까?

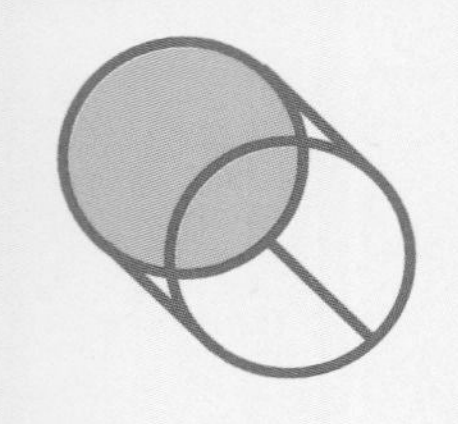

- 가족, 생일, 외모는 바꿀 수 없어. 내 외모가 마음에 들지 않는다면 어떻게 해야 할까?
- 혹시 네 생일도 바꾸고 싶어? 생일을 바꿀 수 있다면 언제로 바꾸고 싶어?

추천도서

문선이 작가가 쓴 《마두의 말씨앗》도 함께 읽어 보세요. 놀아주지 않고 휴일에도 낮잠만 자는 아빠가 미운 마두는 아빠를 바꿨으면 좋겠다고 말해요. 마두의 소원대로 바뀐 아빠는 마두의 마음에 쏙 들까요?

No.37

100점 탈출

백은하 글
이덕화 그림
꿈초 출판사
2015년 10월 5일 발행
72 쪽수
9,500원 정가

책 소개

아이 친구 엄마에게 전화가 왔어요. 학교에서 시험을 봤는데 우리 아이 점수가 나빠 걱정이 되어 전화를 줬다고 했어요. '괜찮아요. 그럴 수도 있지요.'라며 급하게 전화를 끊긴 했는데 기분이 좋진 않았어요. 아이가 아직 집에 오지 않은 상황에서 반타작 맞은 아이의 성적 얘기를 남에게 듣는 부모가 부처님, 예수님이 될 순 없겠지요? 초등학교에서는 공부보다 독서가 중요하다고 생각한 저도 순간 성적에 너그럽지 못한 부모가 되었어요. 빨갛게 달아오른 내 기분은 모른 채 콧노래를 부르

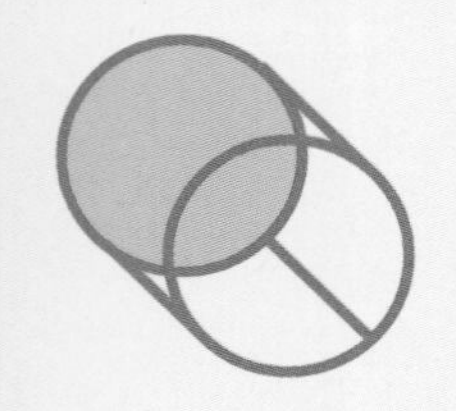

며 들어오는 아이에게 어이가 없어 물어보니 한 과목 빼고는 시험을 잘 봐서 기분이 너무 좋다고 하네요. 행복지수가 다른 아이에게 무슨 잔소리가 통하겠어요. 우리 아이가 기쁘다면 그걸로 된 거지요.

《100점 탈출》의 백은하 작가는 살고 있는 동네에서 작은 도서관을 운영하고 있어요. 여기서 만난 아이들이 겪었던 일들을 귀담아 듣고 동화를 쓰지요. 도서관에서 시험 결과를 얘기하며 백 점 맞은 아이는 좋아하고 점수가 낮아 울상인 아이는 엄마한테 혼이 날 것을 걱정하는 모습을 보고 이 책을 썼다고 해요. 1등부터 꼴찌까지 모두가 더불어 살아가는 세상임을 잊지 말고 시험 점수 때문에 슬퍼하거나 힘들어하지 않았으면 좋겠다고 작가는 말해요.

국어 시험지를 받은 예은이는 한숨부터 나와요. 백 점 노래를 부르는 엄마에게 또 혼이 날 생각을 하니 앞이 캄캄해요. 운동회 때 엄마에게 백 점 잔소리 복수를 하려고 했는데 그것도 잘되지 않고 오히려 잔소리만 더 들어요. 엄마랑 열심히 준비한 수학 경시 대회 날, 서술형 문제를 풀던 예진이는 문제 풀기를 포기하고 그림을 그리기 시작해요.

그런데 이게 무슨 일이에요? 매번 백 점만 맞는 짝꿍 재동이의 시험지가 눈에 들어와요. 고민 없이 답을 베껴 쓴 예진이는 드디어 백 점을 맞게 되지요. 친구들에

게 박수도 받고 엄마의 칭찬도 받지만 예진이는 백 점 감옥에 갇힌 기분이 들어요. 예진이는 백 점 감옥에서 탈출할 수 있을까요?

《100점 탈출》의 표지 그림에 나오는 하늘을 나는 아이의 모습은 너무 행복해 보여요. 제목과 더불어 아이들의 호기심을 자극하기 충분한 그림이죠. 이 책을 읽으면 학교에서 보는 시험에 대해 아이들이 어떤 생각을 하는지 알 수 있어요. 또한 열심히 공부한 주인공이 문제 풀기를 그만두는 장면을 통해 과정의 중요성에 대해 생각해 볼 수 있어요.

생각나눔

《100점 탈출》을 읽은 우리 아이에게 다음 질문을 해 보세요.

- 주인공 엄마는 주인공에게 커닝한 것을 아무에게 말하지 말라고 했어. 그런데 주인공이 선생님과 친구들 앞에서 말한 이유는 무엇일까?
- 노력을 열심히 했는데도 불구하고 결과가 좋지 않으면 어떻게 할 거야?
- 시험이나 운동, 악기 연주를 잘하기 위해서 어떤 노력을 해 봤어?
- 어른들이 공부를 열심히 하라고 하는 이유가 뭘까?

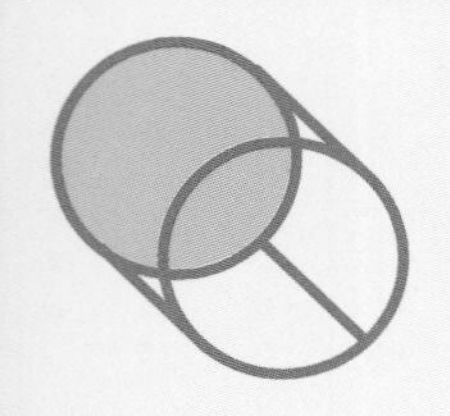

- 공부를 잘하는 아이가 있다면 공부에 재미가 없는 아이도 있어. 너는 어때? 너는 무엇에 흥미가 있어?
- 양심에 어긋나는 행동으로 마음이 불편했던 적이 있니?

추천도서

오승희 작가가 쓴 《그림 도둑 준모》도 함께 읽어 보세요. 준모는 학교에서 상을 받고 싶고 뭔가 잘하는 사람이 되고 싶어요. 그런데 그림대회에서 상을 받은 준모가 마음이 편치 않은 이유는 무엇일까요?

No.38

말하는 일기장

신채연 글
김고은 그림
해와나무 출판사
2014년 8월 25일 발행
72 쪽수
8,000원 정가

책 소개

학창 시절에는 방학 숙제 중 일기 쓰기가 가장 힘들었어요. 방학이라고 매일 놀기만 하는 것도 아니고 매주 놀러 가는 것도 아니라 뭘 써야 할지 늘 고민이었어요. 결국 미루다 미뤄 개학 며칠 전에 밀린 일기를 쓰는데 머리를 쥐어뜯으며 하지도 않은 일을 했다고 만들어서 거의 소설을 썼어요. 일기 내용은 그럭저럭 만들어서 썼는데 그날 날씨가 어땠는지 생각나지 않는 것이에요. 엄마에게 지나간 날씨를 물어보다 매번 혼난 기억이 나네요. 지금 돌이켜 보면 친구들과 하던 공기놀이, 고

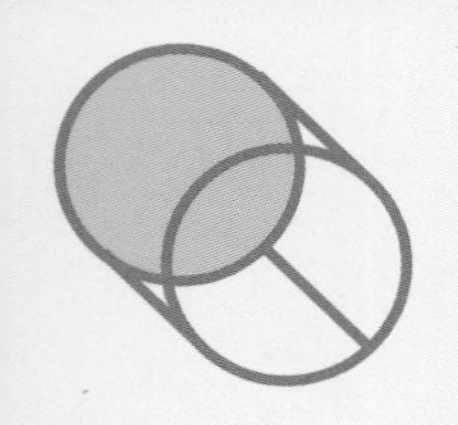

무줄놀이, 흙바닥에 그리던 그림마저 일기장을 채우기에 좋은 소재였고, 엄마가 해주시던 얼음 동동 미숫가루, 수박화채만으로도 일기장 한바닥 쓰기에 문제가 없었을 것 같아요. 하루의 일과를 일기에 남기는 것보다 하나의 주제를 정해 마음을 살펴보는 일기를 써보면 어떨까요?

《말하는 일기장》의 저자 신채연 작가는 《수상한 칭찬 통장》, 《개사용 금지법》, 《월화수토토토일》 등 통통 튀는 이야기로 아이들에게 유쾌한 웃음을 선사해요. 받아쓰기 공부만큼 일기 쓰기가 어려운 저학년을 위해 이번 책에서는 일기를 썼어요. 작가님이 쓰신 일기를 따라 읽다 보면 내 생각이 가득 담긴 진짜 일기 쓰기가 그렇게 어렵지 않겠죠?

줄거리

일기 상을 받아 본 적이 없는 동훈이 때문에 화가 난 엄마는 동훈이에게 밀린 일기를 혼자 다 쓰라고 해요. 일기 쓰기가 제일 싫고 반복되는 일상으로 일기 쓸 거리도 없는 동훈이는 누가 일기 좀 써주면 좋겠다고 푸념을 늘어놓아요.
그런데 세상에 무슨 일이래요? 일기를 대신 써주겠다며 일기장이 동훈이에게 말을 걸어요. 단, 오전에 미리 채워지는 일기장 내용으로 하루를 보내야 하는 조건이 있어요. 동훈이는 글자들로 한 바닥 가득 채워져 있는 일기장을 보니 너무 신이 나요. 일기장에 쓰인 대로 행동하는 것은 문제도 아니에요. 그런데 일기장에 쓰인 내

용을 보고 동훈이는 표정이 일그러져요. 과연 일기장에 무슨 내용이 쓰여 있었던 걸까요?

《말하는 일기장》은 일기 쓰기가 힘든 아이들이라면 한 번쯤 상상해 봤을 내용이에요. 누군가 일기를 대신 써준다면 얼마나 좋을까요? 하지만 내 마음이 아닌 다른 사람이 시키는 대로 하루를 살아야 한다면 곤욕이겠지요. 이를 통해 아이들은 자기 자신의 이야기로만 일기를 채워야 함을 다시 확인할 수 있어요. 비록 그날이 그날인 비슷한 일상이지만 주의를 잘 둘러보면 일기장을 채울 다양한 소재들을 발견할 수 있어요.

생각나눔

《말하는 일기장》을 읽은 우리 아이에게 다음 질문을 해 보세요.

- 일기 쓸 때 뭐가 제일 힘들어?
- 일기를 쓰면 뭐가 좋을까?
- 일기에는 어떤 내용을 쓰면 좋을까?
- 평소 일기에 너의 생각을 솔직히 쓰는 것 같아?

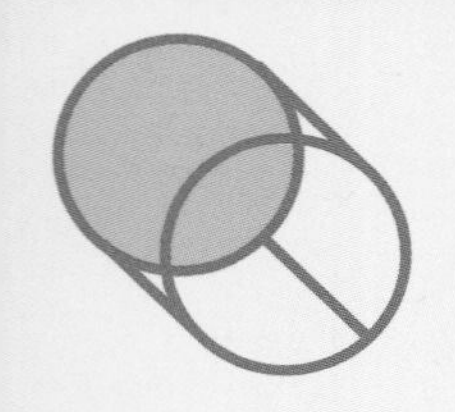

- 부모님이나 선생님이 내 일기를 보는 것에 대해 어떻게 생각해?
- 다른 사람이 시키는 대로 살면 좋을까, 좋지 않을까? 왜?

추천도서

박효미 작가가 쓴 '일기 도서관'도 함께 읽어 보세요. 일기를 못 써서 벌 받는 민우가 드디어 일기를 한 바닥 가득 채워 냈어요. 민우에게 무슨 일이 일어난 걸까요?

No.39

1004호에 이사 왔어요!

박현숙 글
박재현 그림
좋은책어린이 출판사
2017년 7월 25일 발행
64 쪽수
8,500원 정가

책 소개

매미가 시끄럽게 울어대던 한여름에 이사한 적이 있어요. 선풍기 바람 하나 없는 곳에서 이삿짐을 정리하는 아주머니를 보니 안쓰러워 저도 두 팔 걷고 거들었죠. 한참을 그릇들과 실랑이를 벌이는데, 쟁반에 색이 고운 음료를 든 여성분이 인사를 하며 들어왔어요. 옆집이라며 더운 날 고생하신다고 음료수를 내어 주는데 얼마나 시원한지 한여름의 단비 같았어요. 고마움에 저는 이사 떡을 급히 준비해 다음 날 가져다 주었지요. 나이가 같은 옆집 아이와 우리 아이는 유치원을 같이 다녔고

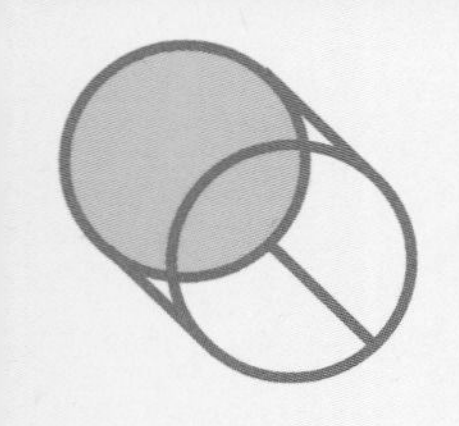

둘도 없는 친구 사이가 되었죠. 이웃사촌이 된 옆집과는 많은 추억거리도 만들었어요. 멀리 떨어져 사는 지금도 시간 내어 안부를 묻는 좋은 친구로 지내고 있어요. 그 이후부터 저도 이사 가면 음료수 들고 먼저 옆집, 아랫집에 인사를 다녀요.

《1004호에 이사 왔어요!》는 〈수상한 시리즈〉로 유명한 박현숙 작가의 작품이에요. 엘리베이터 안에서 이사 왔다며 밝게 인사하는 한 아이 덕분에 작가님이 사는 아파트는 이웃끼리 웃는 얼굴로 인사하게 되었다고 해요. 복도나 엘리베이터에서 만나면 서로 어색하고 불편할 수 있는 이웃에게 먼저 손을 내밀면 서로 기분 좋은 하루를 시작할 수 있겠지요. 어른들이 솔선수범하면 아이들도 보고 배우겠죠?

줄거리

새 아파트 1004호로 이사 가는 도윤이는 기대가 커요. 아파트며 놀이터가 굉장히 좋아 보였고 전학 갈 학교도 좋다고 들었거든요. 그런데 이사 온 첫날부터 도윤이는 새 아파트에서 지켜야 할 규칙을 안 지켰다며 어른들에게 혼이 나요. 엄마와 함께 이사 떡을 돌리는데 이웃들 반응도 별로예요. 무거운 짐을 잔뜩 든 도윤이가 소리 질러도 엘리베이터는 기다려 주지 않아요.

도윤이는 점점 이사 온 아파트가 싫어지고 예전에 살던 아파트가 그리워져요. 앞으로 다닐 학교도 걱정이 되지요. 엄마의 충고대로 이웃들과 친해질 방법을 밤새도록 연구한 동진이는 엘리베이터 안에 친하게 지내고 싶다는 쪽지를 붙여요. 하지만 잠

깐 사이 쪽지는 온데간데없이 사라졌고 그것을 본 동진이는 화가 나요. 과연 동진이는 명품 아파트 이웃들과 잘 지낼 수 있을까요?

《1004호에 이사 왔어요!》는 더불어 사는 세상에 대해 생각해 볼 수 있는 책이에요. 요즘은 이웃사촌이라는 말이 무색할 정도로 이웃에 누가 사는지조차 모를 때가 많아요. 인사 나누고 덕담이 오고 가는 사이가 되면 배려하는 마음이 생겨 이웃 간의 불화는 생기지 않겠지요. 공동 주택에서의 생활 예절에 대해 아이들과 이야기 나누기 좋은 책이에요. 더불어 낯선 환경에 적응해야 하는 아이들의 마음도 나눠 볼 수 있어요.

생각나눔

《1004호에 이사 왔어요!》를 읽은 우리 아이에게 다음 질문을 해 보세요.

- 이사 가게 된다면 뭐가 제일 아쉬울 것 같아?
- 네가 이사 가고 싶은 곳이 있어?
- 새로운 곳으로 이사 가면 무엇부터 할 생각이야?
- 만약에 옆집에 또래 친구가 이사를 왔다면 어떻게 인사를 나누면 좋을까?

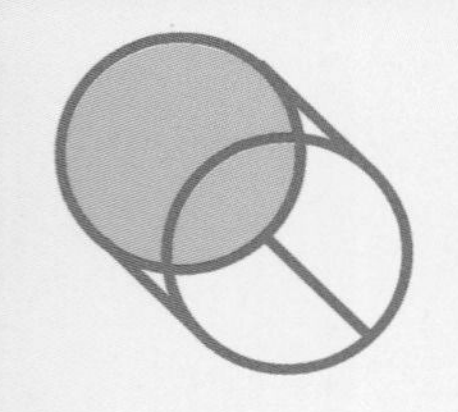

- 공동 주택 엘리베이터에서 지켜야 할 예절은 무엇일까?
- 이웃들과 친하게 지내는 방법은 무엇일까?
- 전학 갔을 때 처음 만난 친구들과 빨리 친해지려면 어떻게 해야 할까?

추천도서

이욱재 작가가 쓴 《901호 띵똥 아저씨》도 함께 읽어 보세요. 시골 마을에 살다 아파트로 이사 온 산이네 가족은 이웃 주민들과 잘 지낼 수 있을까요?

No.40

콩이네 옆집이 수상하다

천효정 글
윤정주 그림
문학동네 출판사
2016년 12월 15일 발행
88 쪽수
11,000원 정가

책 소개

제 아이가 3학년 2학기에 전학을 간 적이 있어요. 학기 초도 아니고 여름방학이 끝나고 가는 터라 저는 많은 걱정을 안고 전학 수속을 했어요. 평소 걱정이 많아 친구들을 사귀는데 다른 아이들보다 시간이 조금 더 필요한 아이라 더욱 걱정이 컸지요. 아니나 다를까 일주일도 채 되기 전에 아이가 울면서 집으로 왔어요. 아이가 수줍음에 대답을 머뭇거렸더니 새침데기라며 아이들이 수군거렸다더군요. 서울에서 온 수줍음 많은 아이는 몇 반 되지 않는 시골 학교에서 서울깍쟁이에다 아이

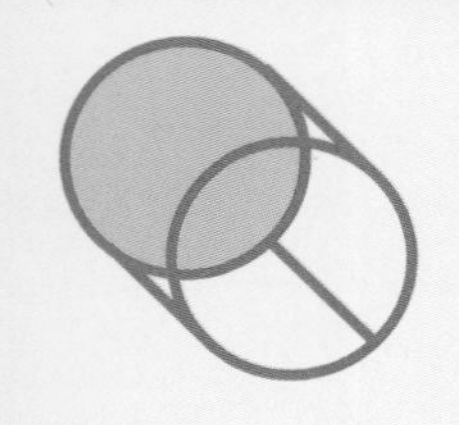

들을 무시하는 아이라고 소문이 나버렸어요. 시간이 흘러 우리 아이의 본모습을 알아본 친구들이 생기면서 오해는 풀렸지만, 전학 초반에 발 없는 말 때문에 아이가 많이 속상해했던 기억이 나네요. 오늘도 제 말 한마디에 마음 다치는 분 없길 소원해 보아요.

《콩이네 옆집이 수상하다》의 천효정 작가는 현재 교사로 재직 중이며 《삼백이의 칠일장》으로 문학동네 어린이 문학상을 수상받고 《건방이의 건방진 수련기》로 아이들의 사랑을 받으며 비룡소 스토리킹에 당선되었어요. 현직에서 아이들과 생활하고 있기에 작가가 쓴 이야기 속에 우리 아이들의 모습을 섬세하게 담아내고 있어요.

줄거리

숲속 마을 외딴곳에 살고 있는 생쥐 콩이는 이웃이 생기는 게 소원이에요. 어느 날 풀숲 아래 못 보던 구멍이 생긴 것을 보고 콩이는 누군가 이사를 왔나 싶어 무척 설렜어요. 반가운 마음에 불러도 대답은 없고 이상한 소리만 나더니 온몸이 시커먼 동물이 움직이는 것을 본 콩이는 깜짝 놀라요. 옆집이 수상한 콩이는 친구들한테 이 사실을 알리기 위해 부지런히 길을 떠나요.
콩이의 얘기를 들은 두더지는 다리가 여섯 개인 동물이 이사 왔다는 소문을 얘기해 주고 청개구리는 눈이 다섯 개인 동물, 청설모는 엄청난 패거리가 이사 왔다는 소문을 들었다고 말해줘요. 여기저기 돌아다니는 것을 좋아하는 콩이가 소문으로

들은 옆집이 무서워 집에만 있자 동물들은 걱정이 되어 다들 콩이네 집을 찾아가요. 도란도란 이야기 나누던 중 옆집에 이사 왔다며 누군가 문을 두드리자 다들 비명에 호들갑을 떨며 숨어요. 도대체 수상한 이웃의 정체는 무엇일까요?

《콩이네 옆집이 수상하다》는 2학년 국어 교과 수록 동화에요. 이 책에는 다양한 동물들이 나와요. 각 동물의 특징을 살펴보고 장단점을 얘기해 보면 좋을 것 같아요. 책에 등장하는 동물들이 말하는 습관은 우리가 조금씩은 가지고 있는 모습이에요. 어른들의 모습을 보고 자라는 아이들에게 부끄럽지 않도록 말의 중요성에 대해 다시 생각하게 만드는 책이에요. 입에서 입으로 전해지는 소문이 점점 덩치가 커지게 되는 이유와 소문으로 인해 생기는 피해도 살펴볼 수 있어요. 수상한 이웃의 정체를 추리해 볼 수 있는 점은 아이들에게 긴장감과 재미를 던져주어요.

생각나눔

《콩이네 옆집이 수상하다》를 읽은 우리 아이에게 다음 질문을 해 보세요.

- 친구를 흉보면 안 되는 이유는 무엇일까?
- 학교에서 떠도는 소문을 들어본 적 있니?

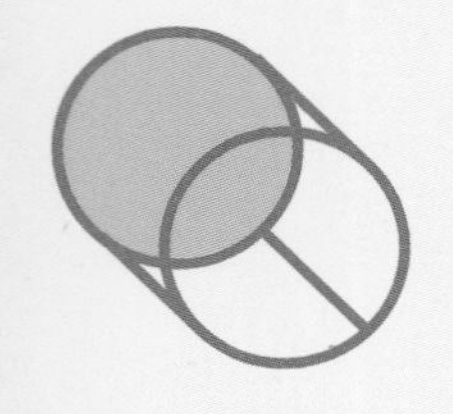

- 소문을 내 본 적 있어?
- 소문을 그대로 믿으면 안 되는 이유는 뭘까?
- 외모로만 사람을 평가하면 안 되는 이유는 무엇일까?
- 친구와 잘 지내려면 말을 어떻게 해야 할까?
- '말'과 관련된 속담을 찾아볼까?

추천도서

히야시 기린이 쓴 《그 소문 들었어?》도 함께 읽어 보세요. 왕이 되고픈 금색 사자는 거짓 소문을 내요. 확인을 해 보지도 않고 소문을 믿은 동물들의 나라는 어떻게 되었을까요?

No.41

진짜 수상한 구일호

허윤 글
심윤정 그림
잇츠북어린이 출판사
2018년 12월 1일 발행
88 쪽수
11,000원 정가

책 소개

크리스마스가 다가오면 마음이 분주했어요. 아이들이 받고 싶은 선물이 무엇인지 조심스레 알아내야 했고 원하는 선물을 마트에 가서 사거나 택배로 받은 후 아이들 몰래 포장했어요. 그리고 아이들에게 크리스마스 전까지 들키지 않으려고 꼭꼭 숨겨 놓았지요. 그런 007작전 덕분인지 저의 아이는 4학년까지 산타가 있다고 믿었어요. 자신이 원하는 선물을 어떻게 알고 주시는지 신기하다면서 매년 더 착한 일을 하겠다는 약속도 잊지 않았죠. 그런데 아이의 5학년 겨울 방학에 저의 산

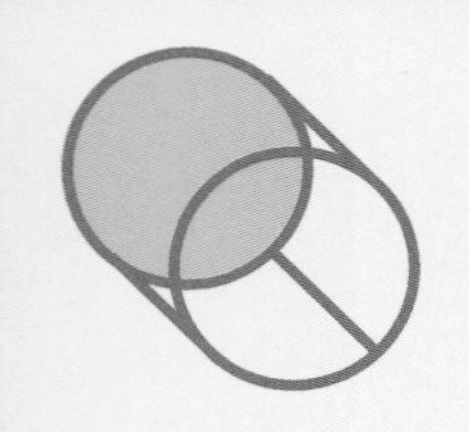

타 작전은 막을 내려야 했어요. 저희 부부가 작전을 수행하러 둘만 외출한 사이 아이는 TV 드라마에서 산타의 부재를 알게 되었고 충격에 많이 울었다고 했어요. 그 이후로 크리스마스 이브는 마트 가서 선물 사는 날이 되었지요. 만약에 아이가 TV를 보지 않았다면 언제까지 산타의 존재를 믿었을까요?

《진짜 수상한 구일호》의 허윤 작가는 산타 할아버지가 마음에 들지 않았대요. 산타 할아버지는 자기 마음대로 기준을 정해 놓고 누구에겐 선물을 주고 누구에겐 안 주는 것이 치사하다는 생각이 들어 실수투성이 초보 산타를 상상 해 보았대요. 누구나 마음속에는 착한 마음과 나쁜 마음이 다 존재하고 도와주고 싶은 마음과 귀찮은 마음, 부러운 마음과 화난 마음 등이 함께 있잖아요. 그래서 날마다 달라지는 자기 마음을 잘 들여다보고 다독이며 지내야 한다고 해요. 작가는 아이들이 친구 때문에 속상한 날 이 책을 떠올리며 주인공들이 서로 마음을 나누어 친구가 되었듯 따뜻한 마음을 다시 찾길 바란대요.

크리스마스 선물을 받지 못한 선호는 친구들이 크리스마스 선물로 받은 것을 자랑하는 학교에 가기 싫어요. 할 수 없이 학교에 간 날 선물 얘기로 시끌벅적한 교실에 빨간 코트에 빨간 모자를 쓴 땅꼬마 산타 구일호가 전학을 와요. 갈 곳 없는 구일호는 학교가 끝나고 선호를 따라가요. 구일호는 자신이 선물을 배달하려다 회오

리바람을 만나 썰매에서 떨어졌단 말을 하지만 선호는 믿지 않아요. 구일호가 자신에게 준 선물 상자가 비어있는 것을 보고 속이 상할 뿐이죠. 돌아가는 방법을 잊었다며 선호에게 도움을 청한 구일호와 함께 뒷산에 간 선호는 구일호가 썰매에서 떨어질 때 잃어버렸던 수첩을 찾아주어요. 그리고 구일호가 산타 마을에 돌아갈 수 있도록 도와줄 착한 아이가 자신이라는 이야기를 듣게 돼요. 자신을 나쁜 아이라고 생각하던 선호는 어리둥절하지요. 과연 선호의 도움으로 산타 구일호는 산타 마을로 다시 돌아갈 수 있을까요?

《진짜 수상한 구일호》의 주인공 선호는 학교에서 친구들을 괴롭히고 말썽을 부려 벌을 받는 자신이 나쁜 아이라고 생각해요. 그런 선호가 산타를 도와주며 자신도 착한 아이임을 깨닫게 되지요. 아이들은 모두 소중한 존재예요. 넉넉하지 못한 환경으로 아이들이 자신의 가치를 낮출 필요는 없어요. 누구나 바뀔 수 있고 누군가에게 산타와 같은 멋진 사람이 될 수 있으니까요.

생각나눔

《진짜 수상한 구일호》를 읽은 우리 아이에게 다음 질문을 해 보세요.

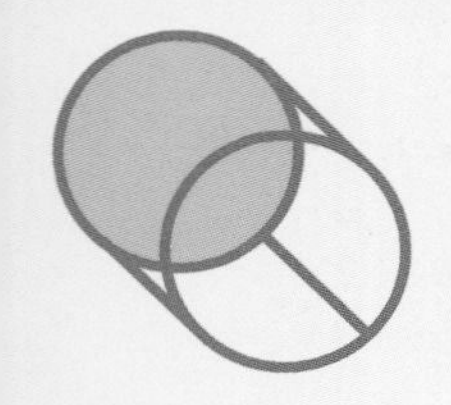

- 산타가 정말 있다고 믿어?
- 산타에게 어떤 선물을 받고 싶어?
- 산타에게 선물 받으려면 착한 일을 많이 해야 하는데 어떤 착한 일을 했을까?
- 전학을 온 친구에게는 어떻게 대해주면 좋을까?
- 친구가 되고 싶은 아이에게 어떻게 다가가면 좋을까?
- 마음과 달리 친구의 기분을 상하게 하는 말을 한 적 있어?
- 어려움을 겪는 친구를 도와준 적이 있어? 어떻게 도와줬어?

추천도서

정란희 작가가 쓴 《허둥지둥 산타 가족》도 함께 읽어 보세요. 일 년 내내 바쁜 산타를 가족으로 둔 주인공은 불만이 많아요. 주인공은 산타에게 어떤 불만이 있을까요?

No.42

비밀 결사대, 마을을 지켜라

박혜선 글
정인하 그림
고래뱃속 출판사
2021년 2월 8일 발행
84 쪽수
11,000원 정가

책 소개

어릴 적 도시에서 자란 저는 시골에 대한 기억이 그리 많지 않아요. 산 좋고 물 좋은 경상남도 거창의 할머니 댁을 세 번 정도 갔던 것이 전부예요. 흙바닥 시골길을 덜컹거리며 달리는 버스는 제 엉덩이를 널뛰게 만들고 속도 뒤집어 놓아서 다시는 안 간다는 말이 절로 나오게 했어요. 그럼에도 시골에 대한 추억이 마음 한구석에 따뜻하게 자리 잡은 것은 할머니의 내리사랑 덕분이죠. 밭에서 갓 딴 싱싱한 오이와 가지, 아버지가 좋아하는 민물생선조림, 입 짧은 저를 위해 따로 준비해 주시

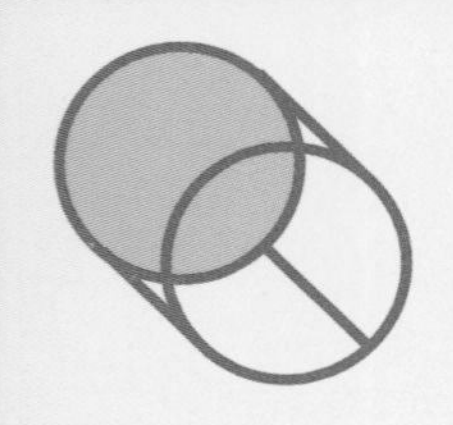

던 국밥까지 할머니 댁에서 지낸 시간이 지금까지도 사진처럼 선명해요. 그리고 외양간이며 토끼장, 풀밭의 염소, 강가의 반짝이던 물고기떼 등 많은 볼거리를 제 손 꼭 잡고 데리고 다니며 보여주시던 할머니 모습이 생각나요. 시골이라는 단어를 들으면 마음부터 따뜻해지는 것은 할머니 덕분이겠죠?

《비밀 결사대, 마을을 지켜라》의 박혜선 작가는 동시로 등단하고 〈한국아동문학상〉, 〈소천아동문학상〉, 〈열린아동문학상〉 등 다수의 상을 받았어요. 어린 시절부터 일기로 시를 적어 내고 소설 뒷이야기를 만들어 친구들과 돌려보던 이야기꾼이었어요. 어릴 때부터 궁금한 것을 못 참았고 작가가 되고 나서는 세상에 대한 궁금증을 이야기로 풀어낸다고 해요. 메시지를 효과적인 방법으로 전달하기 위해 동시나 그림책, 동화책 등 다양한 작품 활동에 매진하고 있어요.

줄거리

산 아랫마을에는 빈집들 사이로 마을에 유일하게 남은 할머니 세 분이 살고 계세요. 그리고 할머니 세 분을 따라다니며 일거수일투족을 감시하는 토끼 한 마리도 있죠. 할머니들 밭을 헤집고 다니며 먹이를 찾아 먹던 산짐승들은 할머니들이 자기들 때문에 고향 땅을 떠난다고 하자 덜컥 겁이 났어요. 빈집, 빈 마을, 빈 밭이 되면 당장 굶어 죽을 수도 있으니까요. 그래서 산 짐승들은 회의를 열어 할머니들이 마을을 떠날 수 없게 할 방법을 연구하고 마을을 지킬 비밀 결사대를 만들어요. 대

원들이 된 동물들은 함부로 할머니들 밭에 들어가지 않아요. 그리고 동물들은 할머니들이 병들어 돌아가시면 어떡하나 또 다른 걱정이 들어 비밀 결사대 대장인 토끼 점박이를 특수요원으로 뽑아 할머니들을 감시하게 하죠. 과연 비밀 결사대 대원들은 어떤 기상천외한 방법으로 할머니들을 지킬까요?

중점사항

《비밀 결사대, 마을을 지켜라》의 첫 페이지의 그림과 글씨는 아이들이 빠져버릴 수밖에 없는 긴장감과 몰입감을 선사해요. 궁금증을 해결해 나가려고 책을 읽다 보면 유쾌하고 감동적인 이야기에 매료되지요. 나이 많으신 어른들만 남아있는 농촌 문제와 먹이를 찾아 산에서 내려오는 산짐승들의 이야기 등 사회 문제에 관해 이야기 나누기 좋은 책이에요. 인간과 동물이 서로를 지켜주며 자연 속에서 공존하는 모습을 상상해 보면 좋을 것 같아요.

생각나눔

《비밀 결사대, 마을을 지켜라》를 읽은 우리 아이에게 다음 질문을 해 보세요.

- 가장 기억에 남는 그림이 있니?
- 동물들이 할머니들을 챙기는 것을 보고 어떤 생각이 들었어?

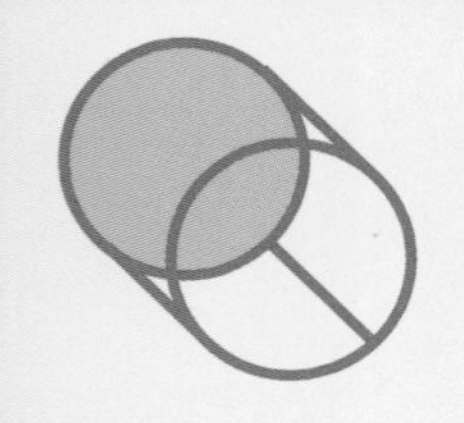

- 비밀 결사대는 할머니들을 끝까지 지켜냈을까?
- 왜 시골에 점점 사람이 없어지고 노인들만 남게 되었을까?
- 산짐승들은 왜 자꾸 마을로 내려오는 것일까?
- 시골에 계신 할머니나 친척 어르신에게 하고 싶은 말이 있니?
- 농촌이 사라진다면 어떤 문제가 생길까?

추천도서

박혜선 작가가 쓴 여러 권의 동시집 중 《한 글자 동시》도 함께 읽어 보세요. 말놀이하듯 동시를 자주 읽다 보면 동시 한 편 뚝딱 쓰는 날이 오겠지요?

까만 아기 양

엘리자베스 쇼 글, 그림
푸른나무 출판사
2021년 11월 15일 발행
56 쪽수
12,000원 정가

책 소개

미국이나 유럽에서 사는 동양인들이 공격의 대상이 되어 피해를 보는 경우를 뉴스에서 종종 접하곤 해요. 물론 피부색이 다르다는 이유로 타국에서 열심히 사는 그들이 공격받을 이유는 전혀 없지요. 글로벌 시대에 아직도 이런 일이 일어난다는 것이 안타까울 따름이에요. 사람들 사이에는 많은 다름이 존재해요. 그렇다고 다름이 차별과 편견, 멸시의 대상이 되면 안 되죠. 우리와 다른 사람들이 있고 다른 생각들이 존재해서 서로 발전하며 나아갈 수 있어요. 다름을 인정하고 존중해 줄 때

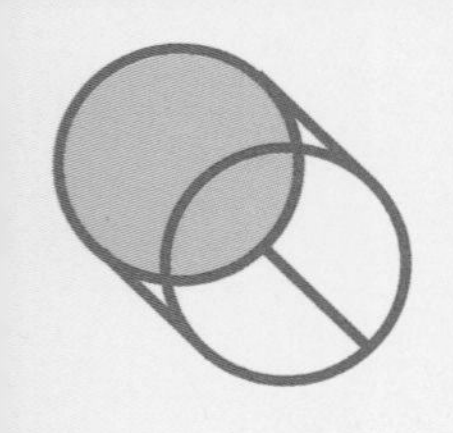

나의 다름도 존중받을 수 있어요. 나만의 생각 속에 갇혀 나와 다름을 불편해하고 받아들이지 않는 것이 무엇인지 생각해 보면 좋을 것 같아요.

《까만 아기 양》의 저자 엘리자베스 쇼는 북아일랜드에서 태어나 독일에서 활동한 동화작가이자 풍자화가에요. 《말괄량이 삐삐》로 우리에게 친숙한 아스트리드 린드그랜 등 유명 작가의 작품에 삽화를 그렸어요. 1963년부터 쓰기 시작한 그녀의 아름다운 동화들은 여러 나라에서 출간되었고, 특히 1985년에 출간된 《까만 아기 양》은 독일을 비롯해 유럽의 여러 나라와 영미권, 일본에서 번역 출간되어 아동문학의 고전으로 평가받고 있어요.

줄거리

알프스 중턱, 들판이 넓게 펼쳐진 곳에 양치기 할아버지가 양들을 돌보며 홀로 살고 있었어요. 믿음직한 양치기 개 폴로가 아기 양들을 주의 깊게 살피는 동안 할아버지는 양털에서 뽑은 털실로 양말과 목도리, 스웨터, 모자를 만들어요. 할아버지의 뜨개질 솜씨는 유명해 산 아랫마을 사람들에게 인기가 많았죠.
할아버지가 키우는 양 중에는 까만 털을 가진 아기 양이 한 마리 있었는데 그 까만 아기 양은 생각하기 좋아하는 녀석이라 엉뚱한 생각을 하다 가끔 폴로의 말을 듣지 못할 때가 있었어요. 폴로는 까만 아기 양에게 으르렁 대기 일쑤였고 까만 아기 양도 자신의 까만 털 때문에 실수가 금방 탄로나는 것이 속상해 할아버지에게

하얀 털실로 스웨터를 짜달라고 해요. 할아버지는 까만 아기 양에게 소중한 존재라고 얘기해줘요. 과연 까만 아기 양은 하얀 양들 속에서 행복하게 지낼 수 있을까요? 그리고 폴로와도 잘 지낼 수 있을까요?

《까만 아기 양》은 다름에 관하여 이야기하는 책이에요. 주인공은 다름을 인정하지 않는 등장인물로부터 상처받고 자신에 대해 고민해요. 다름이 특별함이 된 순간 주인공이 자신의 가치와 소중함을 알게 되는 이야기에서 아이들은 많은 생각할 거리를 얻게 돼요. 주인공처럼 남들과 다름을 숨기고 싶은 아이들에게는 나만의 장점을 찾아 당당히 나설 수 있는 용기를 주는 긍정적인 효과를 기대해 볼 수 있어요. '숨은그림 찾기'를 통해 그림을 더 자세히 관찰하는 꼼꼼한 책 읽기를 해 볼 수 있어요.

생각나눔

《까만 아기 양》을 읽은 우리 아이에게 다음 질문을 해 보세요.

- 혼자만 까만색 털을 가진 아기 양에게 해 주고 싶은 말이 있니?
- 네가 만약 까만 아기 양이라면 너를 맘에 들어 하지 않는 폴로에게 어떻게 할

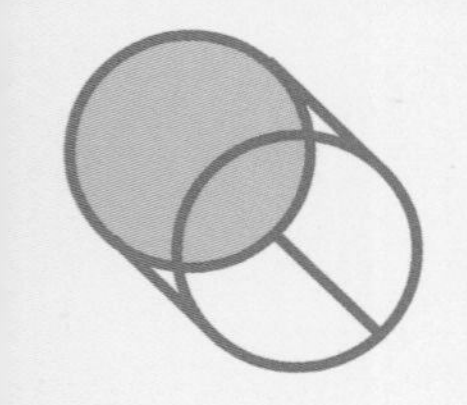

거야?

- 친구 중에 외모나 성격이 특이해서 놀림을 받는 친구가 있니?
- 폴로는 까만 아기 양이 마음에 안 들어. 너는 어떤 행동을 하는 사람이 마음에 들지 않니?
- 네게도 까만 아기 양처럼 생각이 많고 엉뚱한 친구가 있다면 어떻게 대할 거야?
- 남들과 똑같지 않아 속상한 부분이 있어?
- 세상에 똑같은 외모와 성격을 가진 사람들만 모여 있다면 어떻게 될까?

추천도서

윌리엄 밀러 작가가 쓴 《사라, 버스를 타다》도 함께 읽어 보세요. 사라는 왜 매번 버스 뒷자리에만 앉아야 하는지 이해가 되지 않아요. 용기 내어 버스 앞자리에 앉은 사라는 어떻게 되었을까요?

No.44

돼지책

앤서니 브라운 글, 그림
웅진주니어 출판사
2001년 10월 5일 발행
32 쪽수
11,000원 정가

책 소개

저는 결혼하면서 다니던 직장을 그만두었어요. 남편의 직장때문에 타지에 가서 살아야 하는 이유도 있었지만, 같이 일하던 차장님의 늘 피곤한 모습을 지켜보았기에 엄두가 나지 않았어요. 차장님은 초등 1학년 자녀를 둔 워킹맘이었어요. 결혼을 생각하기 전에는 차장님이 아이가 아파 밤새고 출근했다는 말에 '많이 피곤하시겠다'라는 생각이 다였는데 막상 결혼을 앞두고 보니 남의 일 같지 않았어요. 차장님은 시골에 계시는 양가 부모님에게 아이를 맡길 수 없어 먼저 결혼한 시누이에게 아

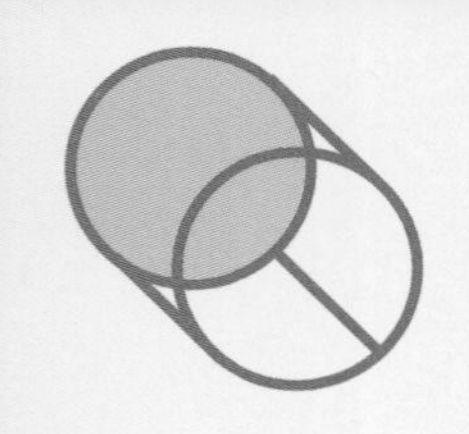

이를 맡겼는데 아이가 초등학교에 들어가면서는 그것도 어려워졌다고 했어요. 그래서 방학 때 혼자 있는 아이 걱정에 점심시간마다 부리나케 집으로 달려갔고, 남편이 육아를 도와주긴 했지만 집안일은 온전히 자기 몫이라고 한숨 섞인 푸념을 늘어놓던 기억이 나네요. 지금은 옛날에 비하여 인식이 개선되어 남편들의 가사 참여가 늘어 예전보다 상황이 많이 나아졌다고는 하지만 그래도 워킹맘들에게는 힘겨운 나날들이에요. 워킹맘들이 걱정 없이 일할 수 있는 시대는 언제쯤 올까요?

《돼지책》의 저자 앤서니 브라운은 독특하고 뛰어난 작품으로 높은 평가받는 그림책 작가 중 한 사람으로 2000년에는 세계에서 가장 뛰어난 그림책 작가에게 주는 〈한스 크리스천 안데르센 상〉을 받았어요. 저자는 아이와 그림책을 볼 때 가장 중요한 것이 그림을 자세히 보는 것이라고 해요. 그림책에 숨어 있는 다양한 이야기들을 찾아내고 아이와 상호작용하는 것이 중요하다고 해요.
작품으로는 《고릴라》. 《동물원》, 《우리 엄마》, 《앤서니 브라운의 행복한 미술관》, 6권의 《윌리 시리즈》 등이 있어요.

피곳 씨는 아내, 두 아들과 함께 멋진 집에서 살고 있어요. 아침마다 빨리 밥 달라고 하는 피곳 씨와 두 아들은 얼른 먹고 회사로 학교로 가버리죠. 피곳 부인은 그들이 떠난 자리를 치우고 난 뒤 일을 하러 가지요. 저녁에도 별반 다를 게 없어요.

남편과 아이들이 쉬고 있는 동안에 피곳 부인 혼자 집안일을 하며 다음 날 음식까지 준비해요. 어느 날 저녁, 피곳 부인은 편지 한 통을 남기고 집을 나가요. 어쩔 수 없이 피곳 씨와 아이들은 직접 음식을 요리해서 먹어요. 피곳 부인이 돌아오지 않는 날이 늘어갈수록 집은 돼지우리처럼 엉망이 되어요. 집에 먹을 게 하나도 없게 될 즈음 피곳 부인은 집에 돌아와요. 피곳 씨와 아이들은 피곳 부인에게 사정해요. 피곳 부인의 삶에 변화가 생겼을까요?

《돼지책》은 행복한 가정을 위해 가족 구성원이 어떻게 해야 하는지를 보여주는 책이에요. 누구 혼자만의 희생이 아닌 가족 구성원 모두의 책임으로 행복한 가정이 지켜지는 것이지요. 저학년이지만 가족 구성원으로서 할 수 있는 일에 관해 이야기 나눠 보면 좋을 듯해요. 상상력과 위트 있는 그림 속에서 제목과 더불어 작가가 숨겨 놓은 단서를 찾는 재미있는 활동도 해볼 수 있어요.

생각나눔

《돼지책》을 읽은 우리 아이에게 다음 질문을 해 보세요.

- 피곳 부인은 '너희들은 돼지야.'라는 편지를 두고 떠났어. 왜 돼지라고 했을까?

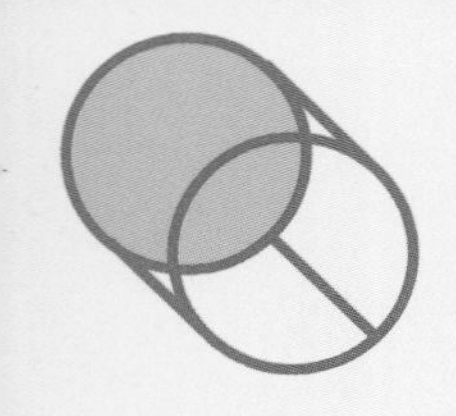

- 엄마가 피곳 부인처럼 편지를 두고 떠난다면 어떨 것 같아?
- 엄마가 하는 집안일 중에 무엇이 가장 힘들어 보여?
- 가족 모두 행복하게 지내려면 어떻게 해야 하니?
- 엄마가 좋아하고 관심 있는 것이 무엇인지 아니?
- 엄마에게 가장 고마운 점이 무엇일까?
- 엄마를 도울 수 있는 집안일은 무엇이 있을까?

추천도서

김성진 작가가 쓴 《엄마 사용법》도 함께 읽어 보세요. 한 번도 엄마를 가진 적 없는 현수는 생명 장난감 '엄마'를 가지게 돼요. 생명 장난감 '엄마'는 현수가 원하는 엄마가 될 수 있을까요?

No.45

목기린 씨, 타세요!

이은정 글
윤정주 그림
창비 출판사
2014년 10월 25일 발행
56 쪽수
10,000원 정가

책 소개

저에게는 세 명의 동생이 있어요. 같은 부모 밑에 자라서인지 형제들의 성격이 비슷한 편인데 막내동생은 조금 달라요. 집안 행사가 있을 때마다 막내동생은 꼭 다른 의견을 제시해 시끄러울 때가 많았어요. 그때마다 우리는 다수결로 결정했는데 당연히 성격이 비슷한 형제의 뜻에 따라가게 되지요. 한번은 부모님 칠순 기념행사로 가족 식사와 사진으로 의견을 모으는 중인데 막내동생이 이번에는 꼭 가족여행을 가야 한다며 반대를 하지 뭐에요. 우리는 여행 좋아하는 동생이 자기만 생각하

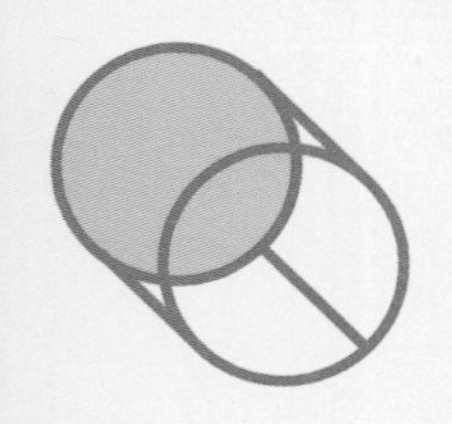

며 이기적인 의견이라는 생각이 들어 귀를 기울이지 않았죠. 식사와 사진은 언제든지 할 수 있지만 연로하신 부모님 더 힘드시기 전에 다녀오자고 하던 동생의 말은 무시해 버렸어요. 칠순 이후 코로나로 인해 부모님을 모시고 여행을 몇 년씩 가지 못하는 상황이 와 버렸어요. 늘 우리와 생각이 다르다며 무시한 동생의 말을 듣지 않은 것이 후회되더라고요. 다수결도 좋지만 소수의 의견도 경청해야 함을 뼈저리게 느끼는 순간이었어요.

《목기린 씨, 타세요!》의 이은정 작가는 서로의 다름을 받아들이고 문제 해결을 위해 모두가 힘을 모으는 동물들의 모습을 통해 아이들이 다름에 대한 바람직한 태도를 가지길 바라며 이 책을 썼어요. 동물들이 목기린을 위해 아이디어를 내고 적용하는 과정을 보며 우리도 서로 다른 의견을 맞추는 방법을 배울 수 있어요. 작가의 다른 작품으로는 《주시경》, 《이종욱》, 《박에스더》 등 저학년을 위한 위인 동화도 있어요.

줄거리

여러 동물이 사는 화목 마을에는 고슴도치 관장이 만든 마을버스가 다녀요. 관장이 주민들을 일일이 살피며 불편한 점이 없도록 신경 써서 만든 버스 덕에 마을 주민들은 버스를 아주 좋아했어요.

그러던 차, 목기린 씨가 이사를 왔어요. 목이 길어 버스를 타지 못해 회사까지 매

일 걸어 다니는 목기린 씨는 하루가 멀다 하며 관장에게 버스를 타고 싶다는 편지를 보내요. 버스를 새로 만들기 귀찮은 관장은 목기린 씨의 요청을 무시하지요. 마을 주민들도 버스 정류장에 서 있는 목기린 씨를 못 본 척했어요. 하지만 돼지네 막내 꾸리가 낸 의견으로 천장에 창문을 낸 버스에 드디어 타게 된 목기린씨는 그만 사고를 당하게 돼요. 병문안을 온 꾸리는 목기린 씨에게 직접 버스 천장을 만들어 보라고 해요. 목기린 씨는 마을버스를 타고 회사에 다닐 수 있을까요?

《목기린 씨, 타세요!》는 초등 저학년부터 고학년까지 생각을 나눠 볼 수 있는 많은 이야깃거리를 가지고 있어요. 다름과 차별, 편견, 배려, 소수, 개인과 공동체, 민주주의 등 많은 주제를 담고 있지요.

저학년 아이들에게는 다름과 틀림의 차이, 배려와 협동에 관해서 이야기 나누면 좋을 듯해요. 다른 동물들의 등장을 유도해 아이들의 상상력과 창의력을 키워 보는 활동을 하기에도 좋은 책이에요.

◐ 생각나눔

《목기린 씨, 타세요!》를 읽은 우리 아이에게 다음 질문을 해 보세요.

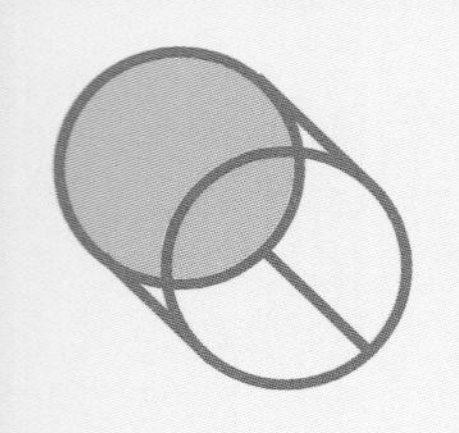

- 관장이 목기린 씨의 편지를 받고도 불편한 점을 해결해 주지 않은 이유는 무엇일까?
- 목기린 씨는 버스 안에서 자신을 보고 고개를 돌리던 주민들을 보고 어떤 생각이 들었을까?
- 주민들이 모른척할 때 꾸리는 목기린 씨를 도우려고 노력했어. 꾸리처럼 힘들어 하는 친구를 도와준 적 있어?
- 네가 목기린 씨라면 어떻게 했을까?
- 목기린 씨처럼 버스를 타는 것이 불편한 사람이 있을까?
- 학교에서 겪는 불편한 점은 없어?
- 학교에서 불편한 점이 있으면 어떻게 해결하면 좋을까?

추천도서

고정욱 작가가 쓴 《차에 앉아만 있는 아저씨》도 함께 읽어 보세요. 우리 사회에는 다양한 삶 속에 많은 차별과 편견이 숨어 있어요. 세상을 아름답게 만드는 고정욱 작가님의 여덟 편의 따뜻한 이야기들을 만나 보세요.

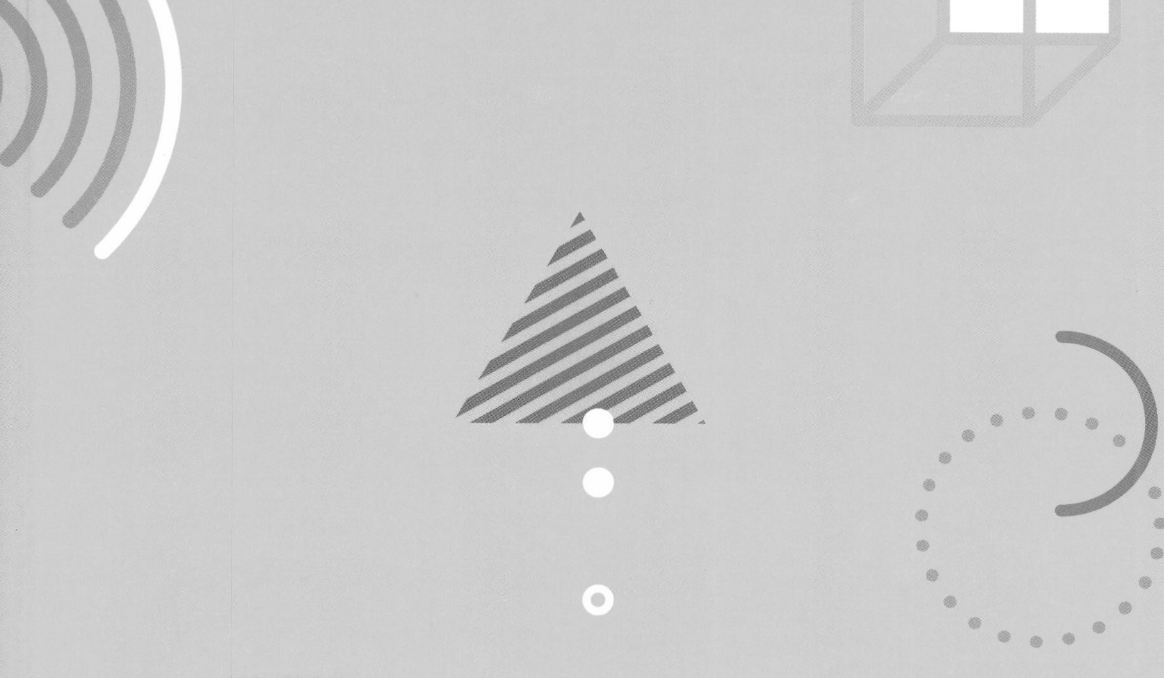

구민지 선생님의 추천 도서

저의 사명은 어린이들에게 글쓰기와 독서의 즐거움을 알려줌으로써 살아가는 힘을 길러주는 것입니다. 잠자리에 들기 전, 엄마는 어딘가에 이야기보따리라도 숨겨두신 듯 매일매일 이야기를 들려주셨습니다. 엄마의 이야기가 재미 있어서 눈꺼풀 감기는 게 싫었던 기억이 납니다. 그러다 잠이 들면 꿈속에서 홍길동을 만나기도, 장화 홍련을 만나기도 했어요.

부모님은 시장 골목에서 통닭집을 했습니다. 새벽엔 새로 들어온 닭을 손질하고, 낮엔 생닭을 토막내 씻어 팔거나 튀김을 만들어 팔았습니다. 영업 시간은 따로 없었습니다. 그날 들어온 닭이 다 팔려야 문을 닫았거든요. 손님이 없는 중간중간 엄마는 집을 치우고, 우리 밥을 챙기고, 아버지의 고약한 술버릇도 감내해야 했습니다.

엄마도 고단했을 텐데 엄마는 기꺼이 팔베개를 내주고 제가 잠들 때까지 이야기를 들려주셨습니다. 저는 엄마 목소리를 들으며 잠들 때가 하루 중 가장 행복했습니다. 이 시간이 끝나지 않기를 바라며 아무리 잠들지 않겠다고 다짐해도, 엄마 이야기를 들으면 금세 스르르 잠에 빠져들었습니다. 그 행복한 기억을 제 아이에게도 물려주고 싶었습니다. 그러나 제게는 엄마처럼 이야기 보따리가 없었기에 대신할 무언가가 필요했고, 오랜 고민 끝에 제가 선택한 것은 '책'입니다.

딸에게 첫 책을 사준 날을 또렷하게 기억합니다. 그 당시에는 좋은 책을 보는 눈이 없어 주변 엄마들이 입을 모아 추천했던 어느 전집을 한 질 중고로 구매했습니다. 남편은 젖먹이 아기에게 책을 읽어주는 것에 회의적이었기 때문에 새 책을 사는 것은 엄두를 낼 수 없었습니다.

사실 책의 많고 적음이나 새 책인지 여부는 중요하지 않았습니다. 그저 제 어머니가 제게 그랬듯 저도 아이에게 편안한 엄마의 목소리를 들려주고 싶은 마음으로 같은 책이라도 몇 번씩 읽어줬습니다.

아이는 어느새 일어나 앉았고, 걸었습니다. 돌이 되기 전 딸아이는 책장을 넘기며 책을 읽기 시작했습니다. 물론 한글을 읽은 것은 아니었고, 제 목소리를 기억하고 뱉은 말들이었지요. 책의 힘을 알게 된 이상 평범한 가정에서 아이에게 해줄 수 있는 최고의 교육은 '독서'라는 것에 저희 부부의 마음이 모였습니다. 그렇게 아이와 함께 도서관에 자주 드나들며 자연스레 독서지도에도 관심이 생겼습니다. 독서지도사 과정, 토론 과정, 독서토론 과정, 그림책 보는 법 등 책과 관련된 다양한 강의도 많이 들었습니다.

같은 생각을 하는 사람들과 여러 독서 모임에서 읽은 책을 정리하고 나누는 과정 또한 즐겁고 행복했습니다. 다만 한 가지 '쓰기'만큼은 오래된 갈증으로 남아 있었습니다.

저는 오랫동안 외국어를 사용하는 직장에서 다른 사람의 말과 글을 전달하는 일을 했습니다. 그때의 경험으로 매끄러운 글쓰기는 평생을 따라다니는 중요한 능력이라는 것을 알고 있었지요. 그러던 중 운명처럼 《책과 우리 아이 절친 맺기》와 만납니다. 이 책의 저자 오애란 작가는 당시에도 20년 이상 독서지도를 하던 베테랑 교육자였습니다. 심지어 이미 수많은 독서 교사를 배출하고 또 양성하고 있었습니다. 이분이라면 '쓰기'에 대한 저의 갈증을 해소해 줄 수 있을 거란 생각을 했고, 직접 만나고 난 뒤 제 생각이 틀리지 않았음을 알았습니다.

오애란 작가를 만나 인생 설계를 다시 하고 '독서지도사'가 되었습니다. 직장생활만 하던 제가 단지 책을 많이 읽었다고 해서 '독서지도사'에 도전했던 것은 아닙니다. 책의 힘을 알게 된 날부터 매일매일 책을 사모하는 마음의 점들이 모여 선이 된거죠

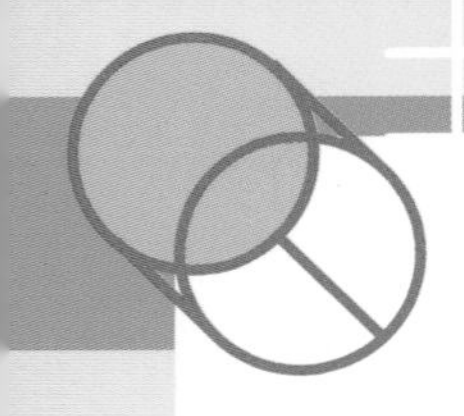

"학원 중에서 생각연필이 가장 재미있어요."

"저는 생각연필 가는 날만 기다려요"

"선생님 가르쳐주셔서 감사합니다."

"선생님 저는 작가가 될 거예요."

"선생님 오래오래 저희를 가르쳐 주세요"

"생각연필은 매일 오고 싶어요."

어린이들의 이런 고백을 들을 때마다 삶의 의미와 보람을 느낍니다. 저와 만난 어린이들은 제가 하는 일이 가치 있는 일이라는 것을 끊임없이 증명해 주었고, 제가 앞으로 무엇을 해야 할지 명확하게 보여주는 청사진의 역할도 해주었습니다. 또한 책과 친구가 되어가는 어린이들을 보며 제가 하는 일에 자부심과 긍지를 느낄 수 있었습니다. 저는 비로소 독서와 글쓰기로 '어린이들이 살아갈 힘을 만들어 주는 것' 그것이야말로 저의 '소명'이라는 것을 깨달았습니다.

독서 교실에 다니면서 작가의 꿈을 품은 소율이가 이렇게 물었습니다.

"선생님 어떻게 하면 작가가 될 수 있나요? 저는 이렇게 써서는 도저히 작가가 될 수 없겠지요?"

소율이는 아무래도 자신의 글이 마음에 안 들었던 모양이었습니다.

"매일 책을 읽고 이렇게 일주일에 한 편씩 글을 쓰면, 작가가 되기 싫어도 될 수밖에 없을걸요? 소율 작가님!"

제가 이렇게 대답하자 그렇다면 딴 도리는 없다는 듯 소율이는 다시 작가가 되어야겠다며 금세 얼굴이 밝아졌습니다.

저는 이렇게 미래의 작가들과 함께 하는 하루하루가 즐겁고 행복합니다. 꼭 작가가 아니라 어른이 되어 어떤 일을 하든, 독서 교실에서의 기억이 행복한 추억으로 남는다면, 또 하나의 살아갈 무기가 되지 않을까 하는 즐거운 기대도 합니다.

언젠가부터 아이에게 무엇을 유산으로 남겨줘야 할까 고민했습니다. 그래서 여러 존경하는 분들을 찾아 인터뷰했습니다. 각기 다른 분야에 계시는 분들이었지만 관통하는 것이 딱 하나 있었습니다. 내가 아이에게 줄 수 있는 유산, 아무리 써도 없어지지 않는 것, 아이에게 평생 힘이 되어줄 수 있는 것이 무엇일까? 이 물음에 대한 답, 그것은 바로 독서와 글쓰기였습니다.

저는 이 즐거운 일을 많은 사람에게 알리고 싶었습니다. 또 어린이뿐만 아니라 어른들에게도 제 폐부를 찔렀던 수많은 책을 소개하고 싶었습니다. 부끄럽지만 그렇게 제 마음에 들어왔던 책들을 소개합니다.

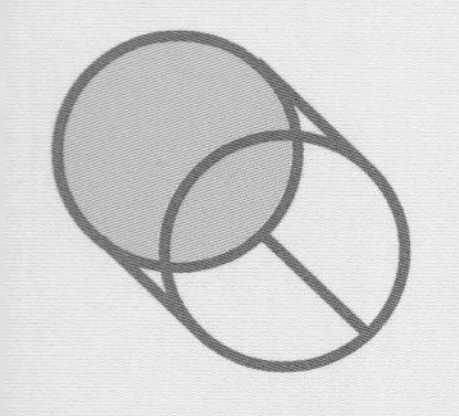

엄마 몰래

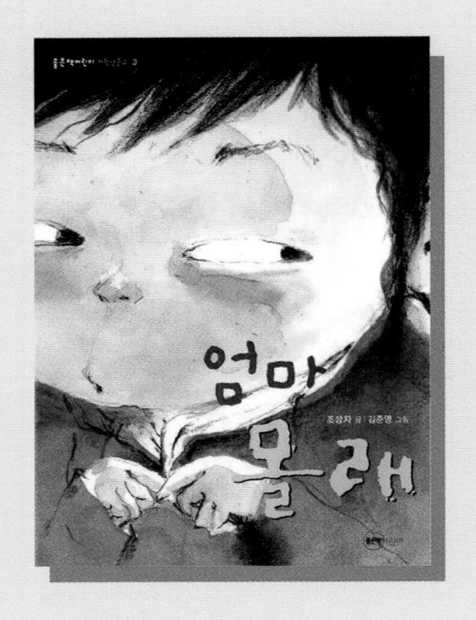

조성자 글
김준영 그림
좋은책어린이 출판사
2008년 3월 14일 발행
64 쪽수
8,500원 정가

책 소개

시장에서 장사하시던 부모님은 가게 한편에 거스름돈 두는 서랍을 두셨습니다. 서랍 안에는 늘 동전이 가득 들어있었어요. 저는 언젠가부터 갖고 싶거나 먹고 싶은 게 있으면 남이 만든 꼬치에서 곶감 빼먹듯 몰래 동전을 꺼냈습니다. 여느 때처럼 학교 마치고 군것질이 하고 싶던 어느 날, 몰래 서랍을 여는데 아빠의 호랑이 같은 목소리가 들렸습니다. “이놈!” 저는 너무 놀라 그 자리를 도망쳤습니다.
그림자가 길어지고 배에서 꼬르륵 소리가 날 때쯤 아빠께 혼날 각오를 하고 집에

들어갔습니다. 그런데 웬일인지 아빠는 아무 말씀도 안 하셨습니다. 제가 예상했던 불호령도 내리지 않았어요. 아빠는 가족과 함께 저녁 식사를 하던 자리에서 “내 것이 아닌 것에 욕심내지 말라”는 말씀 끝에 “바늘 도둑이 소 도둑 된다.”는 속담을 가르쳐주셨습니다. 그리고 낮에 있었던 일을 모른 체 해주셨습니다.
저녁을 먹고 잠자리에 들었는데 저도 모르게 눈물이 쪼르륵 흘렀습니다. 여태까지 몰래 도둑질을 했던 일이 부끄럽고 죄송해서 한동안 아빠와 눈도 마주칠 수 없었죠. 그러고는 두고두고 저 자신을 나쁜 아이라고 채찍질했답니다. 그 이후로 저는 제 것이 아닌 것에는 절대로 욕심내지 않았습니다.

《엄마 몰래》의 저자 조성자 작가는 주인공 은지의 이야기가 바로 자신의 이야기라고 고백했습니다. 부끄러운 어린 시절 이야기를 끄집어낸 것은 어른이 된 지금도 혹시 쓸데없는 소원을 이루려고 마음을 훔치는 일을 하고 있지 않나 자신을 비춰보기 위해서였다고 합니다. 이 이야기를 다 쓴 후 어머님이 하늘나라로 떠났다고 하는데, 어머님은 분명 작가님을 용서했을 거예요. 어린 시절 부끄러운 고백을 책으로 엮어낸 작가님의 용기가 부럽습니다.

은지는 짝꿍 민경이처럼 멋진 학용품이 갖고 싶습니다. 떡볶이도 마음껏 먹고 싶고

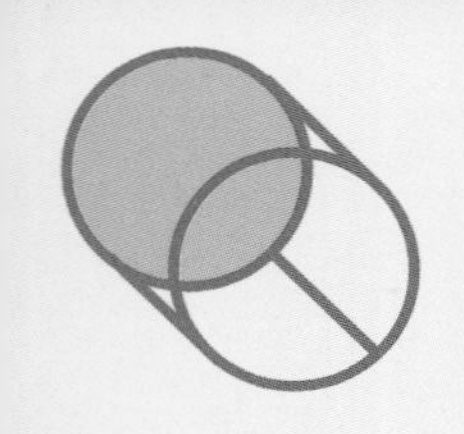

요. 하지만 엄마는 학용품이 많다며 사주지 않습니다. 군것질하면 저녁밥을 못 먹는다고 군것질 거리도 사주지 않지요. 은지는 엄마가 화장대 서랍에서 돈을 꺼내 언니에게 용돈 주는 것을 보고, 엄마 몰래 서랍에서 돈을 꺼냅니다. 조마조마했던 마음도 잠시, 사고 싶던 연필과 연필깎이, 지우개를 사고, 먹고 싶었던 떡볶이도 사 먹었지요.

뽑기도 마음껏 하고 평소 사고 싶던 만화책도 한 권 샀지만, 생각처럼 기분이 좋지만은 않습니다. 그러다 만화 책방에서 좋아하던 재석 오빠를 만나고, 재석 오빠가 엄마에게 만화책 산 것을 알릴까 봐 가슴이 두근두근합니다.

하늘이 어둑어둑해지고, 이제는 사 먹고 싶은 것도, 사고 싶은 것도 없는데, 은지의 주머니 속 동전들은 은지의 마음도 모르고 자꾸 짤랑거립니다. 뒤늦게 후회와 두려움이 밀려올 때쯤, 집 앞을 서성이던 은지는 집에 불이 환하게 켜져 있는 것을 봅니다. 짠순이 엄마는 절대로 집안 불을 다 켜놓지 않는데, 무슨 일일까요?

중점사항

《엄마 몰래》는 어린 시절 누구나 한 번쯤 상상해 보았을 법한 도둑질에 관한 이야기입니다. 풍요로운 이 시대에도 부족함을 느끼며 남들이 가진 것은 다 갖고 싶은 우리 아이들에게 어떻게 하면 절제를 가르칠 수 있을까요?

생각나눔

《엄마 몰래》를 읽은 우리 아이에게 다음 질문을 해 보세요.

- "바늘 도둑이 소 도둑 된다"는 속담은 무슨 뜻일까?
- 은지는 주머니에 돈이 많이 있었는데도 왜 행복하지 않았을까?
- '절제'란 무슨 뜻일까?
- 지금 만원이 생긴다면 무엇을 하고 싶어?
- 엄마 몰래 해 보고 싶었던 일이 있어?
- 엄마는 아이들 몰래 어떤 걸 해 보고 싶을까?
- 돈을 훔칠 때 은지의 마음은 어땠을까?

추천도서

황선미 작가가 쓴 《들키고 싶은 비밀》도 함께 읽어 보세요. 은결이는 식구들이 알면 안 되는 비밀을 왜 들키고 싶어할까요?

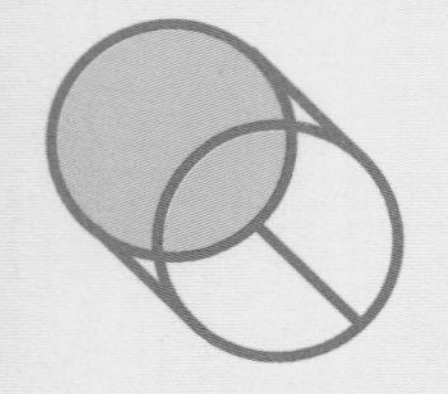

개구리네 한솥밥

백석 글
유애로 그림
보림 출판사
2001년 11월 13일 발행
50 쪽수
9,500원 정가

책 소개

친정엄마는 집에 손님이 오면 늘 먼저 밥을 챙기셨습니다. 혹시라도 드시는 분이 미안해서 사양할까 봐 미리 차려두기도 하셨지요. 저는 모르는 사람들이 우리 집에서 밥을 먹는 게 싫었습니다. 장사하고, 삼 남매 챙기는 것도 힘든데, 누가 와도 뚝딱 밥상을 차려내고 치우기를 반복하는 엄마를 보면 고개를 갸우뚱할 수밖에 없었습니다.

한번은 냉장고 고장으로 수리 기사가 집에 방문했습니다. 엄마는 밥때도 아닌데 수

리 기사가 배를 곯지 않았는지 살폈습니다. 혼잣말로 '분명히 제때 밥을 못 챙겼을 텐데'라며 제가 제일 좋아하는 우렁이까지 넣고 된장찌개를 끓여 한상을 차렸어요. 기사님이 맛있게 잘 드시는 모습을 보고 있으니 저는 배가 부른데도 입에 군침이 돌았습니다.

수리 기사가 밥을 다 먹어 갈 때쯤 엄마는 비어가는 밥그릇 옆에 수북하게 한공기를 더 퍼서 놔두셨습니다. 그때 수리 기사의 빨개진 눈과 제 눈이 마주습니다. 왠지 가슴이 찌르르했죠. 그날 엄마가 차린 것은 소박하지만 이 세상에서 가장 거룩한 밥상이었습니다.

식사를 마친 후 냉장고를 완벽하게 수리한 기사는 한사코 돈을 받지 않겠다고 했습니다. 엄마는 그럴 수 없다며 미리 알아본 예상 수리비를 식탁 한가운데 놓았지요. 그 돈을 서로 안 갖겠다며 몇 분 동안이나 옥신각신했습니다.

기사님이 식탁 위에 있던 돈을 가져가셨는지는 잘 기억나지 않아요. 하지만 저는 그날 이후로 사람들이 우리 집에서 밥 먹는 것이 싫지만은 않았습니다. 엄마는 엄마가 할 수 있는 일로 남을 돕고 계셨고, 그 고마운 마음은 돌고 돌아 언젠가 우리 가족에게 닿을 거란 믿음도 생겼지요. "혼자서는 살 수 없고, 서로 도우며 함께 살아야 한다."라고 말씀하셨던 엄마의 말씀을 이제 알 것 같습니다.

《개구리네 한솥밥》을 지은 백석 작가는 북한 출신 시인으로 본명은 백기행입니다. 북한 출신이라는 말이 왠지 시인과 거리를 좁히기 어려울 거란 생각을 할 수 있지만, 작품은 그렇지 않습니다. 당대 쟁쟁했던 화가 이중섭, 시인 신경림, 시인 윤동주 등이 백석 작가의 영향을 받았고, 안도현 시인이 가장 좋아하는 시인으로 백석

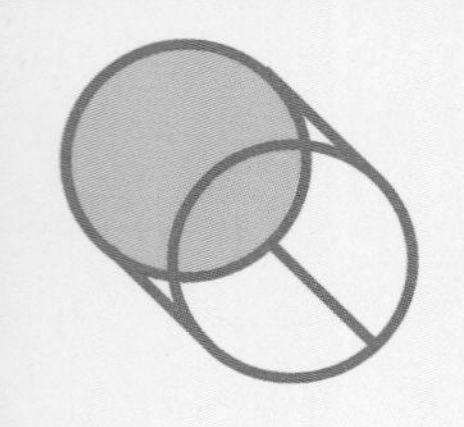

작가를 꼽기도 했습니다. '시인들의 시인'이었던 셈이죠.

6.25전쟁 이후 우리 나라가 남과 북으로 나뉘었을 때, 백석 작가는 스승과 가족들이 있는 북에 남았습니다. 후배가 월남할 것을 제안했지만, 스승을 모시겠다는 마음과 가족이 고초를 겪게 될 것을 염려해 월남할 수 없었습니다. 작가의 마음을 충분히 이해하지만, 우리나라에 계셨으면 훨씬 더 활발한 작품 활동과 후배 양성을 했을 거란 생각에 탄식이 절로 나옵니다.

작가는 이 작품을 통해 친구들과 함께 힘을 합쳐 어려움을 이겨내는 법은 물론, 이웃과 마음을 나누며 더불어 살아가는 법을 어린이들에게 가르쳐주고 싶어 했습니다. 학교 끝나고 운동장에서 신나게 뛰어놀던 아이들은 이제 보기 힘듭니다. 친구는 학원에서만 만날 수 있고, 친구를 경쟁자로 키우는 잘못된 교육때문에 아이들은 조금이라도 손해를 볼까 나누기에 앞서 누가 이익인지 계산부터 합니다. 나누는 삶이 얼마나 가치 있고 소중한지 알려주고 싶던 백석 작가의 마음을 져버리지 않았으면 좋겠습니다.

가난하지만 마음 착했던 개구리는 쌀 한 말을 얻으러 형을 찾아 길을 나섭니다. 가는 길에 어려움에 빠진 친구들을 만나면 가던 길을 멈추고 친구들을 도와주었지요. 길을 잃은 방아깨비에겐 길을 찾아주고, 풀대에 걸려 가지 못하는 하늘소를 풀에서 놓아주기도 하고요. 물에 빠진 개똥벌레를 건져주기도 합니다.

개구리는 착한 일을 하느라 형네 집에 늦게 도착합니다. 형에게 벼 한 말을 얻어 집으로 돌아갈 땐 이미 날이 어두워진 뒤였어요. 길은 멀고 눈앞은 컴컴한데, 개구리는 어떻게 집으로 돌아가 밥을 지을 수 있을까요?

《개구리네 한솥밥》은 서로 돕고 사는 삶이 행복한 삶이라는 것을 알려주고 있습니다. 혹시 친구들을 도운 적이 있나요? 또 반대로 친구들에게 도움을 받은 적이 있나요? 그때의 마음을 기억하며 읽으면 더 재미있을 거예요.

생각나눔

《개구리네 한솥밥》을 읽은 우리 아이에게 다음 질문을 해 보세요.

- 친구들을 도와준 경험이 있어?
- 친구들에게 도움을 주고 난 뒤 어떤 기분이 들었어?
- "콩 심은 데 콩 나고 팥 심은 데 팥 난다"는 속담은 무슨 뜻일까?
- 사람들은 왜 서로 돕고 살아야 할까?
- 개구리에게 칭찬의 말을 한다면 어떤 말을 하면 좋을까?
- 내가 힘들 때 누군가 도와준다면 어떤 기분일까?

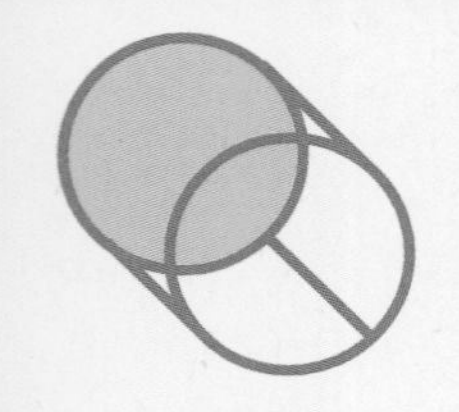

- 개구리는 자기 갈 길도 바쁜데 왜 친구들을 도와줬을까?
- 친구들을 도와주고 난 후 개구리의 마음은 어땠을까?

추천도서

일제강점기, 굶주린 우리 국민을 위해 유한양행을 세웠고, 사후에 모든 재산을 사회에 기부한 유일한 박사의 이야기 《참 이상한 사장님》도 함께 읽어 보세요.

No.48

집안 치우기

고대영 글
김영진 그림
길벗어린이 출판사
2010년 7월 20일 발행
38 쪽수
13,000원 정가

책 소개

우리 엄마는 정갈하고 부지런한 분입니다. 가족들이 아무리 어질러 놓아도 자고 일어나면 깨끗한 방이 눈앞에 펼쳐져 있었고, 다섯 식구의 물건은 엄마의 머릿속에 있어 물건을 찾을 땐 제가 찾는 것보다 엄마를 부르는 게 훨씬 빨랐습니다.

그땐 몰랐지만, 엄마가 밤새 실내화를 솔질해서 빨아놓은 덕분에 매주 눈부시게 하얀 실내화를 신고 학교에 갈 수 있었고, 쪼그려 앉아 집 구석구석을 걸레질했던 엄마 덕분에 방은 늘 머리카락 한 올 없이 반질반질했습니다. 어른이 되어 저도 가정

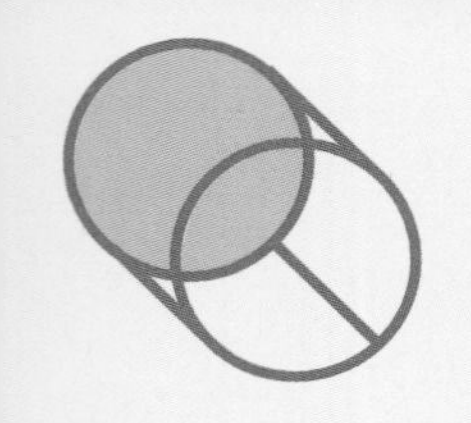

을 꾸리고, 가사일을 하다 보니, 정갈한 집을 유지하는 데는 엄마의 수고가 아주 컸다는 것을 알게 되었습니다.

집안일을 할 때마다 "누구 하나 나서서 치우는 사람은 없고 어지르는 사람만 있다."며 한숨을 쉬던 엄마의 혼잣말이 문득문득 생각나서 엄마께 죄송하고 감사한 마음뿐입니다. 그때 엄마를 도와드렸다면, 자식을 키우면서 얼마나 든든했을까요?

《집안 치우기》를 쓴 고대영 작가는 아이들의 일상 속 재미있는 이야기들을 묶어 지원이와 병관이 시리즈를 만들었습니다. 지원이와 병관이 이야기는 자녀가 실제로 겪은 이야기를 바탕으로 한 《지하철을 타고서》를 시작으로 총 9권의 시리즈로 이루어져 있어요. 그 중 《집안 치우기》는 다섯 번째 책입니다. 아이들의 심리가 간결하고 쉬운 문체로 잘 표현되어 저학년 어린아이들이 읽으면 푹 빠져들 수밖에 없을 거예요. 저희 아이도 책장이 너덜너덜해 질 때까지 읽었거든요.

지원이와 병관이는 엄마가 외출하신 동안 집 여기저기를 장난감과 과자로 잔뜩 어질러 놓습니다. 놀 때는 신났지만, 엄마가 외출에서 돌아오신 후 청소기를 돌리기 위해 우선 자기 물건을 치우라고 하니 치우기 싫어 뒤로 미루고 싶어 합니다.

병관이는 "엄마 말을 듣지 않으려면 나가"라는 말을 듣고 좋아하는 블록을 챙겨 집을 나섭니다. 밖에 나가면 엄마의 잔소리를 듣지 않고 블록을 갖고 계속 놀 수 있겠

다는 생각과 달리, 막상 집을 나오니 화장실도 가고 싶고 목도 마릅니다. 해 질 녘엔 배도 고파 이내 의기소침해지지요. 내 편을 들어줄 거라 기대하며 기다리던 아빠도 오지 않고, 과연 병관이는 집에 돌아가 따뜻한 저녁 밥상을 만날 수 있을까요?

중점사항

치우기를 미루는 아이들과 어질러진 방을 치우라고 잔소리하는 부모님의 일상은 어느 집에서나 있을 법한 이야기입니다. 어린 시절 저도 엄마께 똑같은 잔소리를 들으며 자랐습니다. 엄마와 제가 그랬듯 지금은 저와 제 딸이 똑같은 일상을 살고 있지요. 자기가 해야 할 일을 미루지 않고 제때 하는 좋은 습관을 기르려면 물건을 제자리에 두는 법부터 가르쳐야겠습니다.

생각나눔

《집안 치우기》를 읽은 우리 아이에게 다음 질문을 해 보세요.

- 부모님을 도와 집안일을 해 본 적 있어?
- 내가 할 수 있는 집안일은 무엇이 있을까?
- '백지장도 맞들면 낫다.'라는 속담은 무슨 뜻일까?
- 네가 만약 병관이라면 어떤 방법으로 집에 돌아올 거야?

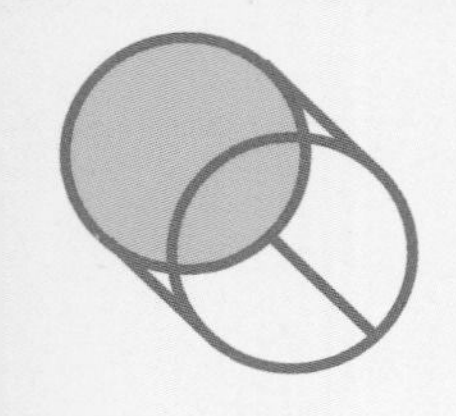

- 만약 아무도 집을 치우지 않는다면 우리 집은 어떻게 될 거 같아?
- 블록을 챙겨 집을 나가는 병관이를 보며 병관이 엄마는 무슨 생각을 했을까?
- 엄마가 일하고 돌아왔을 때 집이 어질러져 있다면 엄마 마음은 어떨까?
- 병관이는 왜 방 치우는 것을 미뤘을까?

추천도서

고대영 작가의 다른 책 《지하철을 타고서》도 함께 읽어 보세요. 남매의 지하철 여행기가 흥미진진하게 담겨있어요.

No.49

우리 가족입니다

이혜란 글, 그림
보림 출판사
2005년 10월 15일 발행
30 쪽수
13,000원 정가

책 소개

시아버님은 40대에 오른쪽 청력을 잃었습니다. 광주역에서 역무원으로 일하시던 시할아버님은 저희 시아버님이 두 살 무렵인 1941년, 열차 사고로 돌아가셨어요. 일제 강점기, 홀로 되신 시할머님은 첫째와 둘째 아들을 각각 친척 집에 맡기고, 막내아들을 업어 만주까지 보따리 장사를 하러 다녀오셨죠. 그렇게 모은 돈으로 시장에서 포목점을 하시며 억척스럽게 삼 형제를 키웠습니다. 그 삼 형제 중 셋째가 저희 시아버님입니다. 어느 날 시할머님은 치매로 쓰러지셨어요.

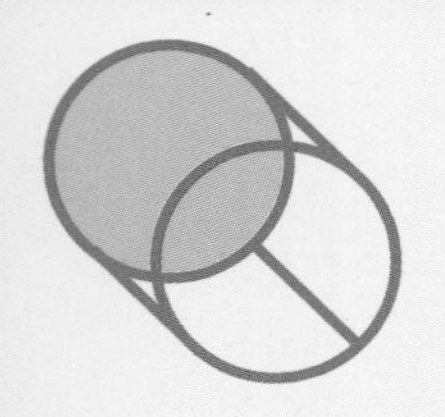

예상치 못한 불행에 가족 모두 발을 동동 굴렀지만, 동네 소문난 효자였던 시아버님은 형제들과 며느리들 대신 직접 병시중을 들겠다고 자청하셨습니다. 당시 시아버님은 고등학교 교사로 재직하시면서 퇴근하면 바로 시할머님을 돌보시느라 굉장히 힘드셨대요. 그때의 고된 병시중은 결국 시아버님께 청력장애를 남겼습니다.
내 가족 돌보는 것을 짐이라 생각하며, 병든 부모를 귀찮은 사람 취급하고, 기관에 맡기는 사람이 드물지 않습니다. 부모님이 떠나고 나서 사무치게 그리워한들 무슨 소용이 있을까요? 이 세상에 영원한 것은 없듯 인간은 언젠간 늙고 병듭니다. 건강하지 않아도, 돈이 없어도 가족은 소중하다는 것을 몸소 보여준 시아버님께 존경을 표합니다. 저도 기꺼이 우리 가족을 이해하고 사랑하며 포용하는 삶을 살 것입니다.

이 책을 쓴 이혜란 작가는 1972년 거창에서 태어나 부산에서 자랐습니다. 작가의 실제 가족 이야기를 바탕으로 한 이 작품으로 2005년 보림 창작 그림책 공모전에서 대상을 받았답니다. 어린이가 보는 동화책에 치매에 관한 이야기를 쓴다고 하니 다들 고개를 저었지만, 그럴수록 더욱 이 작품에 매달렸다고 합니다. 이혜란 작가는 《조선의 장군 이순신》, 《어떻게 살았을까?》, 《서민문학의 대두》 등을 그렸고, 《뒷집 준범이》, 《짜장면 더 주세요》 등을 썼습니다.

줄거리

엄마, 아빠, 나, 동생 이렇게 4가족이 사는 집에 시골에서 택시를 타고 할머니가 도

착합니다. 할머니는 정신이 온전치 못해요. 옷장에 젓갈을 넣어두고 구더기를 만든다든가 옷에 용변을 보기도 하고, 길에서 잠들기도 합니다. 이가 좋지 않아 우동도 제대로 드시지 못하지요.
가족을 힘들게 하는 할머니랑 따로 살고 싶어 하는 '나'의 마음과 달리 아빠는 식사하기 힘들어하는 할머니께 반찬을 올려주기도 하고 엄마는 말없이 할머니의 뒤치다꺼리를 합니다. 할머니는 우리 가족이 될 수 있을까요?

《우리 가족입니다》는 이혜란 작가의 어린 시절, 함께 살았던 치매에 걸린 할머니에 대한 기억을 담은 자전적 동화입니다. 이혜란 작가는 부산에서 살림방이 딸린 작은 중국집을 하시는 부모님과 사남매 그리고 치매에 걸린 할머님과 함께 살았어요. 책 표지의 배경인 신흥반점은 바로 부모님이 운영하시던 식당 이름입니다.
이 책에는 따로 살던 할머니가 갑자기 찾아와 가족을 힘들게 하는 모습이 미웠을 작가의 어린 마음과 그럼에도 가족으로 받아들인 '나'의 마음이 잘 드러나 있어요. 이 책을 마무리하기까지 무려 삼 년이라는 시간이 걸렸다고 하는데, 그간의 고민은 큰 상과 더불어 이 책으로 감동한 독자들로 보상받으셨을 거라 생각해요. 《우리 가족입니다》는 특히 그림체가 사실적이면서도 참 따뜻하고 뭉클한 울림을 줍니다. 이 책으로 가족의 소중함에 대해 다시 한번 생각해 볼 수 있으면 좋겠습니다.

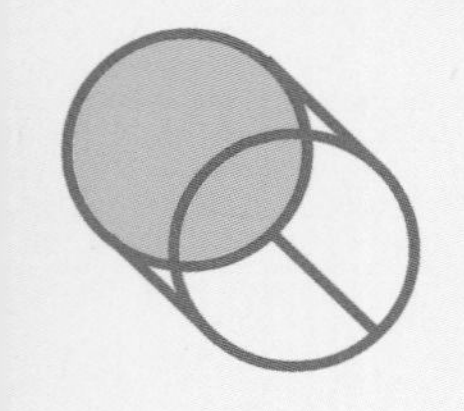

생각나눔

《우리 가족입니다》를 읽은 우리 아이에게 다음 질문을 해 보세요.

- 우리 가족을 소개해 볼까?
- 할머니에 대한 나의 마음은 어때?
- 주인공이 할머니를 미워하다가 가족으로 받아들이게 된 이유는 무엇일까?
- "자식은 부모의 거울"이라는 말은 무슨 뜻일까?
- 네게 가족은 어떤 의미야?
- 내가 가장 편하게 기댈 수 있는 사람은 누구야?
- 부모님이 나를 기억 못 하는 병에 걸렸다면 내 마음은 어떨까?
- 주인공은 왜 할머니가 가족인게 싫었을까?

추천도서

《변신돼지》도 함께 읽어 보세요. 찬이네 집에만 오면 모두 돼지로 변하는데요, 돼지로 변한 동물들을 가족으로 받아들일 수 있을까요?

No.50

틀려도 괜찮아

마키타 신지 글
하세기와 토모코 그림
토토북 출판사
2006년 2월 15일 발행
32 쪽수
13,000원 정가

책 소개

아이가 초등학교에 입학하던 날, 교장 선생님은 긴 훈화 대신 《틀려도 괜찮아》라는 책을 읽어주셨어요. 입학식에 참석한 아이들은 물론 학부모들까지 교장 선생님이 읽어주시는 책에 빠져들어, 강당은 순식간에 조용해졌습니다. 저 또한 단숨에 그 책에 매료되어 입학식이 끝나자마자 서점으로 달려가 책을 구매했어요. 《틀려도 괜찮아》를 여러 번 읽고는 실수투성이였던 어린 날을 추억하며 큰 위로를 받았습니다. 학창 시절에 저는 선생님이 시킬까 봐 얼굴을 들지 못한 적도 많았고, 용기 내 발표

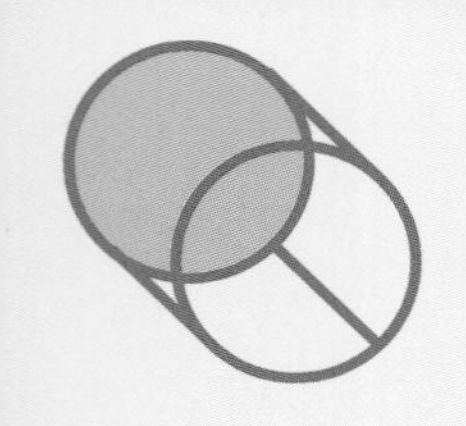

했는데, 틀린 답이라며 실망했던 선생님의 표정을 보고 자신감을 잃은 적도 있어요. 하지만 이 책을 통해 제 모든 기억은 부끄러움으로 남지 않게 되었습니다. 틀려도 괜찮은걸요. 또한 이 책을 통해 아이를 어떻게 키워야 할지 중심이 생겼고, 작은 것이라도 잘한 것을 찾아내 칭찬해야겠다고 생각했어요. 그 마음으로 지금 저와 만나는 어린이들에게도 '괜찮다'는 말을 자주 하고 있습니다. 아이들은 "틀려도 괜찮아"라는 말을 들으면 도전해 볼 용기가 생깁니다. 틀리면 어때요. 다시 하면 되죠.

《틀려도 괜찮아》를 쓴 마키타 신지는 1925년 시즈오카현에서 태어났습니다. 시즈오카 사범학교를 졸업하고 공립 초·중학교에서 근무했어요. 《틀려도 괜찮아》라는 글을 쓸 만큼이나 아이들의 마음을 잘 알고 있는 걸 보면 작가는 분명 좋은 선생님일 겁니다. 지은 책으로는 《판화로 보는 소년기》, 《생명을 조각한 소년》, 《친구를 돌아보면》, 《모래폭풍》 등이 있습니다.

줄거리

선생님은 교실에선 너도나도 자신 있게 손을 들고 틀린 답을 말하고, 틀리는 걸 두려워하지 말라고 합니다. 그렇게 다 같이 자라나는 것이라고 하죠. 구름 위의 신령님들도 틀릴 때가 있는데 태어난 지 얼마 안 된 아이들은 틀리는 게 당연하대요. 처음부터 멋진 말이 나올 수 있는 건 아니라고, 처음부터 맞는 말이 나오는 것은 아니라고 합니다. 자꾸자꾸 말하다 보면, 자꾸 틀리다 보면 하고 싶은 이야기의 절

반 정도는 할 수 있게 된대요. 틀리는 것투성이인 교실에서 틀리는 것을 두려워하거나, 친구를 놀리면 안 되겠지요?

틀릴까 봐 아무도 손들지 않는 교실과 틀려도 괜찮으니 너도나도 손들고 발표하는 교실, 과연 어떤 교실이 행복한 교실일까요? 아이들이 생각하는 멋진 교실은 어떤 교실일까요? 아이들이 틀려도 괜찮다는 것을 믿고 자신 있게 말하고 행동할 수 있도록 어른들이 도와주세요.

생각나눔

《틀려도 괜찮아》를 읽은 우리 아이에게 다음 질문을 해 보세요.

- "틀려도 괜찮아"처럼 사람들에게 용기를 주는 또 다른 말은 무엇일까??
- 반대로 들으면 힘이 빠지는 말은 어떤 것들이 있을까?
- '행복한 교실'은 어떤 교실일까?
- 진짜로 틀려도 괜찮을까?
- 선생님은 왜 틀려도 괜찮다고 말했을까?
- 너도 대답했는데 틀린 적 있어? 그때 주변 사람들의 반응은 어땠어?

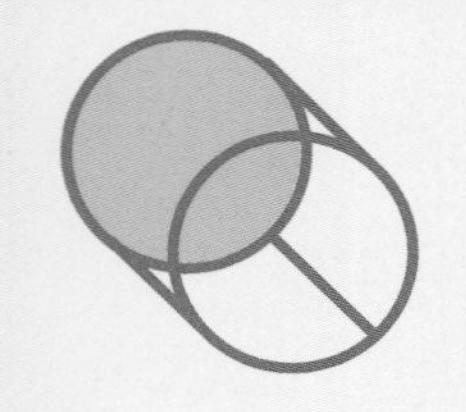

● 틀려도 괜찮다고 말해주는 선생님이나 어른을 만난 적 있어?

추천도서

'틀리면 어떻게 할까' 걱정인 아이라면 김영진 작가의 《틀리면 어떡해?》도 함께 읽어 보세요.

No.51

선생님 우리 선생님

패트리샤 폴라코 글, 그림
시공주니어 출판사
2017년 3월 30일 발행
52 쪽수
10,500원 정가

책 소개

저는 초등학교 때만 해도 아주 내성적이고 조용한 학생이었습니다. 그러던 어느 날 반에서 제가 유명해진 사건이 있었습니다. 초등학교 4학년 때 담임선생님은 그해 여름방학 숙제로 독후감 쓰기를 내 주셨어요. 개학 후 숙제로 제출했던 독후감을 보신 담임선생님께서는 독후감을 나중에 돌려주겠다고 하셨지요. 알고 보니 선생님께서 제 독후감을 백일장에 출품해 주셨고, 그 독후감으로 도내 교육감상을 받은 일이 그것입니다.

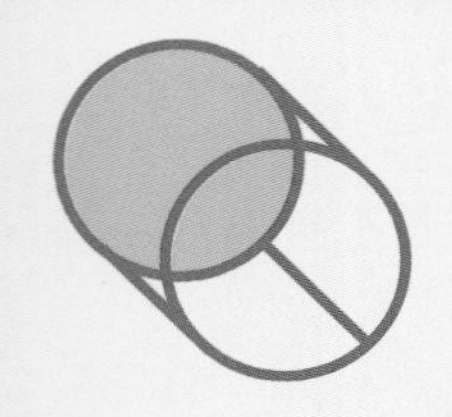

선생님은 혹시라도 제가 상을 받지 못하면 마음이 다칠 것을 염려해 출품 사실을 알리지 않으셨다고 했습니다. 그리고 제게 반 아이들 앞에서 상장과 부상을 전해주시며 저를 한껏 추켜올려 주셨습니다.

"우리 반에서 장원이 나왔다. 다 같이 축하해 주자."

선생님의 격려와 아이들의 박수를 받으며 저는 제 인생이 변화하고 있음을 직감했습니다.

"글이 참 좋더라. 작가가 꿈이니?"

"그런 생각해 본 적 없는데, 이제부터 제 꿈은 작가로 정할래요."

그때 담임선생님과 나눴던 짧은 대화는 제 인생 전반에 걸쳐 자극을 주었고, 결국 저는 글쓰기를 가르치고, 글을 쓰는 사람이 되었습니다.

저자인 패트리샤 폴리코는 어렸을 적 난독증이 있었습니다. 5학년이 될 때까지도 책을 읽는데 어려움을 겪었고, 장애를 숨기며 친구들의 놀림을 받다 켈러 선생님의 도움을 받아 책 읽는 즐거움을 알게 됐어요.

자신을 성장하게 해준 켈러 선생님의 이야기를 담은 책으로 《존경합니다. 선생님》이 있고, 그 외에도 따뜻한 가족과 선생님에 대한 고마움을 많이 그렸습니다. 지금은 하늘에 계시겠지만, 폴리코의 인생을 바꿔 준 켈러 선생님께 고마운 마음을 전하고 싶습니다. 이 순간에도 어딘가에 수많은 켈러 선생님이 계시겠죠?

줄거리

말썽꾸러기 유진은 아이들을 괴롭히거나 책가방을 뺏는 등 나쁜 행동을 하며 문제아로 낙인찍힙니다. 아무도 유진을 좋아하는 사람이 없지만, 교장 선생님인 링컨 선생님만은 유진을 두둔합니다. 어느 날 링컨 선생님은 유진이 새들을 유심히 바라보고 있는 모습을 지켜봅니다. 유진이 새에 관심이 있다는 것을 알게 된 링컨 선생님은 유진에게 새에 대한 자문을 구합니다. 링컨 선생님은 유진에게 화단에 새를 모이게 해 달라고 도움을 요청하면서 예쁜 조류도감을 선물하지요. 유진은 다음날부터 조류도감을 손에서 놓지 않고, 새를 모으기 위해 화단 가꾸는 일을 열심히 합니다. 유진의 노력으로 화단에 새가 날아들게 될까요?

중점사항

최근 교권이 떨어졌다는 말을 심심치 않게 듣습니다. 가르치는 일을 하다 보니 교육은 어린이를 사랑하는 마음과 웬만한 사명감 없이는 할 수 없는 일이라는 것을 알게 되었습니다.

예나 지금이나 좋은 선생님은 늘 계셨고, 저도 그런 선생님의 따뜻한 눈빛을 받은 학생 중 한 명이었습니다. 그 한 번의 따뜻한 표정과 눈빛만으로도 어린이의 인생이 달라질 수 있다는 것을 경험으로 압니다. 어린이에게 지식을 전달하는 것 이

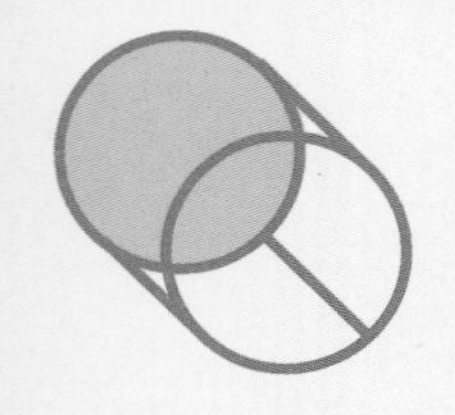

상으로 따뜻한 마음을 전달하는 것 또한 중요하다는 것을 이 책을 통해 다시 한번 느끼게 됩니다.

◑ 생각나눔

《선생님 우리 선생님》을 읽은 우리 아이에게 다음 질문을 해 보세요.

- 어떤 선생님이 좋은 선생님일까?
- 제일 기억나는 선생님은 어떤 분이야?
- 반에서 말썽을 피우는 아이들이 있으면 선생님의 마음은 어떨까??
- 선생님이 유진에게 조류도감(백과사전)을 선물했을 때 유진의 마음은 어땠을까?
- 다른 사람들은 모르는 나만의 장점은 무엇이 있을까?
- 반에서 유진이 같은 친구가 있으면 어떨까?
- 유진이 변화할 때까지 기다려 준 링컨 선생님에게 유진은 어떤 말을 하고 싶을까?

추천도서

《선새앵님, 안녕하세요오?》는 아이들의 상담을 하러 온 학부모들과 선생님의 좌충우돌 이야기를 그렸어요. 선생님은 학부모 상담을 할 때마다 골치가 아프다고 합니다. 도대체 어떤 상담이길래 골치가 아팠을까요?

No.52

우리나라의 보물을 지킨 문화재 수집가 전형필

김혜연 글
한지선 그림
비룡소 출판사
2022년 6월 27일 발행
64 쪽수
10,000원 정가

책 소개

여러분은 부자가 된다면 돈으로 무엇을 하고 싶은가요? 저는 어릴 때부터 돈이 많았으면 좋겠다고 생각했습니다. 막연히 부자가 되고 싶었지요. 평생을 써도 없어지지 않을 돈이 생긴다면 무엇을 할까? 어떤 일을 하고 싶을까? 구체적인 목표나 꿈 없이 그저 부자가 되기만을 꿈꾸고 바랐습니다. 진짜 부자들은 어디에 돈을 쓸까요?

전형필 선생은 부모님께 물려받은 막대한 유산 덕에 그 당시 우리나라에서 40명의

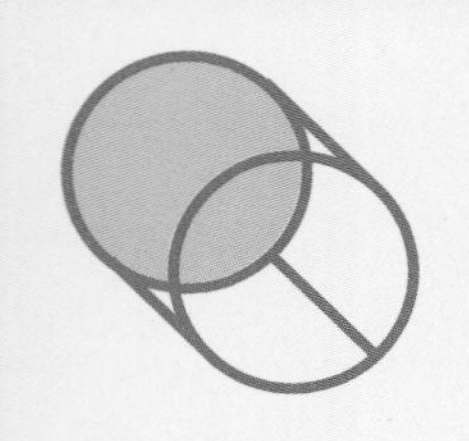

부자 안에 들었습니다. 아무것도 신경 쓰지 않고 가진 돈으로 부자의 삶을 누릴 수 있었지만, 전 재산을 우리나라의 문화재를 되찾고 보호하는 데 썼습니다.
이 책은 돈으로 살 수 있는 가장 중요한 가치가 무엇인지 알려줍니다. 전형필 선생 덕분에 우리나라의 귀중한 예술품들은 지금도 〈간송미술관〉에 잘 보존되어 있습니다. 전형필 선생이 모은 문화재에 집중하면서 읽어 보세요.

이 책을 지은 김혜연 작가는 어릴 때부터 책 읽기를 좋아했어요. 오랫동안 책 만드는 일을 하다가 언제부턴가 이야기를 쓰기 시작했습니다. 뭔가 전형적이지만, 책을 좋아하는 사람이 책 만드는 일을 하거나 글 쓰는 일을 하게 되는 건 자명한 일이죠. 전형필 선생에 관한 이야기책을 찾던 중 김혜연 작가의 글이 쉽고 재미있어 이 책을 소개하고 싶었어요. 과연 2004년 《작별 선물》로 안데르센 그림자상을, 2009년 《나는 뻐꾸기다》로 황금도깨비상을 받은 저력 있는 작가였죠. 김혜연 작가가 쓴 《나의 수호천사 나무》를 읽으며 감동했던 기억이 있어요. 따뜻한 문체로 감동을 주는 김혜연 작가의 다른 책도 찾아보면 좋겠습니다.

줄거리

전형필은 어릴 때부터 책을 좋아하는 아이였습니다. 어느 날 사촌 형 박종화를 통해 우리나라가 일본의 식민지로 힘이 없어 문화재를 빼앗기고 있다는 사실을 알게 되었어요. 책벌레였던 전형필은 틈만 나면 여러 책을 찾아 읽고, 박종화와 대화를

나누며 우리나라의 역사와 인간과 세상의 이치에 대해 더 많이 알게 되었지요. 아버지의 뜻에 따라 일본에서 법 공부를 했지만, 전형필의 은사인 고희동 선생의 조언에 따라 우리 조선의 문화를 지키는 사람이 되기로 합니다.
문화재 보는 눈을 갖기 위해 오세창 선생을 만나 공부하며 '간송'이라는 호를 받습니다. 아버지와 작은 아버지가 돌아가시며 젊은 나이에 막대한 유산을 받게 된 전형필은 본격적으로 우리나라의 예술품을 모으기 시작했습니다. 첫 수집품으로 겸재 정선의 〈진경산수화〉를 구한 이후, 좋은 문화재가 있다는 소식이 들리면 그에 맞는 값을 치르며 우리나라의 귀한 예술품을 모았습니다
전형필은 서울 성북동에 〈보화각〉이라는 건물을 세워 자신이 모아둔 예술품을 그곳으로 옮겼지만, 안타깝게도 우리나라에서 6.25 전쟁이 터지며 보화각에 있던 문화재들은 모두 사라지거나 망가졌습니다. 전형필은 다시 잃어버린 물건들을 찾아 나섭니다. 전형필 선생은 우리 민족의 정신과 뿌리가 내려진 문화재를 어떻게 찾았을까요? 빼앗긴 문화재를 되찾기 위해 어떤 대가를 치렀을까요?

중점사항

전형필 선생이 우리 문화재를 찾기 위해 노력하지 않았다면, 지금 우리나라에 남아 있는 문화재는 많지 않았을 것입니다. 충분히 안락한 삶을 누릴 수 있었던 한 사람이 위험을 무릅쓰고 인생을 바쳐 가치를 매길 수 없는 수많은 국보들을 지켜냈습니다. 이런 영웅들이 있었기에 지금의 대한민국이 있다는 것을 기억해야겠습니다.

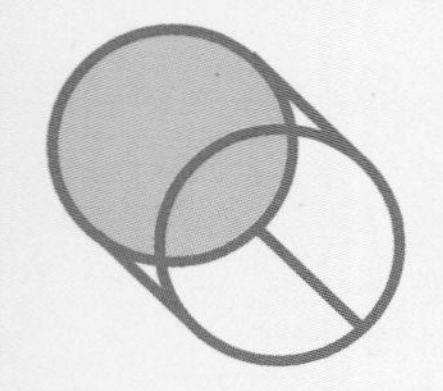

생각나눔

《우리나라의 보물을 지킨 문화재 수집가 전형필》을 읽은 우리 아이에게 다음 질문을 해 보세요.

- 우리나라의 문화재를 왜 지켜야 할까?
- 전형필 선생이 문화재를 지키지 않았다면 지금쯤 우리의 문화재는 어떻게 되었을까?
- 우리나라의 국보는 어떤 것들이 있을까?
- 네가 생각하는 우리 집의 보물은 뭐야?
- 혹시 수집하고 있거나 수집하고 싶은 물건이 있어?
- 내가 만약 부자라면 무엇을 하는 데 돈을 많이 쓰고 싶어?
- 전 재산을 다 바쳐 문화재를 수집한 전형필의 행동에 대해 어떻게 생각해?

추천도서

우리나라 최초의 여기자 최은희의 이야기인 《최은희》도 함께 읽어보면 좋겠어요.

오늘도 축구하기 힘든 날

김성준 글
김성영 그림
아주좋은날 출판사
2018년 4월 16일 발행
112 쪽수
11,000원 정가

책 소개

공기 질을 측정해서 알려주는 애플리케이션을 수시로 확인하던 때가 있었습니다. 미세먼지 최악이라는 문구와 함께 빨간 악마의 캐릭터가 나온 날은 온 가족이 KF94가 찍힌 비교적 비싼 마스크를 사용했어요. 마스크 쓰는 것도 답답한데, 비용을 더 지불해야하는 건 짜증이 나는 일이었죠. 하지만 어느 순간엔 돈이 있어도 사기 어려웠습니다.

환기를 시키는 날이면 집 안에서조차 마스크를 착용해야 했을 정도로 공기 질이 좋

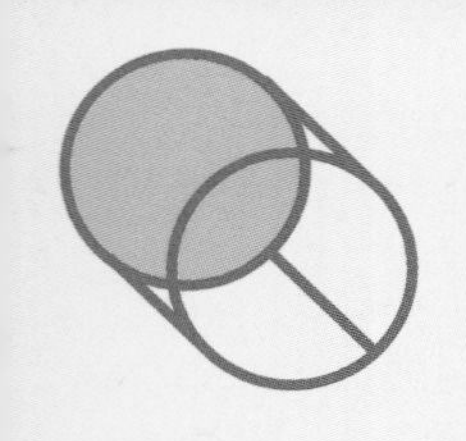

지 않았습니다. 놀이터에 나가 놀자는 아이에게 미세먼지 수치가 떨어지면 나가자 약속했지만, 야속하게도 빨간 악마 캐릭터는 며칠이고 계속해서 나타났습니다. 뿌연 밖을 보면 더더욱 놀이터에 나갈 엄두가 나질 않았습니다. 언제부턴가 그네를 기다리던 아이들은 다 사라지고 놀이터는 한산해졌습니다.

공기청정기가 불티나게 팔릴 무렵 우리 가족도 그 대열에 합류했습니다. 활동이 줄어든 사람들은 자연스레 체중이 늘었고, 짜증도 함께 늘었습니다. 집안에만 있는 아이들이 많아진 탓에 자연스레 층간소음 문제도 대두되었지요.

미세먼지로 집안에만 갇혀 지냈던 날들을 겪고 나서야 환경에 대해 생각하게 되었습니다. 맑은 공기와 깨끗한 지구를 위해 우리 모두 힘을 합치면 어떨까요?

이 책을 지은 김성준 작가는 함께 사는 세상을 미세먼지가 없는 곳으로 만들고 싶어서 이 책을 썼다고 합니다. 저도 늘 어떻게 하면 아이들에게 환경문제를 쉽고 자세히 알려줄 수 있을까 고민했는데, 김성준 작가의 책이 그 해답이 될 수 있겠다는 생각을 했습니다. 《울려라 골든벨, 탄소 제로를 찾아서》와 《초록별이와 떠나는 기후여행》도 김성준 작가의 책인데, 아이들과 함께 읽어 보세요. 책을 읽고 생긴 우리 마음의 작은 변화는 분명 깨끗한 지구를 만드는 데 보탬이 될 겁니다. 저도 힘을 보태겠습니다.

줄거리

축구를 좋아하는 규호는 학교 체육시간 미세먼지 때문에 축구를 못 하게 되어 아

쉽기만 합니다. 그뿐만이 아닙니다. 매일 아침 함께 축구를 했던 세환이와 지훈이도 미세먼지 때문에 운동장에 나오지 않았지요.
선생님은 규호와 축구에 관해 이야기하던 중 심판이나 해설가, 캐스터 같은 진로를 알려주며 규호에게 학급의 '미세먼지 전력 분석관'이 되기를 추천합니다. 축구 시합에 관한 것은 아니지만 축구를 즐기는 데 가장 방해가 되는 미세먼지에 대해 알아보는 것이니 규호에게도 흥미가 생깁니다.
어디서부터 시작해야 할지 막막하던 그때 말을 하는 카나리아와 토끼가 나타나 신기한 시간여행을 제안합니다. '백문불여일견'이죠. 규호는 카나리아, 토끼와 함께 추운 겨울 모두 석탄 연료를 써서 연기가 가득한 런던과 LA, 테헤란, 베이징, 뉴델리 등 미세먼지 문제가 심각한 도시들을 둘러봅니다. 그리고 마지막 여행지로 떠나며 카나리아와 토끼는 자기들이 겪었던 슬픈 이야기를 들려주는데요, 그 슬픈 이야기의 마지막 여행지는 어디였을까요? 그리고 카나리아와 토끼는 어떤 일을 겪었던 것일까요?

이 책에는 축구를 좋아하는 규호가 미세먼지 때문에 축구를 못 하게 되면서 맑은 공기의 소중함을 알게 되고, 미세먼지를 줄이기 위해 어떤 실천을 하면 좋을지 알아가는 내용을 담았습니다.
최근 기후재앙이라 불리는 일이 많이 발생하고 있으니, 아이들과 함께 환경보호를 위해 실천할 수 있는 일을 정해보면 어떨까요? 또 우리 아이들이 맑은 공기를 마

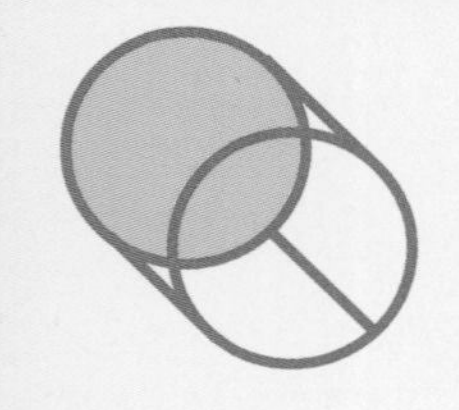

시며 마음껏 뛰어놀 수 있도록 잠깐의 편리함은 내려놓으면 어떨까요?

생각나눔

《오늘도 축구하기 힘든 날》을 읽은 우리 아이에게 다음 질문을 해 보세요.

- 이 책에 나온 방법 외에 또 미세먼지를 줄이는 방법은 무엇이 있을까?
- 공기가 나쁘면 또 어떤 불편함이 있을까?
- 환경오염에는 어떤 종류가 있을까?
- 실내에서 할 수 있는 놀이는 무엇이 있을까?
- 미세먼지는 건강에 어떤 영향을 줄까?
- 미세먼지는 왜 생기는 걸까?
- 미세먼지 때문에 밖에 못 나가면 기분이 어떨까?
- 미세먼지와 관련해서 속상했던 경험이 있어?
- '백문불여일견'이라는 말은 무슨 뜻일까?

추천도서

《울려라 골든벨, 탄소 제로를 찾아서》도 함께 읽어 보세요. 탄소배출을 줄이면 미세먼지도 줄어들겠지요?

No.54

새끼개

박기범 글
유동훈 그림
낮은산 출판사
2003년 7월 25일 발행
59 쪽수
9,500원 정가

책 소개

책 표지에 웅크리고 앉아 있는 강아지의 모습이 퍽 슬퍼 보입니다. 운전하다 보면 주인 없는 강아지들이 4차선, 8차선 도로를 뛰어 건너는 위험천만한 광경을 자주 볼 수 있습니다. 그럴때면 '저 강아지들은 어디서 왔을까? 도대체 왜 떠돌아다니고 있을까? 누군가에게 버림받은 건 아닐까?'하는 걱정을 가득 안고 집에 돌아오곤 합니다.

저도 '콩이'라는 반려견을 키우고 있습니다. 강아지를 키우던 분에게 사정이 생겨 갑

작스레 식구가 되었지요. 우리 집에 왔을 때 콩이의 나이는 4살이었습니다. 가족 모두 처음 만난 강아지가 신기하고 귀여워서 쓰다듬고 안아주었지만, 콩이는 간식 줄 때를 제외하고는 다가오지 않았습니다. 어쩌면 첫 주인한테 버림받았다고 생각했을지도 모르겠습니다. 전 주인을 그리워하며 우울해했던 콩이는 며칠이 지나고 나서야 우리 가족이 되었습니다.
이제 우리 가족은 콩이의 표정이나 꼬리의 움직임만 봐도 무슨 말을 하고 싶은지 알 수 있습니다. 콩이를 키우며 알게 된 것이 있어요. 집안에서 털이 날려도, 콩이가 침대로 올라와도, 배변 실수를 해도, 짖거나 냄새가 좀 나도 이 모든 게 수용될 수 있는 이유는 가족이기 때문이라는 것을요.

이 책을 지은 박기범 작가는 창비에서 주관하는 〈제3회 어린이 책 창작부문〉 대상을 수상하면서 아동문학에 발을 디뎠습니다. 박기범 작가는 《새끼개》를 쓰고 나서 마음이 참 힘들었다고 합니다. 작품에 나오는 아이들이 작가 자신의 모습 같아서, 또 사랑하면서 아프게 한 이들이 떠올랐기 때문이라고 해요. 책에 작가의 미안함을 가득 담았기 때문일까요? 이 책을 읽은 후 저도 제가 상처를 준 사람들이 떠올라 후회의 눈물로 밤을 보냈습니다.

새끼개를 입양한 아이들은 '순돌이'라는 이름을 지어주며 데리고 놀았습니다. 순돌이

는 겁 많은 성격인데 아이들 기분 내키는 대로 만지고 놀다 보니 공포 속에서 여러 번 앓고 말아요. 만지지 말라는 순돌이의 몸부림은 아이들에겐 사나운 개의 몸짓으로 보일 뿐입니다. 결국 순돌이는 아이들과 가족들에게 미움을 받다 원래 분양했던 애완동물 가게에 버려집니다.

돌아온 곳에 순돌이를 찾는 사람은 아무도 없고, 자유를 갈망하던 순돌이는 케이지 고리를 끊고 애완동물 가게를 탈출합니다. 갈 곳이 없던 순돌이는 떠돌이 개로 살아가다 처음 입양되었던 아이네 집 근처를 찾지만, 아이들은 새로운 강아지를 안고 집으로 들어갑니다. 그 모습을 지켜보던 순돌이는 아이들을 따라 달려가는데요, 순돌이는 아이들과 만날 수 있을까요?

새끼개를 입양했던 아이들이 특별히 나빴던 건 아닙니다. 다만 자신들이 호의라고 생각해 한 행동들이 순돌에게는 공포였던 것이죠. 순돌이를 조금만 더 생각했더라면, 이해하려고 노력했더라면 얼마나 좋았을까 하는 안타까운 마음이 오래 머물렀던 책입니다. 사람처럼 동물도 각각 성격이 다르다는 것을 알고, 순돌이의 마음을 따라가 보세요. 혹시 우리 집에 반려동물이 있다면 어떤 성격일지 생각해 보는 것도 좋겠습니다.

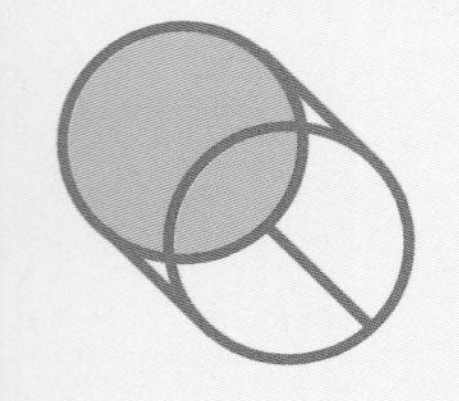

생각나눔

《새끼개》를 읽은 우리 아이에게 다음 질문을 해 보세요.

- 내가 만약 반려동물을 키운다면 이름은 무엇으로 짓고 싶어? 이유는?
- 아이들이 다른 강아지를 데리고 집으로 들어갔을 때 순돌이 마음은 어땠을까?
- 순돌이가 분양된 곳으로 다시 돌려보내졌을 때 기분이 어땠을까?
- 길에서 유기견이나 유기 고양이를 보면 어떤 생각이 들어?
- 순돌이는 왜 사나워졌을까?
- 순돌이가 차에 치였을 때 꼬리를 흔들었는데 그때 무슨 생각을 했을까?
- 동물과 관련된 속담에는 어떤 것이 있을까?

추천도서

박기범 작가가 쓴 또 다른 책 《어미개》를 함께 읽어 보세요. 새끼개를 내어 주어야 했던 어미개의 심정과 어미와 떨어져야 했던 새끼개의 마음이 진하게 읽혀 가슴이 아렸습니다.

No.55

신고해도 되나요?

이정아 글
윤지회 그림
문학동네 출판사
2014년 5월 4일 발행
124 쪽수
11,000원 정가

책 소개

서로 왕래가 잦은 친한 지인이 있었습니다. 아이들의 나이가 같아 서로 고민하는 바가 비슷했고, 함께 차를 마시는 일이 종종 있었지요. 어느 날 그 집에 놀러 갔는데, 마침 그 집 아이가 과자를 사 오는 길이었습니다.

“엄마! 슈퍼 아저씨가 돈을 더 거슬러 줬어.”

“와! 땡잡았네.”

“엄마, 내가 땡잡은 거야?”

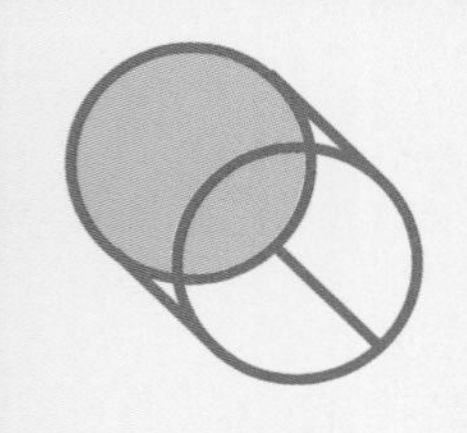

"그렇지. 공돈이 생긴 거잖아."

지인과 아이의 대화를 듣고 저는 입을 다물지 못했습니다. 평소 아이들에게 "사람은 정직해야 해. 거짓말하면 못 써."라고 가르치는 친구였거든요. 저는 그 앞에서 무어라 한마디 하지 못하고, 집으로 돌아와야 했습니다. 그리고 자연스레 거리를 뒀습니다. 어쩌다 길에서 우연히 만나도 그 "땡잡았네."라는 말이 귓가에 맴돌아 길게 대화를 할 수가 없었습니다. 지인은 아이에게 정직하라고 가르쳤지만, 그 가르침은 허공 속에 맴돌다 사라질 것이 뻔합니다. 자식은 부모의 뒷모습을 보고 자라기 마련이니까요.

《신고해도 되나요》를 쓴 이정아 작가는 충남 장항에서 태어났어요. 저는 장항이란 지명을 처음 들었는데, 문을 열고 나서면 비릿한 강바람이 먼저 얼굴에 와 닿는 곳이래요. 작가는 어릴 적 '안개 수영장'을 꿈꿨대요. 안개 수영장에서 수영하면 재미있을 것 같다나요? 하지만 전 상상력이 부족하기 때문인지 '안개 수영장' 얘기를 듣고, 자꾸 아래로 떨어질 거 같아 생각만 해도 아찔했어요. 역시 이런 기발한 생각을 할 수 있는 분이기에 동화작가가 되신 거겠죠?

경수에게 문어 다리를 얻어먹은 헌재는 경수에게 빚을 갚기 위해 엄마 몰래 핑코(돼지저금통)에서 돈을 꺼내 경수에게 얄라리 젤리를 사다 줍니다. 그러나 하필 얄라리

젤리 안에서 벌레가 나오고, 아이들은 학교에서 배웠던 불량식품 신고를 떠올립니다. 헌재는 경수에게 떠밀려 불량식품을 신고하지만, 곧 슈퍼 할아버지가 교도소에 갈까 걱정입니다. 5교시 수학 시간, 학교로 경찰차가 도착하고, 헌재와 경수는 교감 선생님께 불려갑니다.

신고 당사자인 헌재는 교감 선생님의 핀잔을 들으며 반성문을 쓰게 되지요. 무엇을 잘못했는지 모르지만, 반성문을 쓰라고 하니 '신고하면 혼나는지 몰랐다'는 반성문을 제출합니다. 헌재의 반성문을 본 담임선생님은 잘못된 것을 신고하는 것이 나쁜 것은 아니라고 가르쳐줍니다. 그러고 나서 아이들은 또 신고할 일이 생기는데요. 아이들은 또 무엇을 신고하려는 걸까요?

학교에서 배운 대로 불량식품을 신고했는데, 왜 반성문을 써야 하는지, 왜 혼나야 하는지 아이들은 이해할 수 없습니다. 불량식품을 팔았던 슈퍼 할아버지는 몰랐다며 발뺌을 하고, 잘못된 것을 보면 신고하라고 가르쳤던 교감 선생님은 '왜 신고했냐?'고 혼을 냅니다.

말과 행동을 다르게 하는 어른들 때문에, 영문도 모른 채 반성문을 쓰느라 진땀을 뺀 아이들의 모습에서 과연 진짜 불량은 무엇인지, 진정한 교육은 무엇인지 다시 한번 생각해 볼 수 있었습니다.

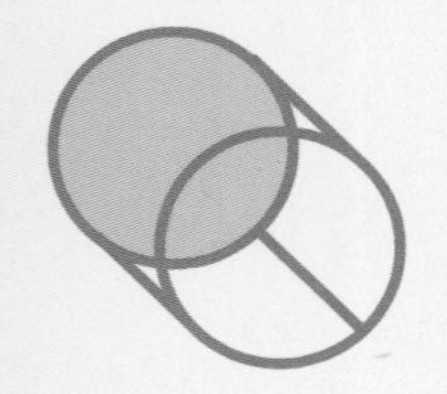

◑ 생각나눔

《신고해도 되나요》를 읽은 우리 아이에게 다음 질문을 해 보세요.

- 어린이들에게는 하지 말라고 하면서 어른들이 하는 나쁜 행동은 무엇이 있을까?
- 불량식품을 사 먹어본 적 있어?
- 헌재가 아토피가 있는 창훈이에게 몰래 불량식품을 사준 것은 잘한 일일까?
- 배운 대로 신고했는데, 반성문을 써야 했던 헌재의 마음은 어땠을까?
- "울며 겨자 먹기"라는 속담은 무슨 뜻일까?
- 헌재가 신고한 일이 정말 혼날 일이었을까?
- 잘못하지 않았는데 억울하게 혼난 적 있어?
- "고래 싸움에 새우 등 터진다"는 속담은 무슨 뜻일까?

추천도서

이정아 작가의 또 다른 동화책 《학교에서 오줌 싼 날》도 읽어 보세요. 친구들과 얼음땡 놀이를 하다 학교에서 오줌을 찔끔 싼 소연이의 이야기예요. 친구들이 알면 어쩌죠?

화해하기 보고서

심윤경 글
윤정주 그림
사계절 출판사
2011년 10월 17일 발행
88 쪽수
9,800원 정가

책 소개

제가 학교 다닐 땐 급식이 없어 집에서 도시락을 싸서 다녔습니다. 준비물 또한 가정에서 모두 준비해야 했지요. 그 때문에 엄마가 고생을 많이 했습니다. 엄마는 늘 못 해줘서 미안하다는 말을 많이 하셨습니다. 그런데도 철이 없을 땐 우리 엄마는 새엄마가 아니냐며 늘 부족한 것에 불만이 있었지요. 사실 엄마가 장사하며 삼 남매의 준비물과 도시락까지 챙겨주신 것은 쉽지 않은 일이었습니다.

세월이 흘러 저도 아이를 키우며 챙기고 돌봐야 하는 엄마가 되었습니다. 언젠가 딸

아이가 이런 말을 하는 거예요.

"선생님이 엄마 믿지 말고 스스로 준비하래."

"왜?"

"엄마 기억 안 나? 내가 일주일 전부터 비닐봉지 준비해야 한다고 했던 거."

"어머, 깜빡했어."

"내가 엄마한테 매일매일 말했는데도 준비 안 해줬다고 선생님께 말했더니 선생님이 엄마 믿지 말고 스스로 준비하랬어."

그 말을 듣고 앞으로는 스스로 알아서 준비하라고 큰소리를 땅땅 쳤지만, 사실 저는 쥐구멍에 들어가고 싶었습니다. 동시에 그 옛날 삼 남매를 꼼꼼히 챙겼던 엄마께 다시 한번 감사한 마음을 갖게 됐습니다.

《화해하기 보고서》를 쓴 심윤경 작가는 어릴 때 동화책을 보면서 억울했던 기억이 있대요. 동화 속 아이들이 가난과 슬픔을 잘 이겨내는 걸 보면서, 어른들은 아이들의 마음을 잘 모른다고 생각했다나요? 작가는 아이들이 이야기의 진짜 주인공이라고 생각했기에 아이들이 주인공인 동화를 쓰기 시작했어요. 《화해하기 보고서》는 그 첫 번째 이야기예요. 진짜 어린이 입장에서 쓴 이야기라서 그런지 저는 왠지 어른들의 약점을 들킨 듯 가슴이 따끔했어요.

줄거리

은지는 알림장을 제대로 안 썼다는 이유로 엄마가 옷도 안 입히고 밖에 내보내는 바람에 내복 차림으로 좋아하는 민우를 만나게 됩니다. 일기장에 엄마에게 억울하게 혼났던 일을 썼는데, 하필 엄마가 그걸 발견하고 일기를 본 엄마는 속이 탑니다.
엄마와 은지는 서로의 억울함을 풀고 잘잘못을 따져보기 위해 함께 보고서를 써보기로 합니다. 은지는 엄마가 모종을 잘못 사 온 것, 내복만 입혀서 밖에 내보낸 것들을 썼는데, 엄마도 엄마 나름대로 이유가 있었습니다. 은지와 은지 엄마는 화해하기 보고서를 보며 서로의 마음을 알게 되지만 또다시 엄마의 목소리가 커집니다. 은지네 집에 또 무슨 일이 생긴 걸까요?

중점사항

우리는 아주 사소한 일들로 어린이들을 몰아세우고 혼을 내면서 자신의 실수에는 참 관대합니다. 어른이라는 이유로 자신이 불리할 때는 권위를 앞세워 아이들을 누르기도 하고, 아이의 잘못에 대해서는 조목조목 따지면서 자신들이 한 실수에 대해서는 핑계를 대죠. 이런 어른을 보는 아이들은 어떤 마음일까요?

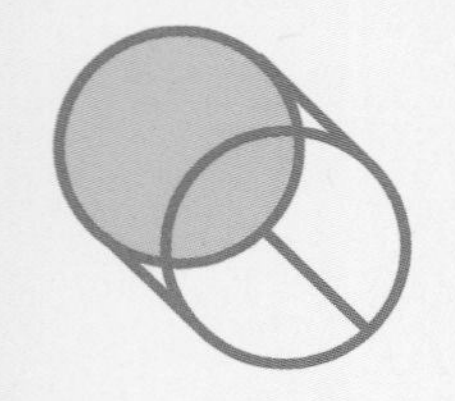

생각나눔

《화해하기 보고서》를 읽은 우리 아이에게 다음 질문을 해 보세요.

- 억울하게 혼난 일이 있었어? 그때 기분이 어땠어?
- 내가 은지 엄마라면 은지가 잘못했을 때 어떤 벌을 줄 것 같아?
- 은지의 엄마가 애써 모종을 사 왔는데, 저녁도 못 먹고 다시 화원으로 바꾸러 갈 때 어떤 마음이었을까?
- 엄마가 은지의 일기를 봤을 때 어떤 마음이었을까?
- 엄마께 사과하고 싶었는데 못했던 적이 있어?
- 엄마가 나에게 사과해줬으면 하는 상황이 있었어?
- 엄마랑 우리만의 보고서를 써볼까?

추천도서

《엄마 왕따》도 함께 읽어 보세요. 진희는 학급 부회장에 나가고 싶지만, 직장 다니는 엄마 때문에 망설여집니다. 직장 다니는 엄마는 왕따라나요? 재미있게 풀어낸 책이지만, 저도 일하는 주부라 진희의 이야기가 남 일 같지 않아 마음이 아팠습니다.

키가 작아도 괜찮아

유효진 글
지영이 그림
아이앤북 출판사
2021년 8월 20일 발행
120 쪽수
12,000원 정가

책 소개

지금은 워낙 발 빠르게 제설 작업을 해서 눈이 쌓이는 걸 보기 힘들지만, 제가 태어난 날은 밤새 눈이 내려, 쌓인 눈이 엄마의 허벅지까지 차올랐대요. 저는 그렇게 눈이 많이 내렸던 한 겨울에 태어났습니다.

초등학교에 입학했을 때 저보다 작은 아이들은 서너 명뿐이었어요. "엄마! 나는 왜 이렇게 작아?"하고 물으면 엄마는 제가 12월생이라서 그렇다고 했습니다. "그럼 1월에 낳아주지 일주일 만에 2살이나 더 먹는 게 어딨어?"하고 반문해 보지만, 그게 어

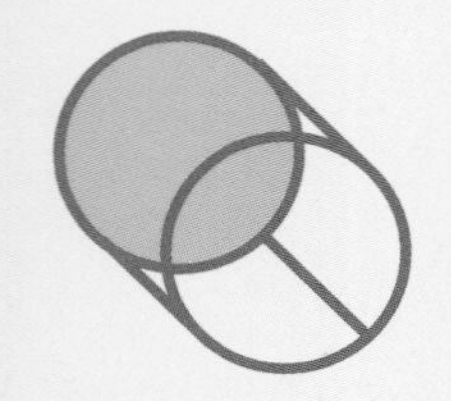

디 엄마 탓인가요?

엄마는 가뜩이나 또래보다 작은 딸이, 밥을 잘 먹지 않고 잔병치레도 많이 해서 늘 애가 탔대요. 저는 밥보다 잠이 더 좋았지만, 엄마는 잠든 저를 깨워 꼭 한 숟가락을 먹였죠. 그때는 잠을 깨우는 엄마가 야속했지만, 엄마의 그런 노력 덕분인지 저는 평균의 키를 얻었습니다.

또래보다 작은 사랑이는 저랑 수업하러 생각연필 독서 교실에 올 때마다 이런저런 군것질거리들을 챙겨와 아이들과 나눠 먹기를 좋아합니다. 또 새로운 불량식품을 발견했을 때는 마치 금메달을 딴 선수가 금의환향한 것처럼 "선생니임~ 이것 좀 보세요. 마라탕 맛 쫀디기래요. 한번 드셔 보세요"하며 제 딴엔 귀한 것을 나눈다며 생색을 내기도 해요.

"사랑아, 군것질 말고 밥을 먹어야 키가 크지"

"선생님 사랑이는 이래 봬도 우리 반에서 달리기가 제일 빠른걸요. 완전 선수예요."

"맞아요. 사랑이는 쌩쌩이도 얼마나 잘하는데요"

저는 순간 얼굴이 빨개졌습니다. 친구들은 사랑이의 키가 작은 것을 놀리거나 약 올리지 않았습니다. 너도나도 사랑이의 좋은 점을 말해주며 제게 왜 사랑이의 키에 대해 훈계하냐는 말도 거들었습니다. 저는 늘 그랬듯이 이번에도 어린이들에게 백기를 들어야 했습니다.

제 딴엔 걱정스러워 한 말이었지만, 외려 제가 사랑이를 놀린 셈이었죠. 저는 사랑이에게 정중하게 사과하며 다시 한번 깨달았습니다. 사람은 누구나 가진 달란트가 있고 그것은 모두 다르다는 것을요.

유효진 작가는 굉장히 오래전부터 작품 활동을 했고, 많은 동화를 썼어요. 특히 단편 《고물자전거》는 초등학교 4학년 읽기 교과서에 수록되었지요. 어떻게 이런 글을 쓰셨는지 작가에 대해 알아보려 했지만 나와 있는 소개가 별로 없었어요. 하지만 키 작은 아이들의 서러움을 이렇게 잘 표현하신 분이라면 아마도 작가가 어린이였을 때 분명히 키에 대한 에피소드가 있었을 거예요. 나중에 작가님을 만나면 물어봐야겠어요.

여동생보다도 키가 작은 다우는 자신을 불량품이라고 생각합니다. 학교에서는 친구들이 자꾸 '꼬맹이'라는 별명으로 놀리는 통에 학교 가기도 싫습니다. 집에 있어도 마음이 편한 것은 아니죠. 냉장고 문 앞엔 엄마가 붙여놓은 쪽지들이 한가득이고, 쪽지엔 키를 크게 하는 음식들이 빼곡하게 적혀 있거든요. 다우는 쪽지를 보는 것만으로도 짜증이 납니다.

어느 날 다우네 반에 새이가 전학을 옵니다. 새이는 다우보다도 키가 작았습니다. 다우의 생각과는 다르게 새이는 전학 온 첫날부터 친구들과도 잘 어울리고, 전혀 기죽지 않고 당당했어요. 성격 좋은 새이는 다우와 금세 친구가 됩니다. 다우는 새이와 어울리면서 친구들이 '꼬맹이'라고 부를 때마다 기분이 나빴던 것도 괜찮아지고, 어쩐지 자신감이 생깁니다. 다우는 어떻게 그런 자신감을 느끼게 된 걸까요?

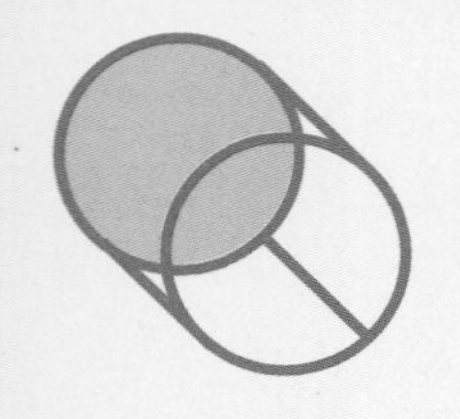

이 책은 작은 키가 콤플렉스였던 다우가 자신보다 키가 작은 새이를 만나면서 변화하는 과정을 담았습니다. 많은 사람이 내가 가진 것은 생각하지 못하고, 남이 가진 것만 부러워하며 살아갑니다. 내가 무엇을 가졌는지 찾고 잊지 마세요. 그리고 이제부터라도 내가 가진 것들을 사랑하면 좋겠습니다.

생각나눔

《키가 작아도 괜찮아》를 읽은 우리 아이에게 다음 질문을 해 보세요.

- 듣기 싫은 별명이 있어? 그렇다면 듣고 싶은 별명은 뭐야?
- 키가 크고 싶어? 왜?
- “작은 고추가 맵다”라는 속담은 어떤 뜻일까?
- 편식하는 음식이 있어?
- 다우는 자신보다 키가 작은 새이를 보며 어떤 생각을 했을까?
- 키가 크고 싶어서 노력한 적이 있어?
- 사람들은 왜 키가 커야 한다고 생각할까?

추천도서

주위의 키 큰 나무들이 많아 햇빛도 충분히 받지 못하고, 돌과 자갈투성이 땅에 뿌리를 내려야 해 무척이나 힘들어했던 어느 《키 작은 나무》의 이야기도 읽어 보세요.

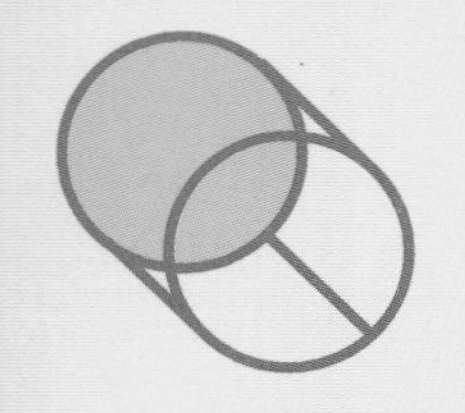

No.58

책 먹는 여우

프란치스카 비어만 글, 그림
주니어김영사 출판사
2001년 10월 15일 발행
50 쪽수
13,000원 정가

책 소개

6단짜리 작은 책장 맨 아래 칸에 《동아백과사전》이 꽂혀 있었습니다. 저는 엎드려서 백과사전 펼쳐 보는 걸 좋아했어요. 어느 날 우연히 펼쳐 본 백과사전 속 '백사'의 사진은 제 눈을 사로잡았습니다. 신비롭고 아름다워 자꾸만 눈길이 갔죠. 백사에 대한 설명이 두 문단 정도 있었는데 그걸 읽고 또 읽었던 기억이 납니다. 백과사전은 늘 저를 자연의 어디론가 데리고 갔습니다. 백과사전이 말을 걸어주고, 새로운 세상을 알려준 덕분에 제 어린 시절은 외롭지 않았습니다.

중학교에 입학할 무렵 가세가 기울어 쫓겨나듯 좁은 집으로 이사를 했습니다. 많은 물건을 정리해야 했을 때 가장 먼저 버려진 것은 제가 제일 아끼던 백과사전이었습니다. 살림살이도 제대로 가져올 수 없는 상황에서 백과사전은 그야말로 사치였죠. 나중에 형편이 나아져 똑같은 책을 구하려 했을 땐 이미 절판되어 구할 수 없었습니다. 그래서 저와 많은 시간을 나눴던 백과사전을 잊지 않도록, 여러 번 보고 눈에 담아두었던 것을 두고두고 잘했다고 생각했습니다.

독서 교사라고 하면 어릴 때부터 고전을 읽고 다양한 책을 많이 접했을 것 같겠지만, 초등학교 때는 백과사전을, 중학교 때는 친구들이 많이 보던 로맨스 소설을 봤고, 고등학교 때는 만화책을 많이 봤습니다. 그 후 성인이 되어서는 무협지를 섭렵했어요.

집에 책이 많지 않았습니다. 책을 둘 공간도 없었고요. 저는 누가 읽으라고 하는 필독서나 인기 도서는 잘 읽지 않았고, 제가 좋아하는 책들을 찾아 읽으며 독서 습관을 길렀습니다. 대학에 들어가 어려웠던 전공 서적을 읽어낼 수 있었던 것도, 고전에 도전해 볼 수 있었던 것도 제 어린 시절 자유롭게 책을 찾아 읽었던 독서 습관 덕분이라고 생각합니다. 그때의 경험을 바탕으로 현재 저는 어린이들에게 책이 재밌다는 것을 알게 해줄 그 인생 책 한 권을 찾아 주는 일을 하고 있습니다.

이 책을 지은 프란치스카 비어만은 2001년에 출간한 《책 먹는 여우》로만 한국에서 100쇄가 넘는 책을 찍은 베스트셀러 작가입니다. 생각연필 독서 교실에서도 이 책으로 책의 재미를 알게 된 친구들이 여럿 있어 프란치스카 비어만은 제게도 의미 있는 작가입니다.

작가는 이야기를 아주 좋아해서 아이디어가 떠오를 때마다 펜과 붓으로 종이에 옮긴다고 해요. 역시 기록하는 사람을 이길 방법은 없다는 것을 또 한번 느낍니다.

줄거리

여우 아저씨는 책을 먹을 때 언제나 소금과 후추를 뿌려 먹습니다. 책을 읽는 것도 좋아하지만 먹는 것도 좋아했던 여우 아저씨는 책값이 너무 비싸 자주 책을 사 먹을 수 없었습니다. 집안의 살림까지 팔아서 책을 사서 읽고 먹다 보니 살림도 남아나지 않았어요. 그러다 우연히 국립중앙도서관에서 공짜로 책을 빌려주는 것을 알게 됩니다. 공짜로 책을 빌려준다니 꿈만 같았지요. 그날부터 매일 도서관에 가서 조금씩 맛본 책들을 빌립니다.

여우는 책을 다 읽고 나서 먹어 치웠기 때문에 빌려 간 책은 반납할 수 없었죠. "꼬리가 길면 밟힌다"고 결국 책을 훔친 여우는 체포되어 감옥에 갑니다. 판사는 책을 좋아하는 여우에게 사형과도 같은 '독서 절대 금지'라는 벌을 내려요. 괴로워하던 여우는 책을 먹지 못할 바엔 스스로 책을 쓰기로 하고, 교도관을 꾀어 연필과 종이를 얻어냅니다. 이 또한 책을 많이 읽고 언변이 좋았기에 가능한 일이었죠. 교도관은 여우의 글을 읽으며 기발한 상상력과 놀라운 결말에 감탄합니다. 교도관은 여우의 글을 진짜 책으로 만들자고 하는데요, 여우의 책은 성공했을까요?

중점사항

어린 시절 이솝우화를 참 많이 읽었어요. 우화에 나오는 여우는 약아빠져서 다른 동물들을 속이는 일이 많아 괘씸하기도 했고, 반대로 제 꾀에 넘어가는 경우도 많아 통쾌함과 웃음을 주기도 했습니다. 《책 먹는 여우》에서 도서관의 책을 훔치는 장면이 나왔을 때 저는 무릎을 '탁' 쳤답니다. 역시 여우에게 이런 역할이 딱 어울려 보이는 건 제 편견일까요?

생각나눔

《책 먹는 여우》를 읽은 우리 아이에게 다음 질문을 해 보세요.

- 배가 고프다고 책을 훔친 여우의 행동은 옳은 행동일까?
- 여우는 어떤 내용의 글을 썼을까?
- 도서관에서 국민에게 공짜로 책을 빌려주는 이유는 무엇일까?
- "꼬리가 길면 밟힌다"라는 속담은 무슨 뜻일까?
- 여우가 '독서 절대 금지' 명령을 받았을 때 어떤 기분이었을까?
- 책을 먹을 수 있다면 어떤 책을 먹고 싶어?
- 책을 구해서 먹을 수 없는 여우는 스스로 책을 쓰기 시작했어. 이런 상황에 어울리는 속담은 무엇일까?

추천도서

《책 먹는 여우》를 읽었다면 2편 《책 먹는 여우와 이야기 도둑》도 읽어 보세요. 정말 유명한 작가가 된 여우 아저씨는 새 소설을 쓰려고 모아두었던 이야기와 아이디어 그리고 수집품 등을 도둑맞아요. 충격에 빠진 여우 아저씨…. 과연 도둑을 잡을 수 있을까요?

No.59

내 멋대로 친구 뽑기

최은옥 글
김무연 그림
주니어김영사 출판사
2016년 3월 16일 발행
96 쪽수
12,500원 정가

책 소개

학교에 다닐 때 반에는 늘 인기 있는 친구들이 있었습니다. 그 친구들은 운동도 잘하고, 재미있고, 그림도 잘 그리고 심지어 공부까지 잘했지요. 저는 체구가 작고 말라서 운동하면 최약체였고, 자신감이 없으니 목소리가 작아 노래를 부르면 소리가 안 들렸습니다.

한번은 선생님이 반장 선거에 후보로 추천해주신 적이 있습니다. 하지만 목소리가 덜덜 떨려서 써 놓은 연설문도 발표할 수 없었지요. 결국 저는 눈물을 뚝뚝 흘리며

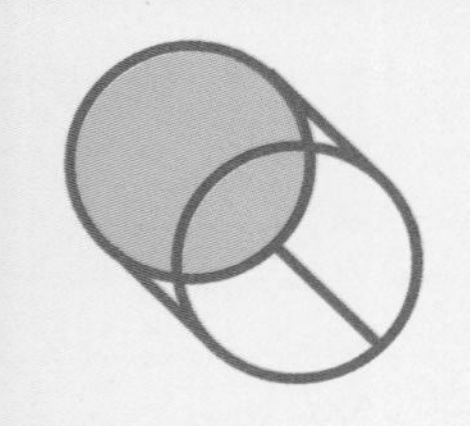

기권할 수밖에 없었습니다. 늘 자신감 있고, 활발한 친구들이 부러웠습니다. '나는 왜 이렇게 소심할까?' 자문하고 자책하며 내내 내향적인 성격을 바꾸고 싶었어요. 하지만 그런 제게도 늘 친구가 있었습니다. 그 친구들은 제가 피구를 못 해도, 발표를 잘하지 못 해도, 저를 비난하지 않았어요. 제 모습 그대로를 좋아해 주고, 저의 좋은 점을 많이 말해줬습니다. 지금 내 곁에 있는 친구들을 떠올려 보세요. 나의 있는 그대로의 모습을 좋아해 줄 친구가 분명히 있을 테니까요.

이 책을 쓴 최은옥 작가는 2011년 푸른 문학상 새로운 작가상을, 2013년 비룡소 문학상 대상을 수상했습니다. 어린이가 재미있게 읽는 이야기를 쓰려고 노력하신다는 인터뷰를 봤는데, 그렇다면 최은옥 작가는 성공이에요! 생각연필 독서 교실에서 이 책이 얼마나 인기있는데요. 최은옥 작가는 여러 가지 책을 썼는데, 저는 특히 《방귀 스티커》를 재밌게 읽었어요. 2011년 작품인데 아직도 어린이에게 인기 있는 책인 것을 보면 작가의 필력이 어마어마하다는 것을 알 수 있습니다.

태우는 마음에 안 드는 것투성인 친구들 때문에 오늘도 짜증이 가득합니다. 재미있지도 않고, 운동도 못 하고, 똑똑하지도 않은 친구들이 영 마음에 안 들었지요. 어느 날 학교에서 소풍으로 놀이동산에 가게 되었어요. 태우는 좋아하지 않는 친구들과 한 모둠이 됩니다. 친구들이 마음에 안들었던 태우는 모둠끼리 함께 다녀야 한다는 선생님

의 말씀을 뒤로 한 채 놀이마당으로 혼자 뛰어갑니다.
태우는 놀이마당으로 가는 도중, 원하는 친구를 뽑을 수 있는 신기한 자판기를 발견합니다. 처음에는 재밌는 친구를 뽑아 신나게 놀았지만, 똑똑하지 못해 퀴즈 대회에서 상품을 타지 못한다며 돌려보내지요. 다시 자판기로 간 태우는 똑똑한 아이를 뽑아 상품은 많이 탔지만 잘난 척을 하기 때문에 돌려보냅니다. 운동 잘하는 아이를 뽑지만 제멋대로 돌아다녀서 돌려보내고, 자기 말을 순순히 따라 주는 착한 아이를 고르지만, 착한 마음 때문에 태우가 맡겨둔 상품을 다른 아이들에게 나눠주는 걸 보고, 태우는 모두 돌려보내고 결국 혼자가 됩니다.
또다시 친구를 뽑기 위해 자판기를 찾았지만, 자판기는 고장나 있고, 평소 인기 없는 준수가 자판기 앞에서 '언제나 자신 옆에 있어 줄 수 있는 따뜻한 친구'를 주문합니다. 그 모습을 본 태우는 뭔가를 결심하는데요, 태우는 진정한 친구를 찾을 수 있을까요?

중점사항

사람이 살아가는 데 친구는 두말할 나위 없이 중요하지요. 늘 내 얘기를 잘 들어주는 친구가 많으면 좋겠다고 생각했습니다. 그런데 그런 친구를 만드는 게 어디 쉬운 일이던가요? 별수 없이 생각을 바꾸어 내가 그런 친구가 되어야겠다고 결심했죠.
"어려울 때 친구가 진짜 친구다"라는 말처럼 준비물을 못 챙긴 친구에게 제 것을 빌려주기도 하고, 비가 오는 날 우산을 못 챙긴 친구와는 우산을 같이 썼어요. 정

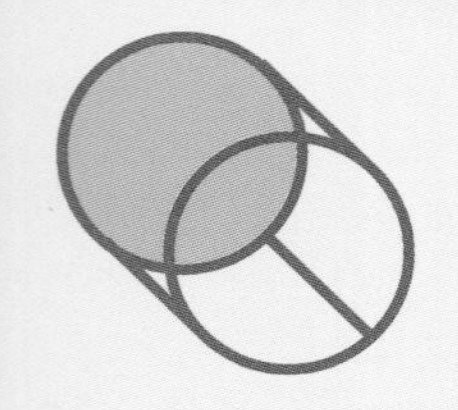

확히 그날부터라고 할 수는 없지만, 제게도 좋은 친구들이 모였어요. 내 주변에 어떤 친구들이 있는지 한번 생각해 보세요. 그리고 나는 어떤 친구인지도요.

생각나눔

《내 멋대로 친구 뽑기》를 읽은 우리 아이에게 다음 질문을 해 보세요.

- 마음에 드는 친구를 뽑을 수 있다면 어떤 친구를 뽑고 싶어?
- 나는 친구들에게 어떤 친구일까?
- 내 친구들의 장점을 생각해 볼까?
- 진정한 친구란 어떤 친구일까?
- 준수가 친구를 주문하는 것을 보고 태우의 마음은 어땠을까?
- '우리는 모두 다르다'라는 것을 인정하는 게 어려운 이유는 무엇일까?
- 친구 말고 내 멋대로 뽑고 싶은 것에는 어떤 것이 있어?
- "어려울 때 친구가 진짜 친구다"라는 말은 어떤 뜻일까?

추천도서

《이제 너랑 안 놀아》도 함께 읽어 보세요. 단짝이었던 보미와 하나가 싸워서 서로 단단히 삐졌네요. 과연 보미와 하나는 화해할 수 있을까요?

아빠는 내가 지킨다!

박현숙 글
신민재 그림
살림어린이 출판사
2017년 2월 20일 발행
108 쪽수
9,000원 정가

책 소개

우리 아빠는 굉장히 엄격하고 무서운 분이었습니다. 아빠가 한마디 하면 가족 모두 얼음이 됐지요. 하늘 같은 아빠가 무서워 학교가 끝나고도 밖에서 늦게까지 놀다가 집에 들어갔어요. 그런 아빠가 할머니 장례를 치르며 처음으로 눈물을 흘렸습니다. 공허한 눈빛으로 관이 묻히는 것을 하염없이 지켜보셨죠. 아빠의 어깨는 쳐지다 못해 땅속으로 꺼지고, 그 자리엔 검은 양복만 남은 것처럼 보였습니다. 슬픔을 모를 것 같던 아빠가 무너져 내리는 것을 봤을 때 처음으로 아빠가 가여웠습니다.

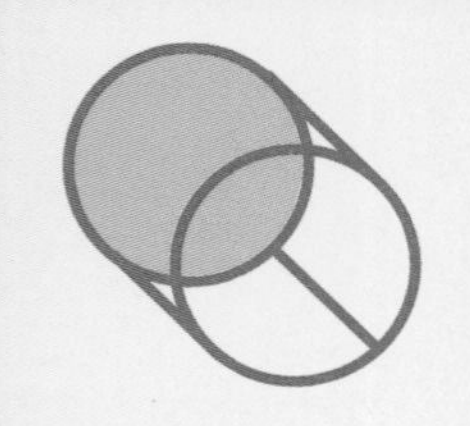

아빠는 힘들다는 말씀을 하신 적이 한 번도 없습니다. 하지만 아빠라고 왜 힘든 일이 없었겠어요. 장남으로, 가장으로 어깨에 짊어진 무게가 얼마나 무거웠을까요? 누구보다 우리 가정을 지키고 싶었던 아빠의 마음을 압니다. 이제 제가 지켜드릴게요.

이 책을 지은 박현숙 작가는 대전일보 신춘문예에 당선되어 작가가 됐습니다. 또 《크게 외쳐》로 〈제1회 살림어린이 문학상〉 대상을 받았습니다. 작가가 어릴 때는 그림을 잘 그려 화가가 되고 싶었답다. 그러다 초등학교와 중학교 때 백일장에 나가 상을 받게 되면서 작가의 꿈을 품게 됐다고 해요.
작가가 어른이 된 후 아버지의 축 늘어진 어깨와 구부정한 등을 보고, 자식들을 지켜내느라 고생하셨을 거라는 생각에 마음이 아팠다고 해요. 작가의 아버지께서 이 책을 보셨다면 아마 큰 위로를 받았을 것 같아요.

줄거리

늘 바쁜 동진이 아빠는 집에 오면 잠만 잡니다. 엄마는 아빠가 동진이에게 신경을 쓰지 않는다며 잔소리를 하지요. 동진이 생일날 놀이동산 가서도 자는 아빠인데 무슨 말이 더 필요하겠어요? 동진이는 학교 마치고 집에 가는 길에 아빠가 어떤 아이를 다정하게 껴안으며 이삿짐 나르는 모습을 봅니다. 그리고 그날 학교 행사에 아빠가 오기로 되어 있었지만, 아빠는 오지 않았지요. 결국 동진이는 울음을 터트리고 맙니다.
아파트 물탱크 청소하는 날, 엄마의 성화에 못 이겨 아빠와 목욕탕에 갔는데, 지난번

아빠가 다정하게 껴안아 주었던 성호를 만납니다. 성호는 아빠 회사의 사장님 아들이었지요. 아빠는 성호에게만 신경을 쓰고, 동진이는 챙겨 주지 않습니다.
찬물에서 장난치던 성호는 우락부락한 아저씨에게 혼나고, 성호를 지키기 위해 아빠가 나서보지만, 아빠를 시시하게 보던 아저씨는 혀를 끌끌 차며 나갑니다. 동진이는 그런 아빠가 왠지 불쌍해 보입니다. 그리고 아빠를 지키기 위해 용기를 냅니다. 동진이는 어떻게 아빠를 지킬 수 있을까요?

친정에 가면 가끔 소파에 다른 사람이 앉아 있는 것 같은 느낌이 듭니다. 분명히 우리 아빠는 세상을 호령할 것처럼 무서운 호랑이었고, 거대한 산이었는데, 돋보기가 없으면 신문을 볼 수 없는 웬 할아버지가 앉아 계시거든요. 이제는 제가 아빠를 지켜드리겠다고 말씀드려야겠어요. 아빠께 응원의 말을 전해 보세요. 분명히 좋아하실거예요.

생각나눔

《아빠는 내가 지킨다》를 읽은 우리 아이에게 다음 질문을 해 보세요.

- '아빠' 하면 어떤 생각이 떠올라?

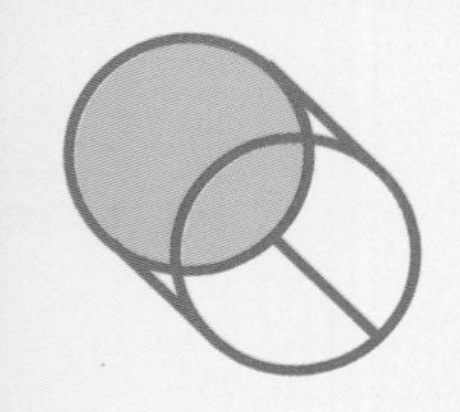

- 아빠한테 감사했던 일이 있어?
- 내가 아빠를 도와줄 수 있는 일은 무엇이 있을까?
- 아빠가 성호에게 달걀을 양보하라고 했을 때 동진이 마음은 어땠을까?
- 우리 아빠가 나 말고 다른 친구를 안아준다면 내 마음은 어떨 것 같아?
- 우락부락한 아저씨가 아빠에게 "쯧쯧!"하고 혀를 찼을 때 아빠는 어떤 마음이었을까?
- 내가 아빠를 지켜줄 수 있다고 생각해?
- "고슴도치도 제 새끼는 예쁘다"는 속담은 사실일까?

추천도서

《우리 아빠는 대머리예요》도 함께 읽어 보세요. 호영이는 새로 전학 온 혜원이에게 잘 보이고 싶지만, 아빠가 대머리인 것이 창피해 아빠에게 가발을 쓰라고 합니다. 아빠가 대머리면 혜원이랑 친하게 지낼 수 없는 걸까요?

양식지를 활용한 실전 글쓰기

4명의 독서지도사가 소개하는 명품 동화 다 읽었나요? 우리 아이들이 스마트폰 볼 때보다 책 읽을 때 더 예뻐 보이는 건 저만 그런 거 아니죠? 책을 읽고 자신이 느낀 감정을 글로 남긴다면 더 기특하고 예쁘더라고요. 하지만 아이들에게 책 읽고 독후감을 쓰라고 하면 대부분의 친구들은 무척 어려워해요.

어떤 점이 어려운지 물어보면 "어떻게 써야 할지 모르겠어요."라는 대답을 가장 많이 해요. 어디로 가야 할지 모르는 사람에게 무조건 출발하라고 하면 당황하겠죠? 아이들도 그런 마음일 거에요. 그래서 책을 읽은 후 어린 친구들이 어렵지 않게 글을 쓸 수 있는 방법을 몇 가지 소개할게요. 이 방법은 〈생각연필 독서논술〉 수업에서 지도하는 양식지 중 일부에요.

〈생각연필 독서논술〉 에서는 책을 읽은 후 아이들이 스스로 양식지를 쓰도록 한 후 선생님과 친구들과 함께 수업시간에 읽은 책의 내용을 주제로 이야기 나눈 후 첨삭을 해요. 그리고 자신의 언어로 한편의 독후감을 쓰도록 지도하죠. 이렇게 책 한 권을 자기 스스로 한 번 살펴보고, 친구들, 선생님과 이야기 나누면서 한 번, 마지막으로 글쓰기 하면서 한 번, 총 3번에 걸쳐 살펴보게 돼요. 그렇게 하면 책을 제대로 이해하고 오래도록 책 내용을 기억할 수 있어요. 이런 과정을 반복하면서 책에 대한 흥미도도 올라가고 글쓰기에 대한 자신감이 쑥쑥 올라가요.

저의 첫 번째 도서 《책과 우리아이 절친 맺기》(2020년 3월 출간, 대경북스)에는 여러 가지 독후감 쓰는 방법에 대한 설명이 있어요. 어떻게 독후감을 써야 하는지 예시를 통해 자세히 설명했으니 그 부분도 참고하면 좋아요.

첫 번째 양식지 - 마인드 맵으로 표현하기

아이들이 책을 읽고 1차로 쓰는 여러 가지 양식지를 소개할게요. 첫 번째로 소개할 양식지는 '마인드 맵으로 표현하기'입니다

책 제목			
지은이		출판사	
책에서 있었던 사건 3가지			
1			
2			
3			
책을 읽고 느낀 점			

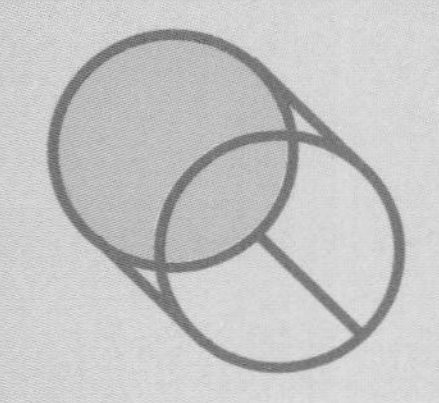

'마인드 맵'은 아이들이 한 번쯤 해본 표현 방법이에요. 마인드 맵은 영국의 기억력·공부법 전문가인 토니 부잔이 만든 생각표현 도구에요. 다양한 방법으로 마인드 맵을 그릴 수 있어요. 책을 읽은 후 '마인드 맵으로 표현하기' 양식지에 따라 하나씩 채워 나가면서 자신의 생각을 정리할 수 있어요.

맨 윗부분에는 책에 대한 정보를 써 줘요. 책 제목과 지은이, 출판사는 기본정보에 속해요. 그리고 책에서 어떤 일이 있었는지 자신이 중요하다고 생각하는 사건을 3가지 간추려 써 줍니다. 3가지 사건을 쓸 때 꼭 시간 순서대로 써야 하는 건 아니에요. 그냥 자유롭게 아이가 중요하다고 생각하는 사건부터 써도 괜찮아요. 그리고 독후감을 쓸 때 자신의 느낌은 필수죠. 이제는 마인드 맵을 채울 시간이에요. 먼저 가장 가운데 있는 동그라미에는 책 제목을 써 줍니다. 그리고 첫 번째 가지로 연결된 동그라미에는 책에서 중요하다고 생각하는 카테고리 4개를 생각해서 적어요. 자신의 생각이기 때문에 정답은 없어요. 아이가 책을 읽고 그것이 중요하다고 생각한다면 그런 거죠. 단 첫 번째 카테고리는 범위를 조금 넓게 잡는 게 포인트에요. 그렇게 첫 번째 동그라미 4개를 모두 채웠다면, 이제는 각 카테고리에 속하는 작은 사건들을 3개씩 적습니다.

마인드 맵은 굉장히 단순한 것 같지만 논리적인 사고력을 요구해요. 카테고리를 정할 때, 그리고 그 이하 동그라미를 채울 때 연관성이 없으면 채우기가 어렵거든요. '마인드 맵으로 표현하기' 양식지를 몇 번 하다 보면 아이들은 금방 원리를 파악하고 쓱쓱 써 내려가요. 그리고 자신이 쓴 것을 바탕으로 이야기를 풀어가죠. 정말 스펀지처럼 쏙쏙 흡수하는 아이들의 능력은 대단해요.

오늘 아이가 읽은 책으로 '마인드 맵으로 표현하기' 양식지를 써 보라고 해 보세요.

3/21

생각연필 마인드 맵으로 표현하기

책 제목 : 운동화 한켤레

지은이 : 이현주 출판사 : 낮은산 어린이

책에서 있었던 사건 3가지

1 훈이의 발냄새 때문에 친구들이 코를 막았다

2 훈이는 과자부스러기를 비둘기한테 주었다

3 훈이는 학교를 안갔다

책을 읽고 느낀점은 훈이는 비둘기를 좋아하니까 비둘기 아빠 같다

(35)

운동화 한켤레
- 교실: 놀림, 신발 냄새, 냄새
- 할머니: 문어발, 서울역, 장사
- 훈이: 비둘기 아빠, 오락실, 학교 결석
- 비둘기: 다리를 절룩, 하얀 비둘기, 과자 부스러기

창우초 1학년 조이현 《운동화 한 켤레》를 읽고 쓴 양식지

두 번째 양식지 - 생각이 자라나요

두 번째로 소개할 양식지는 '생각이 자라나요'입니다.

오늘은 월 일인데 을(를) 읽었어.
이 책의 주인공은 이야.
제일 생각나는 이야기는(6하원칙)
왜냐하면
때문이야.
이 글을 읽고 나서 나는
이라는 생각이 들었어.
왜냐하면
때문이야.
내 느낌이 담긴 제목으로 바꾼다면
이라고 하고 싶어.
왜냐하면
때문이야.

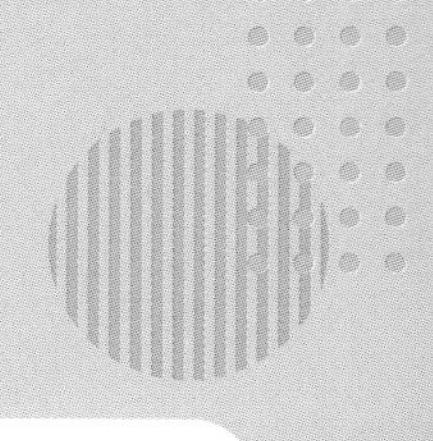

책 읽은 후 독후감을 쓰라고 하면 아이들은 어떻게 써야할지 몰라서 책 줄거리 위주로 쓰고 맨 마지막 줄에 '재미 있었다.'라고 한 줄 느낌을 쓰고 마무리하는 경우가 많아요. 독후감이라는 말의 한자는 讀(읽을 독) 後(뒤 후) 感(느낄 감)입니다. 즉 책을 읽은 후에 자신의 느낌 위주로 쓰는 글을 뜻하죠. 하지만 우리 아이들은 자신의 느낌을 섬세하게 표현하는 연습이 부족하기 때문에 책 줄거리를 간추려 쓰고 말아요. 또 자신의 느낌을 표현하는 단어도 한정적으로 알고 있어서 늘 사용하는 단어만 쓰는 경우가 많아요. 이럴 때는 '감정을 표현하는 단어' 카드를 아이들에게 보여주고 감정 단어를 골라서 쓰게 하는 것도 좋아요.

그러면 '생각이 자라나요' 양식지 쓰는 방법에 대해 살펴볼게요.

먼저 책 읽은 날짜와 책 제목을 씁니다. 그리고 주인공 이름을 적습니다. 이때 단순히 주인공 이름만 적지 않고, 주인공이 어떤 성격인지 주인공의 특징을 넣어서 써 줍니다. 예를 들면 《나 생일 바꿀래!》를 읽었다면 주인공 이름은 동환이에요. 동환이는 자기 생일이 1월 1일이라서 불만이 많아요. 그럼 주인공을 쓸 때 '자기 생일을 바꾸고 싶은 동환이'라는 식으로 씁니다. 다음으로 책을 읽고 가장 기억에 남는 장면을 씁니다. 처음에는 그냥 생각나는 장면을 쓰지만 몇 번 반복한 후에는 조금 더 세세하게 쓰고 싶은 장면을 6하원칙에 맞춰서 서술합니다. 그리고 이어지는 '왜냐하면'에는 특별히 그 장면이 인상적인 이유를 써 줍니다. 그 장면이 인상적인 이유는 여러 가지 이유가 있어요. 예를 들면 그 장면을 보면서 칭찬해 주고 싶었다든가, 그 장면을 보면서 나도 화가 났다든가, 너무 재미있어서 웃음이 났다든가 등 자신이 가장 인상적인 장면이라고 선택한 부분에서 느낀 자신의 감정을 찾도록 합니다. 다음으로 그 책을 읽고 나서 어떤 생각이 들었는지 구체적으로 씁니다. 당연

히 왜 그런 생각이 들었는지 이유도 써야 해요. '생각이 자라나요' 양식지에서 아이들의 기발한 아이디어가 돋보이는 부분이 바로 '제목 바꾸기'입니다. 아이들이 새로 붙인 책 제목이 원래 제목보다 더 근사한 경우가 많아요. 아이들 눈높이에서 만든 제목이라서 그런 것 같아요. 아이들의 반짝이는 생각을 많이 많이 칭찬해주세요.

12/8

생각연필

생각이 자라나요

오늘은 12 월 10일인데 꺼벙이 억수랑 아나바다 을(를) 읽었어.

그책 주인공은 찬호와 억수 이야.

제일 생각나는 이야기는(6하원칙) 찬호가 학교 가는 길에 학교 앞에서 지렁이가 사람들이 다니는 길에 있어서 위험해서 억수가 손으로 만져서 화단으로 옮겨 주는 장면

왜냐하면 억수가 지렁이를 손으로 만질 수 있다는 게 징그럽기도 하고 신기해서

이 글을 읽고 나서 나는 지구를 지키기 위해 쓰레기를 줄이고 물건을 아껴서야겠다

라는 생각이 들었어.

왜냐하면 지구를 아프게 하면 우리가 여기에서 살수 없기

(89)

때문이야.

내 느낌이 담긴 제목으로 바꾼다면 지구를 지키자

이라고 하고 싶어.

왜냐하면 이책의 내용이 지구를 위해 우리가 할수있는 것을 알려주기

때문이야.

창우초 1학년 이혜원 《꺼벙이 억수랑 아나바다》를 읽고 쓴 양식지

세 번째 양식지 - 기자가 되었어요

세 번째로 소개할 양식지는 '기자가 되었어요.'입니다.

이 책 제목은
내가 이 책을 읽은 이유는
이 책의 주인공은 입니다.
나는 주인공이 성격이라고 생각해요.
왜냐하면
때문이에요.
가장 생각나는 장면은(6하원칙)
왜냐하면
때문입니다.
내가 기자가 되어서 주인공에게 물어보고 싶은 것은(주제 1가지)
1.
2.
3.
4.
5.

아나운서, 기자가 되고 싶은 아이들이 많았던 시절이 있었어요. 지금은 유튜버나 연예인 되고 싶은 친구들이 더 많은 것 같아요. 특히 1인 방송 시대가 열리면서 누구나 자신이 하고 싶은 말을 자유롭게 할 수 있는 환경이 만들어졌어요. 초등학생 중에서 개인 유튜브 채널을 운영하고 있는 아이들이 꽤 많아요.

양식지 '기자가 되었어요'는 기자들이 사건 현장을 찾아가거나 사람을 만나 인터뷰하는 모습을 보고 만들었어요. 기자는 정확한 정보를 전달해야 하는 책임이 있죠. 기자의 질문 수준에 따라 좋은 대답을 이끌어낼 수 있어서 기자의 역할이 참 중요하다고 생각해요.

'기자가 되었어요' 양식지의 첫 머리에는 책 제목을 써 줍니다. 다음으로 책을 읽은 이유를 씁니다. 많고 많은 책 중에 왜 이 책을 골라서 읽었는지 그 이유를 생각해서 쓰면 돼요. 대부분은 읽어 보지 않은 책이라서 내용을 모르지만 어떤 이유가 있어서 읽어요. 예를 들면 '제목을 보니 ○○○한 생각이 들어서 재미있을 것 같아서 읽었다.' 또는 '누가 소개해준 책이라서 읽었다' 등 자신이 이 책을 선택한 이유를 씁니다. 또는 예전에 읽은 책인데 인상적이라서, 감동적이라서, 내용이 잘 기억나지 않아서 등 솔직한 심정을 쓰면 됩니다. 책 읽은 이유를 썼다면 주인공이 누구인지 쓰고 주인공이 어떤 성격인지 파악한 대로 씁니다. 가끔 누구나 주인공이라고 생각하는 사람이 아닌 다른 사람을 주인공이라고 쓰는 아이들이 있어요. 그럴 경우 왜 그렇게 생각했는지 이유를 물어보고 아이가 수긍할 수 있으면 아이의 생각대로 쓰도록 해도 괜찮아요. 책을 읽으면 인상에 남는 장면이 있어요. 특별히 그 장면이 인상적인 이유가 무엇인지 아이와 함께 이야기하면 잘 몰랐던 아이 마음을 알게 되는 경우도 많아요.

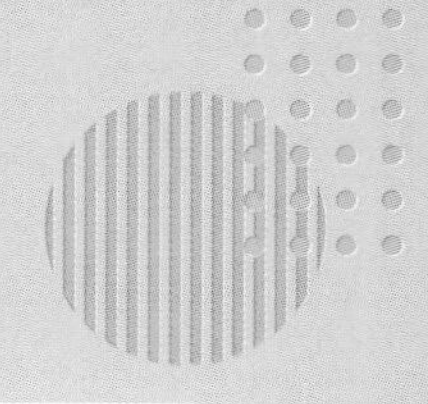

두 번째 양식지 '생각이 자라나요' 부분에서 설명했듯이 가장 인상적인 장면을 쓸 때는 되도록 자세하게 말할 수 있도록 6하원칙 요소를 넣어서 문장을 쓰면 좋아요. 이제부터 내가 기자가 되어서 주인공에게 질문하고 싶은 내용을 씁니다. 책 내용에 대해서 질문해도 되고, 책에서 주인공이 한 행동에 대해 이유를 물어봐도 되고, 책을 읽고 기자가 느낀 점과 주인공이 느낀 점을 비교하면서 질문해도 됩니다. 기자가 되어서 주인공에게 질문하면서 책 내용을 다시 한 번 정리할 수 있어서 좋아요.

글자수 133 7/14

생각연필

기자가 되었어요

이 책 제목은 책먹는여우

내가 이 책을 읽은 이유는 읽고싶었기 때문이에요

이 책의 주인공은 (책을 좋아하는 (차분한)) 여우아저씨

나는 주인공이 책이 맛있는 성격이라고 생각해요.

왜냐하면 동물은 사람과 다르기때문이에요

가장 생각나는 장면은 (6하원칙) 여우가 도서관에서 오전에 책을 몰래 빌리는 장면 (먹고 싶어서)

왜냐하면 진짜 그런도서관이 있으면 좋겠기 (내기분)

때문이에요.

내가 기자가 되어서 주인공에게 물어보고 싶은 것은(주제1가지)

1 책은사면되는데 왜? 도서관에서 훔치니?
2 사서얼굴이 얼마나무서웠니?
3 왜 책이 맛있니?
4 책이 24권이들어있는 가방이얼마나무거웠니?
5 어떤책이 더맛있니?

창우초 1학년 조성현 《책 먹는 여우 1》을 읽고 쓴 양식지

네 번째 양식지 - 입장 바꿔 생각해 보기

마지막으로 소개할 양식지는 '입장 바꿔 생각해보기'입니다.

이 책 제목은
내가 이 책을 읽은 이유는
나오는 사람은 , , 입니다.
가장 생각나는 장면은
입니다.
왜냐하면
때문입니다.
내가 다른 사람의 입장이 되어서 생각해 보면
내가 라면 했을 것입니다.
왜냐하면
때문입니다.
내가 라면 했을 것입니다.
왜냐하면
때문입니다.
내가 라면 했을 것입니다.
왜냐하면
때문입니다.

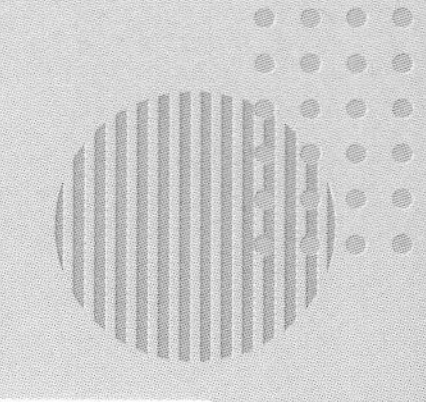

살아가면서 어떤 일이 가장 어려우세요? 저는 '인간관계'가 가장 어려워요. 내 마음을 내가 잘 모르는 경우도 있어요. 내 마음도 모르는데 상대방 마음을 온전히 이해한다는 것은 어불성설이죠. 그래도 인간관계를 잘 맺기 위해서 상대방과 입장을 바꿔 생각해보는 연습이 필요하다고 많은 전문가들이 이야기해요. 내가 상대방 입장이 되면 이해하는 폭이 조금 넓어지겠죠?

그러면 '입장 바꿔 생각해보기' 양식지 쓰기를 시작해볼까요?

먼저 책 제목을 씁니다. 다음으로 앞 페이지에서 소개한 대로 책을 읽은 이유를 써 줍니다. 다음으로 책에서 나오는 사람을 3명 선택합니다. 첫 번째 인물은 주인공으로 쓰고, 나머지 2명은 자신이 쓰고 싶은 사람을 쓰면 돼요. 등장인물이 동물인 경우도 있는데 그때는 동물을 쓰면 돼요. 그 다음으로 첫 번째 나오는 사람으로 써 준 주인공의 성격을 씁니다. '성격을 나타내는 말'을 정리한 표를 보면서 적당한 단어를 골라서 쓰는 것도 방법이에요. 이어지는 부분은 책을 읽고 가장 생각나는 장면을 하나 골라서 씁니다. 가장 인상적인 장면 쓰는 방법은 앞 장에서 자세히 설명했으니 그 부분을 참고하세요. 이제부터 다른 사람 입장이 되어보는 시간이에요. 내가 다른 사람의 입장이 되어 생각해 보면 '내가 ○○라면'에는 첫 번째 등장인물이었던 주인공을 넣고 어떻게 했을 것인지 씁니다. 그리고 자신이 주인공이었다면 왜 그렇게 할 것인지 이유를 쓰면 돼요. 두 번째 '내가 ○○라면'에는 윗부분 나오는 사람 3명 쓰는 부분에 두 번째로 썼던 등장인물을 씁니다. 마찬가지로 내가 그 두 번째 등장인물이라면 어떻게 할 것인지 그 이유와 함께 써 줍니다. 어떤 장면에서 어떻게 할 것인지 좀 더 자세하게 쓰면 더 좋아요. 마지막 '내가 ○○라면'에는 세 번째 등장인물을 쓰고 자신이 세 번째 등장인물이라면 어떻게 할 것인지 자기

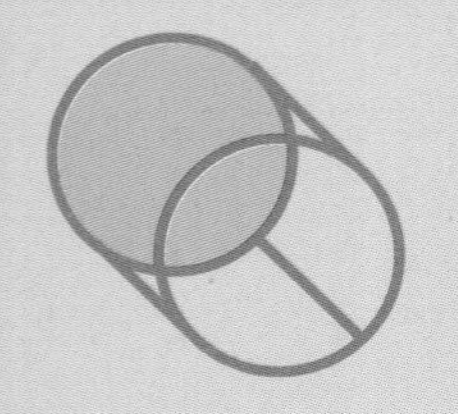

생각을 씁니다. 그렇게 행동하겠다고 한 이유까지 쓰면 마지막 양식지인 '입장 바꿔 생각해보기'가 마무리됩니다.

7/2

생각연필 **입장 바꿔 생각해 보기** 글자수

이 책 제목은 땅속 괴물 몽테크리스토

내가 이 책을 읽은 이유는 내가 재미있을것 같아 골랐서

나오는 사람은 간디, 장군, 오움지렁이입니다.

나는 주인공이 (간디 성격) 친절한 성격이라고 생각합니다.

가장 생각나는 장면은 간디가 오움들이 나타난 날에 괴물 조사단이 아무리 말려도 너무너무 괴물을 보고 싶어서 땅굴 차 구멍에 얼굴을 내미는 장면입니다.

왜냐하면 간디의 표정과 얼굴을 내민 것이 배꼽터질듯이 웃기기 264글자 (426) 때문입니다.

내가 다른 사람의 입장이 되어서 생각해 보면

내가 간디라면 몽테크리스토와 산책을 했을 것입니다.

왜냐하면 몽테크리스토의 냄새는 상상만해도 지독할 것 같기 때문입니다.

내가 장군이 라면 몽테크리스토와 처음부터 했을 것입니다.

왜냐하면 처음부터 몽테크리스토와 친하면 나중에 더 친해질수 있기 때문입니다.

내가 오움이 라면 몽테크리스토를 몰리 처음 했을 것입니다.

왜냐하면 오움들은 여러명이고 편하게 살수있고 마을에 안 나와도 되기 때문입니다.

창우초 1학년 박유하 《땅속 괴물 몽테크리스토》를 읽고 쓴 양식지

〈생각연필 독서논술〉 수업에서 아이들과 함께 쓰는 양식지 중 몇 가지에 대해 살펴봤어요. 물론 생각연필 독서논술 정식수업에서는 이보다 훨씬 다양한 양식지를 활용하고 있어요. 선생님이 아이들과 함께 책 이야기를 나눈 후 양식지를 쓰게 하면 아이들은 본격적인 글쓰기 전에 자신의 생각을 어느 정도 정리할 수 있어서 이어지는 독후감 쓰기를 할 때도 별로 어려워하지 않고 글을 쓸 수 있어요.

> "하버드 대학생 1,600명에게 하버드에서 어떤 수업이 가장 도움이 되었는지 물었더니 응답자의 90% 이상이 글쓰기 수업이라고 답했다."
>
> 《150년 하버드 글쓰기 비법》 중에서(송숙희 저, 유노북스, 2022 출간)

책 읽기와 글쓰기는 인공지능 시대를 살아가는 우리 아이들이 갖춰야 할 창의, 융합, 통합 능력을 키우는 데 꼭 필요한 능력이에요. 어릴 때부터 꾸준히 책을 읽고 다양한 관점에서 생각하는 연습을 할 수 있도록 지금 당장 시작해요.